AF288770

Nikolai W. Gogol

Petersburger Erzählungen

Nikolai W. Gogol: Petersburger Erzählungen

Die Nase:
   Erstdruck in: Sovremennik, Petersburg 1836. Hier nach der Übers. v.
   Wilhelm Lange, Stuttgart: Reclam-Verlag, 1952.
Das Porträt:
   Erstdruck 1835. Hier in der Übersetzung von Alexander Eliasberg.
Der Mantel:
   Erstdruck in: Sotschinenija, Bd. 3, Petersburg 1842. Hier nach der
   Übers. v. Wilhelm Lange, Stuttgart: Reclam-Verlag, 1957.
Der Newski-Prospekt:
   Entstanden zwischen 1831 und 1834. Erstdruck 1835. Hier in der
   Übersetzung von Alexander Eliasberg.
Aufzeichnungen eines Wahnsinnigen:
   Entstanden 1835. Hier in der Übersetzung von Alexander Eliasberg,
   erstmals erschienen unter dem Titel »Aufzeichnungen eines Irren«.

Neuausgabe mit einer Biographie des Autors
Herausgegeben von Karl-Maria Guth
Berlin 2016

Umschlaggestaltung von Thomas Schultz-Overhage unter Verwendung
des Bildes: Fyodor Moller, Porträt des Nikolai Wassiljewitsch Gogol,
1840er Jahre

Gesetzt aus der Minion Pro, 11 pt

Verlag: Henricus - Edition Deutsche Klassik GmbH
Mörchinger Str. 33, 14169 Berlin, info@henricus-verlag.de
Druck: Libri Plureos GmbH, Friedensallee 273, 22763 Hamburg

ISBN 978-3-8430-8950-0

Bibliografische Information der Deutschen Nationalbibliothek

Die Deutsche Nationalbibliothek verzeichnet diese Publikation in der
Deutschen Nationalbibliografie; detaillierte bibliografische Daten sind
im Internet über www.dnb.de abrufbar.

Inhalt

Die Nase

1

Am 25. März ereignete sich in Petersburg eine ganz ungewöhnliche, seltsame Begebenheit. Der auf dem Himmelfahrtsprospekt wohnende Barbier Iwan Jakowlewitsch (der Familienname war ihm verlorengegangen, und sogar auf seinem Schilde, das einen Herrn mit einer eingeseiften Wange darstellte, war weiter nichts zu lesen als die Aufschrift: » ... und wird zur Ader gelassen«) – also, der Barbier Iwan Jakowlewitsch erwachte ziemlich früh und spürte den Duft frischgebackenen Brotes. Er richtete sich in seinem Bett ein wenig auf und sah, daß seine Frau, eine ziemlich ehrenwerte Dame, die sehr gern Kaffee trank, aus dem Ofen soeben ausgebackene Brote zog.

»Heute, Praskowja Ossipowna, will ich keinen Kaffee«, sagte Iwan Jakowlewitsch; »statt dessen möchte ich warmes Brot mit Zwiebeln essen.« (Das heißt, Iwan Jakowlewitsch wollte gern beides, aber er wußte, daß es vollständig unmöglich war, beides zugleich zu erlangen, denn Praskowja Ossipowna mochte derartige Gelüste durchaus nicht leiden.) Mag der Dummkopf meinetwegen nur Brot essen, um so besser für mich, dachte sein Ehegespons; dann bleibt für mich noch eine Portion Kaffee übrig, und warf ein Brot auf den Tisch.

Iwan Jakowlewitsch zog anstandshalber einen Frack über das Hemd, setzte sich an den Tisch, schüttete sich Salz aus, machte sich zwei Zwiebelköpfe zurecht, nahm das Messer zur Hand, zog ein bedeutsames Gesicht und begann das Brot zu schneiden. Nachdem er das Brot in zwei Hälften geschnitten, sah er mitten hinein – und zu seinem großen Erstaunen erblickte er etwas Weißliches. Iwan Jakowlewitsch stocherte vorsichtig mit dem Messer daran herum und befühlte es mit dem Finger. »Ganz fest!« murmelte er in den Bart, »was mag denn das sein?«

Er steckte die Finger hinein und zog – eine Nase heraus! ... Da ließ Iwan Jakowlewitsch die Hände sinken, begann sich die Augen zu reiben und zu tasten: Eine Nase, wirklich eine Nase! und noch obendrein schien es die Nase eines Bekannten zu sein. Entsetzen malte sich auf Iwans Gesicht, aber dieses Entsetzen war noch nichts gegen den Abscheu, der sich seiner Gattin bemächtigte.

»Wo hast du denn diese Nase abgeschnitten, du Vieh?« schrie sie zornig. »Du Halunke! du Trunkenbold! ich selbst werde dich der Polizei anzeigen! Ein solcher Spitzbube! Schon von drei Herren habe ich gehört, daß du während des Rasierens so an der Nase zerrst, daß sie kaum sitzen bleibt!«

Aber Iwan Jakowlewitsch war mehr tot als lebendig; er erkannte, daß diese Nase keinem andern gehören konnte als dem Kollegien-Assessor Kowalow, den er jeden Mittwoch und Sonntag rasierte.

»Wart, Praskowja Ossipowna! ich wickele sie in ein Läppchen und lege sie in die Ecke; da mag sie ein Weilchen liegen bleiben, dann werde ich sie fortschaffen.«

»Nichts da! Was, ich sollte hier in meinem Zimmer eine abgeschnittene Nase haben! So'n vertrockneter Zwieback! Versteht weiter nichts, als nur immer mit dem Rasiermesser über den Riemen zu streichen; aber seine Pflicht tun, das wird er bald gar nicht mehr imstande sein, der Herumtreiber, der Taugenichts! Soll ich etwa bei der Polizei für dich alles verantworten? ... Ach du Schmierer, du einfältiger Klotz! Hinaus damit! Hinaus! Bringe sie, wohin du willst! Daß ich sie hier nicht mehr vor Augen habe!«

Iwan Jakowlewitsch stand da wie erschlagen. Er dachte nach und dachte nach – und wußte nicht, was er denken sollte. »Der Teufel mag wissen, wie das zugegangen ist«, sagte er endlich, sich hinter den Ohren krauend; »ob ich gestern abend betrunken nach Hause gekommen bin oder nicht, das weiß ich wirklich nicht mehr, aber allem Anschein nach ist dieses eine ganz ungewöhnliche Begebenheit, denn ein Brot ist doch etwas Gebackenes, und eine Nase etwas anderes. Das verstehe ich nicht!« Iwan Jakowlewitsch verstummte. Der Gedanke, die Polizei könnte bei ihm eine Nase finden und ihn verklagen, nahm ihm alle Besinnung. Schon flimmerte ihm ein roter Kragen mit silbernen Tressen vor den Augen, ein Degen – und er bebte am ganzen Leibe. Schließlich nahm er seine Hosen und Schuhe, zog all das Zeug an, und von den nachdrücklichen Ermahnungen Praskowja Ossipownas begleitet, wickelte er die Nase in einen Lappen und ging hinaus auf die Straße.

Er wollte sie irgendwo heimlich unterschieben: entweder unter den Eckstein am Tor oder sie ganz unbemerkt irgendwo verlieren und dann in einer Querstraße verschwinden. Aber zum Unglück begegnete er immer wieder irgendeinem Bekannten, der gleich mit der Frage begann: »Wohin denn, Iwan Jakowlewitsch?« oder »Wen hast du schon in so früher Morgenstunde rasiert?« usw., so daß Iwan Jakowlewitsch nirgends eine passende Gelegenheit finden konnte. Ein andermal hatte er die Nase bereits fallen lassen, aber ein Wachmann zeigte sie ihm schon von ferne mit seiner Hellebarde und sagte: »Heb es auf, da hast du etwas fallen lassen!« und Iwan Jakowlewitsch blieb nichts anderes übrig, als die Nase wieder aufzuheben und sie in seine Tasche zu stecken. Verzweiflung begann sich seiner zu bemächtigen und das um so mehr, als es auf der Straße immer belebter wurde und man die Kaufläden und Magazine zu öffnen begann.

Da beschloß er, nach der Isaaksbrücke zu gehen: vielleicht glückte es ihm, sie dort in die Newa zu werfen … Aber ich muß mich ein wenig schuldig bekennen, daß ich bis jetzt noch nichts von Iwan Jakowlewitsch, diesem in vielen Beziehungen so ehrenwerten Manne gemeldet habe.

Wie jeder rechtschaffene russische Handwerker war Iwan Jakowlewitsch ein schrecklicher Trunkenbold, und obgleich er täglich fremde Gesichter rasierte, so war doch sein eigenes ewig unrasiert. Sein Frack (einen Rock trug er niemals) war ganz scheckig, das heißt, er war schwarz, aber ganz mit braunen und grauen Flecken besät; der Kragen glänzte, und statt der drei Knöpfe waren nur noch die Fädchen zu sehen. Iwan Jakowlewitsch war ein großer Zyniker, und wenn der Kollegien-Assessor Kowalow, wie das seine Gewohnheit war, beim Rasieren zu ihm sagte: »Deine Hände, Iwan Jakowlewitsch, riechen ja immer!« so antwortete Iwan Jakowlewitsch auf diese Bemerkung: »Wonach sollten sie denn riechen?« – »Das weiß ich nicht, Freundchen, aber sie riechen«, entgegnete der Kollegien-Assessor, und Iwan Jakowlewitsch nahm eine Prise und seifte ihn dafür auf der Wange, der Oberlippe, hinter den Ohren und unter dem Kinn, kurz, überall wo es ihm gefiel, ein.

Dieser ehrenwerte Bürger stand also jetzt auf der Isaaksbrücke. Zunächst schaute er sich um, dann lehnte er sich ans Geländer, als wollte er nur hinuntersehen, um zu sehen, ob viele Fische vorüberschwämmen, und warf ganz heimlich das Läppchen mit der Nase hinab. Es war ihm zumute, als sei ihm mit einemmal eine Zentnerlast vom Herzen genommen, ja Iwan Jakowlewitsch lachte sogar fröhlich auf. Statt nun zu gehen, um Beamtengesichter zu rasieren, wandte er seine Schritte einer Anstalt zu, auf deren Schild »Speisen und Tee« ausgeboten wurden, um ein Glas Punsch zu trinken – als er plötzlich am andern Ende der Brücke einen Polizei-Inspektor von imponierendem Äußern mit großem Backenbart, dreieckigem Hut und Degen an der Seite gewahrte. Er war einer Ohnmacht nahe; der Polizei-Inspektor aber winkte ihm mit der Hand und sprach: »Komm doch mal her, mein Lieber.«

Iwan Jakowlewitsch wußte, was sich gehört, nahm schon von weitem seine Mütze ab, ging auf den Polizei-Inspektor zu und sagte: »Ich wünsche Euer Hochwohlgeboren das beste Wohlbefinden.«

»Ach was Hochwohlgeboren, sage mir, Freundchen, was hast du da gemacht, als du auf der Brücke standest?«

»Bei Gott, gnädiger Herr, ich war auf dem Wege zu meinen Kunden und wollte nur sehen, ob der Fluß schnell fließt.«

»Du lügst, du lügst! Damit kannst du dich nicht herausreden. Antworte nur!«

»Ich will Euer Gnaden zweimal wöchentlich, ja sogar dreimal ohne alle Widerrede rasieren«, antwortete Iwan Jakowlewitsch.

»Nein, Freund, mach keine Geschichten! Mich rasieren schon drei Barbiere, und die rechnen es sich noch zur größten Ehre an. Also heraus damit: Was hast du dort gemacht?«

Iwan Jakowlewitsch erbleichte … Aber hier verschwindet die Begebenheit völlig im Nebel, und was weiter geschah, ist nicht bekannt geworden.

2

Der Kollegien-Assessor Kowalow wachte ziemlich früh auf, machte »brr brr!« – was er übrigens immer tat, sobald er aufwachte, wenn er sich auch die Ursache nicht zu erklären vermochte. Kowalow reckte sich und ließ sich einen kleinen auf dem Tische stehenden Spiegel geben. Er wollte nach dem Hitzbläschen sehen, das ihm gestern abend auf der Nase entstanden war. Aber zu seinem größten Erstaunen bemerkte er, daß er statt der Nase nur eine vollständig glatte Stelle im Gesicht hatte! Im höchsten Grad erschreckt ließ sich Kowalow Wasser reichen und rieb sich mit einem Handtuch die Augen: Wirklich, er hatte keine Nase mehr! Er begann sich mit den Händen zu befühlen, er kniff sich, um sich zu überzeugen, ob er nicht schliefe. Nein, allem Anschein nach schlief er nicht mehr! Da sprang der Kollegien-Assessor Kowalow aus dem Bett und schüttelte sich – Nein, keine Nase mehr! … Er ließ sich sofort die Kleider geben und eilte dann geradeswegs zu dem Oberpolizeimeister.

Aber zunächst müssen wir unbedingt einiges über Kowalow mitteilen, damit der Leser weiß, was für ein Mann denn dieser Kollegien-Assessor eigentlich ist. Die Kollegien-Assessoren, welche diesen Titel auf Grund von Prüfungszeugnissen erlangen, dürfen durchaus nicht mit jenen Kollegien-Assessoren verglichen werden, die zu ihrem Rang im Kaukasus befördert worden sind. Das sind zwei vollständig verschiedene Arten von Kollegien-Assessoren. Kollegien-Assessoren – aber Rußland ist ein so wunderliches Land, daß, wenn man von einem Kollegien-Assessor spricht, sämtliche andere Kollegien-Assessoren von Riga bis Kamtschatka unfehlbar alles auf ihre eigene Person beziehen; dasselbe gilt übrigens von allen andern Ämtern und Titeln. Kowalow war ein kaukasischer Kollegien-Assessor. Er war erst zwei Jahre in dieser Stellung, und so konnte er sie auch jetzt noch nicht vergessen. Um sich aber mehr Ansehen und Bedeutung zu geben, nannte er sich niemals Kollegien-Assessor, sondern stets Major.

»Höre, meine Liebe«, pflegte er zu sagen, wenn er auf der Straße einer alten Frau begegnete, die Vorhemdchen verkaufte, »gehe mal nach meiner Wohnung, sie befindet sich in der Gartenstraße, frage nur: Wohnt hier der Major Kowalow? Jeder wird dir's zeigen.« Begegnete er aber einem hübschen Mädchen, so gab er ihr außerdem noch einen geheimen Auftrag, indem er hinzufügte: »Frage, mein Herzchen, nach der Wohnung des Majors Kowalow.« Aus diesem Grunde wollen wir von jetzt an den Kollegien-Assessor Major titulieren.

Der Major Kowalow hatte die Gewohnheit, täglich auf dem Newski-Prospekt spazierenzugehen. Der Kragen seines Vorhemdchens war immer außerordentlich sauber und steif gestärkt. Sein Backenbart glich in seinem ganzen Zuschnitt demjenigen, wie ihn gegenwärtig noch die Gouvernements- und Kreisgeometer sowie die Architekten und Regimentsärzte, wie auch Leute, die allerlei Ämter bekleiden, und überhaupt alle diejenigen tragen, die volle rote Wangen haben und sehr gut Boston spielen. Diese Backenbärte gehen mitten über die Wange und direkt auf die Nase zu. Major Kowalow trug eine Menge Karneolpetschafte, auf denen teils Wappen, teils die Wörter Mittwoch, Donnerstag, Montag usw. eingegraben waren. Major Kowalow war nach Petersburg gekommen, um sich eine seinem Range entsprechende Stellung zu suchen, wenn es gelänge, eines Vizegouverneurs; im anderen Falle die eines Exekutors bei irgendeiner wichtigen Abteilung. Major Kowalow war auch nicht abgeneigt zu heiraten, aber nur eine solche Dame, die ihm ein Kapital von Zweimalhunderttausend zubringen würde. Somit kann nun der Leser selbst urteilen, in welcher Situation unser Major sich befand, als er bemerkte, daß er da statt einer gar nicht üblen regelmäßigen Nase eine ganz einfältige, gleichmäßige glatte Stelle hatte.

Zum Unglück war auf der Straße nicht ein einziger Kutscher zu sehen, und so mußte er zu Fuß gehen, wobei er sich in seinen Mantel hüllte, und das Taschentuch vor das Gesicht hielt, sich stellend, als blute ihm die Nase. Aber vielleicht ist's mir nur so vorgekommen, dachte er und trat in eine Konditorei, um in einem Spiegel nachzusehen. Glücklicherweise war augenblicklich niemand in der Konditorei; Burschen reinigten das Zimmer und stellten Stühle und Tische zurecht. Einige andere trugen mit verschlafenen Gesichtern auf Tabletten noch warme Kuchen herbei; auf Stühlen und Tischen lagen noch die mit Kaffee begossenen gestrigen Zeitungen. »Nun Gott sei Dank, es ist niemand hier«, sagte er, »da kann ich nachsehen.« Und scheu trat er an einen Spiegel und blickte hinein. »Mag der Teufel wissen, was das für eine scheußliche Sache ist«, rief er und spuckte aus; »wenn da wenigstens statt der Nase sonst etwas da wäre, aber nichts, gar nichts!«

Ärgerlich biß er sich in die Lippe, verließ die Konditorei und beschloß, niemanden, ganz wider seine Gewohnheit, auf der Straße anzusehen oder anzulächeln. Da plötzlich stand er wie angewurzelt vor einer Haustür; dort ging etwas ganz Ungewöhnliches vor. An der Einfahrt hielt ein Wagen, der Schlag wurde geöffnet, und heraus trat in gebückter Haltung ein Herr in Uniform und eilte die Treppe hinan. Wie groß war Kowalows Schrecken und Erstaunen, als er bemerkte, daß dieser Herr – seine eigene Nase war. Bei dieser außerordentlichen Erscheinung war es ihm, als ob alles um ihn herum sich drehte; er fühlte, daß er sich kaum auf den Beinen zu halten vermochte; allein er beschloß – am ganzen Leibe bebend, als hätte er das Fieber – unter allen Umständen zu warten, bis die Nase in den Wagen zurückkehren würde. Nach Verlauf von zwei Minuten kam die Nase wirklich wieder heraus. Sie war in goldgestickter Uniform mit großem Stehkragen; sie trug sämischlederne Beinkleider, und an der Seite hing ein Degen. Der mit Federbusch geschmückte Hut ließ vermuten, daß sie den Rang eines Staatsrats bekleide. An allem war zu erkennen, daß sie Besuche machte. Sie sah sich nach beiden Seiten um, rief dem Kutscher zu: »Weiter!« setzte sich in den Wagen und fuhr davon.

Der arme Kowalow hätte beinahe den Verstand verloren. Er wußte nicht, was er von dieser seltsamen Begebenheit denken sollte. Und in der Tat, wie war es möglich, daß die Nase, welche er noch gestern im Gesicht gehabt und die weder gehen noch fahren konnte, in Uniform steckte! Er lief dem Wagen nach, der glücklicherweise in geringer Entfernung vor der Kasankathedrale wieder haltmachte.

Er eilte hinterher, drängte sich durch einen Haufen Bettelweiber mit verbundenen Gesichtern und zwei Öffnungen für die Augen, über die er sich früher so oft lustig gemacht hatte. Es waren nur wenige Menschen zugegen. Kowalow war in so aufgeregtem Zustande, daß er sich zu nichts entschließen konnte, und überall suchten seine Augen nach diesem Herrn. Endlich sah er ihn abseits stehen. Die Nase hatte ihr Gesicht vollständig in ihren großen Stehkragen gesteckt und betete mit größter Andacht.

Wie könnte ich wohl zu ihr gelangen, dachte Kowalow. Alles – die Uniform, der Hut – kurz, alles beweist, daß sie ein Staatsrat ist. Der Teufel mag wissen, wie das zu machen ist.

Er begann um die Nase herumzuhüsteln, aber sie veränderte nicht für eine Minute ihre Stellung.

»Hochgeehrter Herr«, sprach Kowalow, sich Mut machend, »hochgeehrter Herr – –«

»Was wünschen Sie?« antwortete die Nase und wandte sich um.

»Es kommt mir seltsam vor, sehr geehrter Herr ... mir scheint ... Sie sollten doch ihren Standort kennen ... und da finde ich Sie auf einmal ... und wo? ... urteilen Sie selbst ...«

»Verzeihen Sie, ich begreife gar nicht, wovon Sie reden ... Erklären Sie sich deutlicher.«

Wie soll ich mich ihr denn noch deutlicher erklären? dachte Kowalow, und neuen Mut fassend, fuhr er fort: »Natürlich ... Übrigens bin ich Major. Ohne Nase herumgehen, das werden Sie zugeben, ist unschicklich. So eine Händlerin, die auf der Himmelfahrtsbrücke Apfelsinen verkauft, kann sich ohne Nase behelfen; aber da ich die Absicht habe, und ... übrigens bin ich in vielen Häusern mit vornehmen Damen sehr genau bekannt – mit Frau Staatsrätin Tschechtarew und vielen anderen ... Sie sehen also selbst ... ich weiß nicht, geehrter Herr, was Sie ... (hier zuckte der Major die Achseln) ... Verzeihen Sie ... verträgt sich das mit den Regeln von Pflicht und Ehre – – Sie werden selbst begreifen – –«

»Ich begreife gar nichts«, antwortete die Nase. »Erklären Sie sich deutlicher.«

»Hochgeehrter Herr«, sprach Kowalow im Gefühl seiner eigenen Pflicht, »ich weiß nicht, wie ich Ihre Worte verstehen soll … Mir scheint doch, die ganze Sache ist hier so augenfällig wie möglich … Oder wollen Sie … Aber – Sie sind ja doch – meine eigene Nase!«

Die Nase sah den Major an und runzelte die Stirn.

»Da irren Sie, geehrter Herr; ich bin ich selbst. Und zudem kann es zwischen uns keinerlei enge Beziehungen geben. Nach den Knöpfen ihrer Uniform zu urteilen, müssen Sie bei einem ganz andern Ressort Dienst tun.« Und mit diesen Worten wandte die Nase sich ab.

Kowalow verlor vollständig den Kopf; er wußte nicht, was er tun, und noch weniger, was er denken sollte. In diesem Augenblick hörte er das angenehme Rauschen eines Damenkleides; da kam eine ältliche Dame daher, ganz in Spitzen, und mit ihr eine andere schlanke, angetan mit einem weißen Kleide, das ihre schöngewachsene Gestalt lieblich hervortreten ließ; auf dem Kopf hatte sie einen leichten hellgelben Hut. Hinter den Damen schritt ein langer Heiduck mit langem Backenbart und einem ganzen Dutzend Kragen und öffnete seine Schnupftabaksdose.

Kowalow trat näher, zog den batistnen Kragen seines Vorhemdchens in die Höhe, ordnete seine an der goldenen Uhrkette hängenden Petschafte und wandte, nach allen Seiten hin lächelnd, seine Aufmerksamkeit der zierlichen Dame zu, die sich gleich einer Frühlingsblume leicht verneigte und das weiße Händchen mit den halb durchsichtigen Fingern zur Stirn hob. Das Lächeln auf Kowalows Gesicht verbreitete sich noch, als er unter dem Rande ihres Hutes das runde Kinn und einen Teil der Wange gewahrte, die wie eine Frühlingsrose glühte. Aber plötzlich sprang er zurück, als hätte er sich verbrannt. Er erinnerte sich, daß er ja statt der Nase nur eine glatte Stelle im Gesicht hatte, und die Tränen strömten ihm über die Wangen. Er wandte sich ab, um dem Herrn in der Uniform gerade ins Gesicht zu sagen, daß er nur Staatsrat spiele – daß er ein Schelm und Halunke und weiter nichts sei als seine eigene Nase … Aber die Nase war nicht mehr da; sie war bereits davongefahren, wahrscheinlich, um wieder irgendwo einen Besuch zu machen.

Das brachte Kowalow zur Verzweiflung. Er ging hinaus, blieb einen Augenblick unter der Kolonnade stehen und blickte sich nach allen Seiten um, ob nicht irgendwo die Nase zu sehen sei. Er erinnerte sich sehr wohl, daß sie auf dem Kopfe einen Hut mit Federbusch und eine goldgestickte Uniform anhatte; aber den Mantel hatte er nicht beachtet, und auch die Farbe des Wagens und der Pferde war ihm nicht mehr im Gedächtnis; ja er wußte nicht einmal mehr, ob hinten auf dem Wagen ein Lakai gestanden und in welcher Livree. Zudem fuhren noch so viele Wagen hin und her und obendrein mit solcher Schnelligkeit, daß es schwer war, sie voneinander zu unterscheiden. Und hätte er auch den rechten unter denselben bemerkt – er hatte ja gar kein Mittel, ihn anzuhalten. Es war ein schöner sonnenheller Tag, und auf dem Newski-Prospekt wimmelte es von Menschen. Ein Blütenstrom von Damen ergoß sich über das ganze Trottoir von der Polizeibrücke bis zur Anitschkinbrücke. Da kommt auch sein guter Bekannter, der Hofrat, auf ihn zu, den er Oberstleutnant zu titulieren pflegte namentlich dann, wenn Fremde zugegen waren. Da ist ferner Jaryschkin, der Vorsteher einer Abteilung des Senats, sein intimer Freund, der des Abends beim Boston stets verliert, wenn er Acht spielt. Und da winkt ihn ein anderer Major, der seinen Assessorenrang im Kaukasus erlangt hat, mit der Hand zu sich …

»Ach, hol's der Teufel!« sagte Kowalow, »heda, Kutscher, fahre mich direkt zum Polizeimeister!«

Kowalow setzte sich in eine Droschke und schrie dem Kutscher zu: »Fahr los, wie der Blitz!«

»Ist der Polizeimeister zu Hause?« schrie er, in den Hausflur tretend.

»Nein, nicht zu Hause«, antwortete der Portier; »soeben ausgegangen.«

»Ach, wie dumm!«

»Ja«, fuhr der Portier fort, »soeben erst fortgegangen; wären Sie nur eine kleine Minute früher gekommen, so hätten Sie ihn vielleicht noch zu Hause getroffen.«

Ohne das Tuch vom Gesicht zu nehmen, setzte sich Kowalow wieder in die Droschke und schrie mit verzweiflungsvoller Stimme: »Fort, weiter!«

»Wohin?« fragte der Kutscher.

»Gradeaus!«

»Wie das – geradeaus? Da kreuzen sich ja zwei Straßen – soll ich rechts oder links fahren?«

Diese Frage nötigte Kowalow wieder nachzudenken. In seiner Lage galt es vor allem, sich an die Polizeiverwaltung zu wenden, nicht als ob er zu der Polizei in direkter Beziehung gestanden hätte, sondern weil ihre Anordnungen viel schneller ausgeführt werden als die der anderen

Behörden. Bei den Vorgesetzten desjenigen Ressorts, bei welchem die Nase angestellt war, Genugtuung zu suchen, wäre ein ganz unvernünftiges Bemühen gewesen, da er aus den eigenen Antworten der Nase bereits den Schluß hatte ziehen können, daß diesem Menschen nichts heilig war und daß er in diesem Falle wieder ebenso lügen könnte, wie er bereits früher gelogen hatte, als er behauptete, daß er ihn, Kowalow, nie gesehen habe. Und so wollte Kowalow dem Kutscher schon den Befehl erteilen, sofort nach dem Polizeiamt zu fahren, als ihm wieder der Gedanke kam, dieser Schelm und Halunke, der sich schon bei der ersten Begegnung in so gewissenloser Weise benommen, könnte ein zweites Mal die Gelegenheit wahrnehmen und aus der Stadt entwischen – und dann waren alle Nachforschungen fruchtlos oder konnten sich doch, wovor Gott behüten möge, einen ganzen Monat lang hinziehen. Da endlich schien der Himmel ihn selbst zu erleuchten. Er beschloß, sich sofort zur Zeitungsexpedition zu begeben, um so schnell wie möglich unter ausführlicher Beschreibung all seiner Eigenschaften die Sache bekannt zu machen, damit jeder, dem er begegnete, ihn sofort anhalten und ihm zuführen oder ihm wenigstens seinen Aufenthaltsort angeben könnte. Nachdem er diesen Plan reiflich erwogen, befahl er dem Kutscher nach der Zeitungsexpedition zu fahren, und hörte auf dem ganzen Wege nicht auf, ihn mit der Faust in den Rücken zu stoßen und ihm zuzurufen: »Schneller, du Tagedieb! Schneller, du Hundsfott!«

»Ach, gnädiger Herr«, sprach der Kutscher mit dem Kopfe schüttelnd und sein Pferd, dessen Haar so lang war wie bei einem Bologneserhündchen, mit den Zügeln schlagend.

Endlich hielt die Droschke an, und nachdem Kowalow ein wenig zu Atem gekommen, eilte er in das kleine Vorzimmer, wo ein grauköpfiger Beamter in einem alten Frack und mit einer Brille auf der Nase an einem Tische saß und mit der Feder zwischen den Zähnen eingenommene Kupfermünzen zählte.

»Wer nimmt hier Bekanntmachungen an?« schrie Kowalow. »Ah! Guten Tag!«

»Ihr Diener!« sprach der grauköpfige Beamte aufblickend und dann die Augen sofort wieder auf den Geldhaufen vor sich senkend.

»Ich möchte eine Bekanntmachung ...«

»Bitte, warten Sie noch ein wenig«, sagte der Beamte, mit der Rechten eine Zahl auf das Papier schreibend und mit der Linken zwei Kugeln auf der Rechenmaschine weiterschiebend. Ein Lakai, dessen Goldborten und sonstiges saubere Äußere bewiesen, daß er in einem aristokratischen Hause diente, stand neben dem Tisch mit einem Zettel in der Hand und hielt es für angemessen zu beweisen, daß er ein geselliger Mensch sei. »Wollen Sie's wohl glauben«, sagte er, »daß das Hündchen keine achtzig Kopeken wert ist – das heißt, ich würde nicht einmal acht dafür geben; aber die Gräfin ist ganz verliebt darein, bei Gott, so verliebt – und da bekommt hundert Rubel, wer es findet. Soll ich Ihnen aufrichtig etwas sagen, nämlich unter uns, die Geschmäcker der Leute sind ganz unvereinbar: wenn man schon Hundeliebhaber ist, so soll man sich einen Hühnerhund halten oder einen Pudel; dann soll's einem auch nicht leid tun, wenn er fünfhundert oder gar tausend Rubel kostet, dafür muß es aber dann schon ein schöner Hund sein.«

Der würdige Beamte hörte diese Mitteilungen mit bedeutsamer Miene an und berechnete gleichzeitig, wieviel Buchstaben die Anzeige enthalte. Neben dem Lakai stand noch eine ganze Menge von Frauen, Ladendienern und Dienstpersonal mit Zetteln. Der eine hatte einen Kutscher abzugeben, der sich durch Nüchternheit auszeichnet; der andere wünschte eine wenig gebrauchte Kalesche zu verkaufen, die im Jahre 1814 aus Paris gekommen sei; ein neunzehnjähriges Mädchen wurde angeboten, das sich auf Wäsche und andere Arbeiten verstand; eine feste Droschke ohne Federn, ein junger feuriger Apfelschimmel, siebzehn Jahre alt, frischer, aus London eingetroffener Rüben- und Rettichsamen, ein Landhaus mit allem Zubehör, Pferdeställen und einem freien Raum, der sich zur Anlegung eines Birken- oder Tannenhains eigne; noch ein anderer forderte alle diejenigen, welche alte Schuhsohlen zu kaufen wünschten, auf, sich täglich zwischen acht und drei Uhr morgens da und dort einzufinden, um den Preis zu erfragen. Der Raum, in dem diese ganze Gesellschaft sich aufhielt, war sehr klein und die Luft darin außerordentlich dumpf; aber dem Kollegien-Assessor Kowalow vermochte der Geruch nichts anzuhaben, da er sein Taschentuch vors Gesicht gedrückt hatte und seine Nase sich ja Gott weiß wo befand.

»Mein geehrter Herr, erlauben Sie mir, Sie zu bitten – ich habe große Eile«, sagte er endlich mit einiger Ungeduld.

»Sogleich, sogleich! – Zwei Rubel dreiundvierzig Kopeken. – Einen Augenblick! – Ein Rubel vierundsechzig Kopeken!« sprach der grauköpfige Herr, den Dienern und alten Weibern die Zettel ins Gesicht werfend. »Nun, was wünschen Sie denn?« fragte er endlich, sich an Kowalow wendend.

»Ich möchte – –« begann Kowalow, »es ist mir da eine Nichtswürdig-keit, eine Schurkerei angetan worden – und bis jetzt konnte ich es noch nicht herauskriegen. Da möchte ich Sie bitten, in Ihre Zeitung die Be-kanntmachung einzurücken, daß derjenige, der mir diesen Schuft dingfest macht, eine ausreichende Belohnung erhalten würde.«

»Darf ich fragen, wie Ihr werter Name ist?«

»Wozu den Namen? Den kann ich Ihnen nicht sagen. Ich habe viele Bekannte, die Staatsrätin Tschechtarew, die Frau des Stabsoffiziers, Pelagia Grigorjewna Podtotschin … die würden es ja sofort erfahren und da sei Gott vor! Sie können ja einfach schreiben: ein Kollegien-Assessor, oder noch besser: ein Herr mit Majorsrang.«

»Und war der davongelaufene Bursche ihr Diener?«

»Was für ein Diener? Das wäre noch keine Schurkerei! Weggelaufen ist mir – meine Nase –«

»Hm! Ein seltsamer Name! Und hat dieser Herr Nasow Ihnen eine große Summe mitgenommen?«

»Nase – damit meine ich – es wird Ihnen unglaublich vorkommen! Meine eigene Nase ist mir abhanden gekommen, und ich weiß nicht, wohin; der Teufel hat mir einen argen Streich spielen wollen!«

»Ja, auf welche Weise ist sie Ihnen denn abhanden gekommen? Die Sache kommt mir doch ein wenig unbegreiflich vor.«

»Das kann ich Ihnen nicht sagen, auf welche Weise; aber die Hauptsache ist, daß sie jetzt in der Stadt herumkutschiert und sich Staatsrat nennt. Und darum möchte ich Sie bitten, bekanntzumachen, daß derjenige, der sie fängt, sie mir so schnell wie möglich zustellen möchte. Sie werden doch wohl begreifen, daß ich einen so hervorragen-den Körperteil nicht entbehren kann! Das ist keine kleine Zehe, die sich im Stiefel versteckt – da sieht's kein Mensch, wenn einem die fehlt. Ich besuche des Donnerstags die Soiree der Staatsrätin Tschechtarew, und die Frau des Stabsoffiziers, Pelagia Grigorjewna Podtotschin, die eine sehr hübsche Tochter hat, ebenfalls eine sehr gute Bekannte von mir, und Sie werden begreifen, daß ich mich jetzt – so kann ich mich doch nicht vor ihnen sehen lassen!«

Der Beamte dachte tief nach, was die fest zusammengepreßten Lippen bewiesen.

»Nein, eine solche Bekanntmachung kann ich in die Zeitung nicht aufnehmen«, sagte er endlich nach langem Schweigen.

»Wie? Warum?«

»Ja, dadurch könnte die Zeitung um ihren Ruf kommen. Wenn da jeder hineinsetzen könnte, seine Nase sei ihm fortgelaufen, dann … Man sagt ohnehin schon, daß allerlei Unsinn und Lügen darin ständen.«

»Aber dies hier ist doch kein Unsinn. Mir scheint, daß darin nichts dergleichen ist.«

»Ja, Ihnen mag das so scheinen. Da hatten wir in der vorigen Woche einen ähnlichen Fall. Kommt da just wie Sie ein solcher Beamter zu uns mit einem Zettel – das Inserat machte zwei Rubel dreiundsiebzig Kopeken –, und die ganze Bekanntmachung bestand darin, daß ein schwarzer Pudel davongelaufen sei. Scheint es, daß etwas Besonderes dabei wäre? Es hat sich aber gezeigt, daß es ein Pasquill war; mit diesem Pudel war ein gewisser Kassierer gemeint – ich erinnere mich nicht mehr welcher Anstalt.«

»Aber ich fahnde hier ja nicht nach einem Pudel, sondern nach meiner eigenen Nase – und das ist doch fast dasselbe wie nach mir selbst.«

»Nein, ein solches Inserat kann ich durchaus nicht annehmen.«

»Aber wenn ich doch wirklich meine Nase verloren habe?«

»Wenn das der Fall ist, so ist es eine Sache, die den Arzt angeht. Es soll ja Ärzte geben, die jede beliebige Nase ansetzen können. Allein ich sehe schon, Sie sind ein lustiger Herr und lieben es, Späße zu machen.«

»Ich schwöre Ihnen – so wahr Gott heilig ist! Übrigens, wenn es schon soweit gekommen ist, kann ich Ihnen ja auch zeigen –«

»Warum sollen Sie sich bemühen!« fuhr der Beamte fort und nahm eine Prise. »Doch, wenn es Ihnen nicht unangenehm ist«, fügte er neugierig hinzu, »so möchte ich wohl gerne sehen.«

Der Kollegien-Assessor nahm das Tuch vom Gesicht.

»In der Tat, höchst merkwürdig«, sagte der Beamte, »die Nasenstelle ist vollständig glatt, so glatt wie eine frischgebackene Plinse. Es ist kaum zu glauben.«

»Nun, jetzt werden Sie doch wohl nicht mehr streiten wollen? Sie sehen selbst, die Sache muß in die Zeitung. Ich würde Ihnen zu ganz besonderem Dank verpflichtet sein und freue mich, daß dieser Anlaß mir das Vergnügen verschafft hat, Ihre Bekanntschaft zu machen.« Wie aus diesen Worten zu ersehen, beschloß der Major, es mit der Liebenswürdigkeit zu versuchen.

»Die Veröffentlichung ist schließlich eine Sache ohne Belang«, sagte der Beamte; »nur sehe ich nicht ein, was für einen Nutzen es für Sie haben könnte. Wollen Sie nicht lieber irgend jemandem, der eine gewandte Feder führt, den Vorfall erzählen, damit er ihn als ein seltnes Naturereignis schildert? Er kann dann diesen Aufsatz in der ›Nordischen Biene‹ (hier nahm er sich wieder eine Prise) abdrucken lassen, zur Belehrung der Jugend (hier putzte er sich die Nase) oder auch zur Unterhaltung des Publikums.«

Der Kollegien-Assessor ließ alle Hoffnungen fahren. Er warf einen Blick in ein vor ihm liegendes Zeitungsblatt, das die Ankündigungen der Theatervorstellungen enthielt; schon verbreitete sich über sein Gesicht ein Lächeln, da er den Namen einer Schauspielerin, einer hübschen Person, las. Und er faßte schon in die Tasche, um nachzusehen, ob er eine Fünfrubelnote bei sich habe, da nach seiner Meinung die Stabsoffiziere im Parkett sitzen müssen, aber der Gedanke an die Nase verdarb alles wieder.

Selbst der Beamte schien durch die bedrängte Lage Kowalows gerührt. Um ihm seinen Kummer soviel als möglich zu erleichtern, hielt er es für angemessen, ihm seine Teilnahme auszudrücken: »Wirklich, es geht mir sehr nahe, daß Ihnen diese Anekdote passieren mußte. Wollen Sie nicht ein Prischen nehmen? Das vertreibt das Kopfweh und alle schwermütigen Gedanken; selbst gegen Hämorrhoiden ist der Schnupftabak ein gutes Mittel!« Und mit diesen Worten hielt der Beamte Kowalow seine Tabaksdose hin, auf deren Deckel eine Dame mit Hut abgebildet war.

Diese Unbedachtsamkeit brachte Kowalow um seine Geduld.

»Ich begreife nicht, wie Sie sich einen solchen Scherz erlauben können«, sagte er wütend; »sehen Sie denn nicht, daß mir gerade das fehlt, was zum Prisennehmen unerläßlich ist? Hol' der Teufel Ihren Tabak. Ich kann ihn jetzt nicht einmal sehen, nicht nur Ihren schlechten Beresiner, sondern auch wenn man mir sogar Rapé anbieten würde.« Und mit diesen Worten ging er ganz wütend aus der Zeitungsexpedition hinaus und begab sich zu dem Polizei-Inspektor.

Kowalow traf diesen Beamten gerade in dem Augenblick, als er sich reckte, gähnte und sprach: »Ach, jetzt schlaf ich recht hübsch zwei Stündchen!« Und so kam ihm der Besuch des Kollegien-Assessors selbstverständlich durchaus nicht gelegen. Der Polizei-Inspektor war ein großer Freund von allerlei schönen Sachen und Industrieerzeugnissen, aber staatliche Banknoten zog er doch allem andern vor. »Das ist etwas Reelles«, pflegte er zu sagen; »es geht nichts über so einen reellen

Schein; er braucht keine Nahrung, nimmt nur wenig Raum ein, findet immer Platz in der Tasche, und fällt er zu Boden, so zerbricht er nicht.«

Der Polizei-Inspektor empfing Kowalow ziemlich trocken und sagte, unmittelbar nach dem Essen sei keine Zeit, gerichtliche Untersuchungen einzuleiten; schon die Natur habe es so eingerichtet, daß man sich dann ein wenig ausruhe (aus welcher Bemerkung der Kollegien-Assessor entnehmen konnte, daß der Polizei-Inspektor mit den Sinnsprüchen der alten Weisen nicht ganz unbekannt war) und daß man einem ordentlichen Menschen nicht die Nase abreiße.

Das war überaus deutlich. Es muß hier bemerkt werden, daß Kowalow ein höchst empfindlicher Mensch war. Er konnte alles verzeihen, was man über ihn selbst sagte, aber niemals das, was sich auf seinen Rang oder seine Stellung bezog. Er ließ sogar gelten, daß die Zensur in Theaterstücken alles das passieren ließ, was auf die Offiziere gemünzt war, aber Stabsoffiziere durften nie angegriffen werden. Der Empfang des Polizei-Inspektors machte ihn so verwirrt, daß er den Kopf schüttelte und, die Arme ein wenig ausbreitend, im Gefühl seiner Würde sagte: »Ich muß gestehen, nach solchen beleidigenden Bemerkungen von Ihrer Seite habe ich nichts mehr hinzuzufügen.« Sprach's und ging.

Er kam nach Hause, kaum noch seine Beine fühlend. Es dämmerte schon. Seine Wohnung erschien ihm traurig und widerwärtig nach all diesen unglücklichen Bemühungen. Als er in das Vorzimmer trat, erblickte er seinen Diener Iwan rücklings auf dem schmutzigen Ledersofa liegend, wie er sich die Zeit damit vertrieb, daß er nach der Decke spuckte, wobei er glücklich immer ein und dieselbe Stelle traf. Der Gleichmut seines Dieners empörte ihn. Er versetzte ihm mit seinem Hut einen Hieb auf den Kopf und schrie: »Immer machst du Dummheiten, du Schweinigel.«

Iwan sprang jäh in die Höhe, lief was er konnte, um seinem Herrn den Mantel abzunehmen.

In seinem Zimmer angelangt, warf sich der Major müde und kummervoll auf einen Stuhl, seufzte einige Male tief auf und sagte schließlich: »Mein Gott, mein Gott! Ist das ein Unglück! Hätte ich einen Arm oder ein Bein verloren, das alles wäre noch nicht so schlimm; aber ein Mensch ohne Nase – der Teufel weiß, was das ist: Nicht Fisch und nicht Fleisch – man kann ihn einfach nehmen und zum Fenster hinauswerfen. Und hätte ich sie noch im Kriege oder im Duell oder auf eine andere selbstverschuldete Art verloren, aber um nichts und wieder nichts, ohne

Not, nicht einen Groschen habe ich dafür bekommen … Aber nein, es ist ja unmöglich!« fuhr er nach einigem Sinnen fort; »ganz undenkbar, daß ich die Nase verloren haben könnte; ganz und gar unwahrscheinlich. Das hat mir geträumt oder ich phantasiere nur; vielleicht habe ich aus Versehen statt des Wassers den Branntwein ausgetrunken, mit dem ich mir nach dem Rasieren das Kinn abwasche. Iwan, der Dummkopf, hat ihn nicht weggestellt, und ich habe ihn sicher getrunken.« Und um sich zu überzeugen, ob er wirklich nicht betrunken sei, kniff sich der Major so empfindlich, daß er selbst aufschrie. Dieser Schmerz überzeugte ihn vollständig, daß er in der Tat ganz wach und nüchtern sei. Langsam näherte er sich dem Spiegel und schloß zuerst die Augen, in der Hoffnung, daß vielleicht seine Nase sich wieder an der alten Stelle befände; aber in demselben Augenblick sprang er zurück und rief aus: »Was für ein niederträchtiger Anblick!«

Es war wirklich unbegreiflich; wenn er irgend etwas anderes, einen Knopf, die Uhr, einen silbernen Löffel verloren hätte! Aber ein solcher Verlust! Und noch in der eigenen Wohnung! … Der Major Kowalow kam, alle Umstände erwägend, auf den Gedanken, ob es der Wahrheit nicht am nächsten liegen möchte, daß niemand anders schuld daran sei als die Frau des Stabsoffiziers Podtotschin, die ihn mit ihrer Tochter zu verheiraten suchte. Und er selbst kokettierte gern mit ihr, ging aber einer endgültigen Erklärung aus dem Wege. Als Frau Podtotschin ihm geradeheraus erklärte, daß sie ihr Töchterchen ihm geben möchte, da zog er sich ganz leise mit seinen Komplimenten zurück, indem er bemerkte, er sei noch zu jung, er müsse erst noch fünf Jahre dienen, um gerade zweiundvierzig Jahre voll zu haben. Und darum hat die Frau des Stabsoffiziers sicher aus Rache den Plan gefaßt, ihn zu schänden, und sich zu diesem Zwecke irgendein paar alte Hexenweiber angeworben, da auf keinerlei Weise angenommen werden konnte, daß ihm die Nase abgeschnitten worden sei: niemand kam zu ihm ins Zimmer; der Barbier Iwan Jakowlewitsch hatte ihn bereits am Mittwoch rasiert, und während des ganzen Mittwochs, ja sogar noch während des Donnerstags war die Nase noch heil gewesen. Dessen erinnerte er sich noch genau und wußte es ganz gut. Zudem würde er ja auch den Schmerz empfunden haben, und ohne Zweifel hätte die Wunde nicht so schnell heilen können. Es gingen ihm allerlei Pläne durch den Kopf; sollte er die Frau des Stabsoffiziers auf dem Rechtswege vor Gericht laden oder sich selbst zu ihr begeben und sie überführen? Er wurde in seinen Gedanken durch das Licht gestört, das durch alle Spalten der Tür hindurchdrang und erkennen ließ, daß Iwan bereits im Vorzimmer die Kerze angezündet hatte. Bald darauf trat Iwan selbst herein, das Licht vor sich tragend und die ganze Stube erleuchtend. Das erste, was Kowalow tat, war, nach dem Taschentuch zu greifen und die Stelle zu verhüllen, wo sich gestern noch die Nase befunden, damit dieser Dummkopf von Diener den Mund nicht so aufsperre, wenn er seinen Herrn in einer so seltsamen Verfassung erblickte.

Iwan war noch nicht wieder in seine Kammer gegangen, als aus dem Vorzimmer eine unbekannte Stimme sich vernehmen ließ, welche rief: »Wohnt hier der Kollegien-Assessor Kowalow?«

»Bitte treten Sie ein, ja, hier wohnt er«, rief Kowalow schnell aufspringend und die Tür öffnend.

Es war ein Polizeibeamter von hübschem Äußeren mit einem nicht zu hellen und nicht zu dunklen Backenbart und ziemlich vollen Wangen, derselbe, welcher zu Beginn unserer Erzählung auf der Isaaksbrücke stand.

»Haben Sie vielleicht beliebt Ihre Nase zu verlieren?«

»Ganz recht.«

»Sie ist jetzt aufgefunden worden.«

»Was sagen Sie?« rief der Major Kowalow. Die Freude lähmte ihm die Zunge. Mit weit aufgerissenen Augen starrte er den vor ihm stehenden Polizeimann an, auf dessen vollem Gesicht und Lippen hell das flackernde Kerzenlicht zitterte.

»Auf welche Weise?«

»Auf höchst seltsame Weise: sozusagen auf der Landstraße. Sie saß bereits im Postwagen und wollte nach Riga fahren. Der Paß war schon vor längerer Zeit auf den Namen eines Beamten ausgestellt worden. Und ist es nicht merkwürdig, daß ich selbst anfangs sie für einen Herrn hielt? Aber glücklicherweise hatte ich meine Brille bei mir, und da sah ich denn sofort, daß es eine Nase war. Ich bin nämlich kurzsichtig, und wenn Sie selbst vor mir stehen, so sehe ich nur, daß Sie ein Gesicht haben, aber von einer Nase, einem Bart bemerke ich nichts. Meine Schwiegermutter, das heißt, die Mutter meiner Frau, sieht ebenfalls nichts.«

Kowalow war außer sich. »Wo ist sie, wo? Ich eile sofort hin –«

»Sorgen Sie sich nicht. Ich wußte, daß Sie sie brauchen und habe sie gleich mitgebracht. Und merkwürdigerweise ist der Hauptverbrecher bei dieser Sache ein Halunke von Barbier da auf der Himmelfahrtsstraße – jetzt sitzt er bereits auf der Wache. Ich hatte ihn schon lange im Verdacht, daß er ein Trunkenbold und Dieb sei, und noch vorgestern nahm er in einem Laden eine Partie Knöpfe an sich. Ihre Nase ist noch ganz so, wie sie war.« Und damit griff der Polizeibeamte in die Tasche und zog die in Papier gewickelte Nase heraus.

»Ja, ja, das ist sie!« rief Kowalow; »richtig, das ist sie! Werden Sie heute eine Tasse Tee mit mir trinken?«

»Würde mir sehr angenehm sein, aber ich kann wirklich nicht; ich muß von hier sofort nach dem Zuchthaus fahren ... alle Lebensmittel sind jetzt furchtbar teuer ... bei mir wohnt die Schwiegermutter, das heißt die Mutter meiner Frau, und Kinder; namentlich das älteste erweckt große Hoffnungen – ein kluger Junge; aber es fehlt mir vollständig an Mitteln, um ihm eine gute Erziehung zu geben ...«

Als der Polizeibeamte fort war, verharrte der Kollegien-Assessor einige Minuten in einem unbestimmten Geisteszustand; erst nach einigen Minuten war es ihm möglich, wieder zu sehen und zu fühlen – so hatte ihn die unerwartete Freude überwältigt. Vorsichtig nahm er die wiedergefundene Nase in beide Hände, die er ballte, und betrachtete sie noch einmal ganz aufmerksam.

»In der Tat, sie ist's!« sagte der Major Kowalow zu sich. »Da ist auch das Hitzbläschen an der linken Seite, das sich vorgestern gebildet hat.« Ein Wunder, daß der Major nicht vor Freude auflachte. Aber nichts ist von Dauer hier auf Erden, und so ist auch die Freude im zweiten Augenblick schon nicht mehr so lebendig wie im ersten; im dritten wird sie noch schwächer, und schließlich verfließt sie unbemerkt mit dem gewöhnlichen Zustand der Seele – wie die Ringe auf dem Wasser, die durch das Hineinfallen eines Steines entstanden sind, endlich auf der glatten Oberfläche wieder verschwinden. Kowalow begann nachzudenken und besann sich, daß die Sache ja noch nicht vollständig erledigt war: die Nase war zwar gefunden, aber nun mußte sie wieder an ihren Platz befestigt werden.

»Wenn sie nun nicht festwüchse?«

Bei dieser Frage, die er sich selbst stellte, erbleichte der Major.

Mit einem Gefühl unerklärlichen Schreckens sprang er zum Tisch und rückte den Spiegel näher, damit er die Nase nicht schief aufsetze. Die Hände bebten ihm. Vorsichtig und behutsam hielt er sie an der alten Stelle ... o Schrecken! Die Nase hielt nicht! ... Er hielt sie vor den

Mund, wärmte sie durch seinen Atem ein wenig an und hielt sie wieder an die glatte Stelle zwischen den beiden Wangen, aber die Nase wollte durchaus nicht festhalten.

»Na, na, na! So klettere doch hinauf, du dummes Ding!« sagte er zu ihr. Aber die Nase war wie von Holz und fiel mit einem eigentümlichen Ton so wie ein Pfropfen auf den Tisch. Das Gesicht des Majors begann krampfhaft zu zucken. »Wäre es wirklich möglich, daß sie nicht wieder anwachsen wollte?« sagte er entsetzt zu sich. Aber so oft er sie auch andrückte – alle Bemühungen waren fruchtlos.

Er rief Iwan und schickte ihn zu dem Arzt, der in demselben Hause die schönste Wohnung im ersten Stock inne hatte. Dieser Doktor war ein stattlicher Mann, hatte einen schönen pechschwarzen Backenbart, eine frische gesunde Frau, aß des Morgens frische Äpfel, reinigte sich mit der größten Sorgfalt den Mund, indem er ihn jeden Morgen fast dreiviertel Stunden lang spülte und die Zähne mit fünf verschiedenen Bürstchen putzte. Der Doktor kam unverzüglich. Nachdem er gefragt, wann ihm das Unglück passiert sei, faßte er den Major ans Kinn, hob seinen Kopf und gab ihm mit dem Zeigefinger ein Schnippchen auf dieselbe Stelle, wo früher die Nase gesessen, so daß der Major seinen Kopf mit solcher Heftigkeit zurückzog, daß er mit dem Hinterkopf an die Wand schlug. Der Arzt sagte, das habe nichts zu bedeuten, riet ihm, ein wenig von der Wand wegzutreten, und befahl ihm, den Kopf erst nach rechts zu neigen, befühlte dann die Stelle, wo die Nase gesessen hatte, und sagte »hm!« Dann befahl er ihm, den Kopf nach links zu neigen, und sagte »hm!« Und zum Schluß gab er ihm wieder mit dem Finger ein Schnippchen, so daß Major Kowalow den Kopf emporriß wie ein Pferd, dem man die Zähne besieht. Nachdem der Arzt diese Prüfung angestellt hatte, schüttelte er den Kopf und sagte: »Nein, es ist unmöglich; es ist besser, Sie bleiben so wie Sie sind, denn es könnte noch viel schlimmer werden. Natürlich könnte ich Ihnen die Nase wieder ansetzen; ja, ich könnte sie, wenn's Ihnen beliebte, jetzt gleich wieder befestigen; aber ich versichere Sie, es würde für Sie nur noch schlimmer werden!«

»Das ist eine schöne Geschichte! Wie sollte ich ohne Nase auf der Welt herumlaufen?« rief Kowalow. »Ärger als es jetzt ist, kann es gar nicht werden. Das ist ja, um des Teufels zu werden! Wo soll ich mich mit einem so niederträchtigen Gesicht sehen lassen? Ich habe sehr distinguierte Bekannte, und noch heut abend muß ich in zwei Familien

Besuche machen. Ich habe sehr viele Bekannte: da ist die Staatsrätin Tschechtarew, die Frau des Stabsoffiziers Podtotschin, wiewohl ich mit ihr nach dieser Tat nur noch durch die Polizei verkehren kann … Seien Sie so liebenswürdig«, fuhr Kowalow mit flehender Stimme fort. »Gibt es denn gar kein Mittel? Machen Sie sie irgendwie fest: wenn's auch nicht schön aussieht – wenn sie nur fest sitzt! Ich kann sie sogar in kritischen Situationen leicht mit der Hand festhalten. Ich will sogar nicht tanzen, damit sie nicht durch irgendeine unvorsichtige Bewegung zu Schaden kommt. Und was die Remuneration für Ihre Besuche anlangt, so seien Sie überzeugt – soweit meine Mittel gehen –«

»Sie können versichert sein«, sprach der Doktor weder mit zu lauter noch zu leiser, aber außerordentlich freundlicher und anziehender Stimme, »daß ich nie aus Gewinnsucht meiner Praxis nachgehe. Das ist ganz gegen meine Grundsätze und meine Kunst. Allerdings nehme ich Geld für meine Besuche, aber nur um meine Patienten nicht zu verletzen. Natürlich könnte ich Ihnen die Nase wieder ansetzen; aber ich versichere Sie bei meiner Ehre – wenn Sie schon meinen Worten nicht glauben wollen – es würde noch weit schlimmer werden. Waschen Sie die Stelle öfters mit kaltem Wasser, und ich versichere Sie, Sie werden auch ohne Nase so gesund sein, als hätten Sie eine Nase. Die Nase selbst aber möchte ich Ihnen raten in eine Flasche mit Spiritus zu legen, oder noch besser: gießen Sie zwei Löffel voll scharfen Branntwein und aufgewärmten Essig darauf – dann bekommen Sie ein hübsches Stück Geld dafür. Ich bin sogar bereit, sie selbst zu nehmen, wenn Sie nicht zuviel dafür verlangen.«

»Nein, nein! Verkaufen? Um keinen Preis!« schrie verzweifelt der Major Kowalow.

»Entschuldigen Sie!« sagte der Doktor mit einer Verbeugung; »ich wollte Ihnen nur nützlich sein … was soll ich tun? Wenigstens haben Sie gesehen, daß ich es aufrichtig meinte.«

Und mit diesen Worten verließ der Doktor in würdevoller Haltung das Zimmer. Kowalow bemerkte nicht einmal sein Gesicht und sah in seiner tiefen Betäubung nur noch die aus den Ärmeln des schwarzen Fracks hervorstehenden schneeweißen Manschetten.

Am folgenden Tage beschloß er, bevor er dem Gericht die Klage einreichte, an die Frau des Stabsoffiziers zu schreiben, ob sie ihm nicht ohne Kampf das zurückgäbe, was ihm gehörte. Der Brief hatte folgenden Inhalt:

»Meine Gnädigste!

Ich kann Ihr eigentümliches Benehmen durchaus nicht begreifen. Seien Sie überzeugt, durch ein solches Vorgehen erreichen Sie nichts und werden mich dadurch nie bewegen, Ihre Tochter zu heiraten. Sie können glauben, daß die Geschichte meiner Nase schon in der ganzen Stadt bekannt ist, wie auch der Umstand, daß Sie und niemand anders in erster Reihe beteiligt sind. Ihr plötzliches Verschwinden und ihre Flucht, der Umstand, daß sie bald in der Gestalt eines Beamten, bald in ihrer eigenen Gestalt sich zeigt, sind weiter nichts als das Resultat der Zauberkünste, welche Sie oder diejenigen geübt haben, die sich mit solch edlen Beschäftigungen befassen. Ich halte es für meine Pflicht, Ihnen die Mitteilung zu machen, daß, wenn oberwähnte Nase sich nicht heute noch an Ort und Stelle befindet, ich mich genötigt sehen werde, bei den Gerichten Schutz und Genugtuung zu suchen.

Im übrigen mit vollständiger Hochachtung

Ihr ganz ergebener

Platon Kowalow.«

»Sehr geehrter Herr!

Ihr Brief hat mich über die Maßen verwundert. Ich muß Ihnen offen gestehen, das und insbesondere diese ungerechten Vorwürfe Ihrerseits hatte ich durchaus nicht erwartet. Ich teile Ihnen mit, daß ich den Beamten, von dem Sie sprachen, niemals in meinem Hause empfangen habe, weder in seiner eigenen noch in fremder Maske. Allerdings hat Philipp Iwanowitsch Potantschikow mich besucht, und wenn er sich freilich auch um meiner Tochter Hand beworben hat (er ist ein höchst ehrenwerter, nüchterner und hochgelehrter Mann), so habe ich ihm doch niemals die geringste Hoffnung gegeben. Sie erwähnen noch der Nase. Wenn Sie damit meinen, ich hätte Ihnen eine Nase, das heißt eine abschlägige Antwort oder einen sogenannten Korb geben wollen, so wundert es mich im höchsten Grade, daß Sie selbst davon reden, während ich doch, wie Ihnen wohl bekannt, der ganz entgegengesetzten Meinung war, und wenn Sie jetzt in gesetzlicher Weise um meine Tochter werben, so bin ich sofort bereit, Ihrem Wunsche entgegenzukommen, um so mehr, da dies stets der Gegenstand meines lebhaftesten Verlangens war, in welcher Hoffnung ich stets gern zu Ihren Diensten verbleibe

Alexandra Podtotschin.«

»Ja«, sagte Kowalow, als er den Brief gelesen, »sie ist wirklich unschuldig. Es ist nicht möglich. Der Brief ist so geschrieben, wie nur ein vollkommen unschuldiger Mensch schreiben kann.« Der Kollegien-Assessor war in dergleichen Dingen erfahren, weil er wiederholt noch im Kaukasus in amtlichem Auftrage gerichtliche Untersuchungen zu leiten gehabt hatte. »Aber auf welche Weise, mit Hilfe welcher Schicksaltücke ist denn das vor sich gegangen? Nur der Teufel begreift die ganze Geschichte!« rief er endlich und ließ die Hände sinken.

Mittlerweile hatte sich das Gerücht von diesem außergewöhnlichen Ereignis durch die ganze Stadt verbreitet, und zwar, wie das dann immer zu geschehen pflegt, nicht ohne besondere Zusätze. Damals waren alle Geister ganz besonders dem Ungewöhnlichen zugeneigt; das Publikum hatte sich soeben erst mit dem Magnetismus zu beschäftigen angefangen. Zudem war die Geschichte von den tanzenden Stühlen, die in der Marstallstraße gespielt hatte, noch frisch in aller Gedächtnis, und somit brauchte man nicht darüber zu staunen, daß man sich bald darauf erzählte, die Nase des Kollegien-Assessors Kowalow spaziere gegen drei Uhr auf dem Newski-Prospekt umher. Täglich strömte eine große Menge von Neugierigen dorthin. Irgend jemand erzählte, die Nase habe sich in Junkers Ladenräumen gezeigt – und neben Junker entstand ein solches Gedränge und Gewühl von Menschen, daß sogar die Polizei einschreiten mußte. Ein gewisser Spekulant von ehrwürdigem Aussehen mit einem Backenbart, der vor dem Theater allerlei Kuchen verkaufte, fabrizierte sehr schöne hölzerne, dauerhafte Bänkchen, auf denen er die Neugierigen gegen Entrichtung von achtzig Kopeken sich aufstellen ließ. Ein verdienstvoller Oberst verließ deshalb extra früher als gewöhnlich das Haus und drängte sich nur mit großer Mühe durch die Menge; aber zu seinem nicht geringen Verdruß sah er in dem Ladenfenster statt der Nase eine gewöhnliche wollene Jacke, sowie das lithographierte Bild eines jungen Mädchens, das seinen Strumpf glatt zog, nebst einem stutzerhaften Burschen mit ausgeschnittener Weste und kleinem Bärtchen, der sie hinter einem, Baum hervor beobachtete – ein Bild, das schon mehr als zehn Jahre an ein und derselben Stelle hing. Beim Fortgehen sagte er grimmig: »Wie kann man nur mit solchen einfältigen, unwahrscheinlichen Gerüchten die Leute in Aufregung versetzen!« Dann ging die Sage, die Nase des Majors Kowalow spaziere nicht auf dem Newski-Prospekt, sondern im Taurischen Garten umher; sie halte sich dort schon seit langer Zeit auf, und als Chosrew-Mirza dort noch wohnte, sei er über dieses seltsame Naturspiel im höchsten Grade erstaunt gewesen. Eine Anzahl Studenten der chirurgischen Akademie begab sich dorthin. Eine vornehme, ehrwürdige Dame bat in einem besonderen Brief den Inspektor des Taurischen Gartens, ihren Kindern dieses seltene Phänomen zu zeigen, und womöglich belehrende und bildende Erklärungen für die Jugend hinzuzufügen.

Über all diese Vorgänge waren natürlich alle diejenigen unvermeidlichen Besucher aller Bälle der Gesellschaft hocherfreut, die gern die Damen lachen machten und deren Stoff zu jener Zeit völlig erschöpft war. Nur wenige ehrwürdige, wohlgesinnte Leute waren unzufrieden. Ein Herr äußerte sich mit Unwillen dahin, daß er nicht begreife, wie man in dem gegenwärtigen erleuchteten Jahrhundert so unsinnige Erfindungen verbreiten könne, und er sei höchst erstaunt, daß die Regierung nicht ihre Aufmerksamkeit darauf lenke. Dieser Herr gehörte, wie hieraus zu ersehen, zu denjenigen, welche die Regierung in alles verwickeln möchten – sogar in ihre eigenen täglichen Streitigkeiten mit ihrer Frau. Gleich darauf – aber hier verhüllen sich alle Ereignisse wieder mit nebelhafter Dunkelheit, und was ferner geschah, ist ganz und gar nicht bekannt geworden.

3

Vollkommen abgeschmacktes Zeug geschieht doch auf der Welt. Manchmal gibt's Dinge, die ganz und gar nicht wahrscheinlich sind: plötzlich zeigte sich dieselbe Nase, die im Range eines Staatsrats umhergefahren war und so viel Lärm erregt hatte, just als wäre nichts geschehen, wieder an ihrem Platze, das heißt zwischen den beiden Wangen des Majors Kowalow. Dieses Ereignis trug sich schon am siebenten April zu. Als der Major am Morgen erwachte und plötzlich in den Spiegel blickte, sah er – die Nase! Er betastete sie mit der Hand – richtig die Nase! »Hähä!« sagte Kowalow und hätte vor Freude beinahe in seinem Zimmer barfuß den Trepak getanzt, nur das Erscheinen seines Dieners verhinderte ihn daran. Er befahl diesem, ihm sofort Waschwasser zu geben, und nachdem er sich gewaschen, blickte er noch einmal in den Spiegel – die Nase! Dann rieb er sich mit dem Handtuch ab und schaute nochmals in den Spiegel – die Nase!

»Sieh mal her, Iwan, ich glaube, da ist mir ein Hitzbläschen auf die Nase geflogen«, sprach er und dachte bei sich: Ach, wenn nun aber

Iwan sagt: ›Aber gnädiger Herr, Sie haben nicht nur kein Hitzbläschen, sondern nicht einmal eine Nase?‹

Aber Iwan sagte: »Es ist nichts – gar keine Spur von einem Hitzbläschen, die Nase ist ganz rein.«

»Schön, beim Teufel!« sagte der Major und schnalzte mit den Fingern. In diesem Augenblick schaute der Barbier Iwan Jakowlewitsch zur Tür herein, aber so ängstlich wie eine Katze, die gerade Prügel bekommen, weil sie Speck gestohlen hat.

»Zunächst sage mir, ob du saubere Hände hast«, schrie ihm Kowalow schon von weitem zu.

»Sie sind vollständig sauber.«

»Das lügst du!«

»Bei Gott, vollständig sauber, gnädiger Herr!«

»Na, dann gib acht!«

Kowalow setzte sich. Iwan Jakowlewitsch hüllte ihn mit seinem Tuch ein, und im Umsehen hatte er mit Hilfe seines Pinsels das ganze Kinn des Majors und einen Teil der Wangen in Creme verwandelt, wie sie die Kaufleute an ihrem Namenstag auftischen. »Sieh mal an!« sagte Iwan Jakowlewitsch für sich und betrachtete aufmerksam die Nase, und dann hielt er den Kopf nach der Seite, am sie auch von einem andern Standpunkt zu betrachten. »Sieh da, da ist sie, wirklich, denk mal«, fuhr er fort und blickte sie lange an. Endlich erhob er langsam, aber mit denkbar größter Vorsicht zwei Finger, um sie ganz an der Spitze zu erfassen. Das war die Methode Iwan Jakowlewitschs.

»Na, na, na, sieh dich vor!« schrie ihn Kowalow an.

Iwan Jakowlewitsch ließ die Hände sinken und wurde so bestürzt und verwirrt, wie noch nie in seinem Leben. Endlich begann er ganz vorsichtig unter dem Kinn zu rasieren, und obgleich es ihm höchst unbequem und schwer wurde zu rasieren, ohne daß er dabei an dem Riechorgan des Körpers eine Stütze hatte, so gelang es ihm doch schließlich, indem er den einen Finger auf die Wange und den Unterkiefer drückte, sich seiner Aufgabe vollständig zu entledigen und den Major zu rasieren.

Als der Barbier fertig war, kleidete sich Kowalow schnell an, setzte sich in eine Droschke und fuhr geradeswegs nach einer Konditorei. Schon von weitem rief er: »Kellner, eine Tasse Schokolade!« und stand auch schon in demselben Augenblick vor dem Spiegel – er hat eine Nase! Fröhlich trat er zurück und betrachtete mit einem satirischen

Gesichtsausdruck und mit den Augen blinzelnd zwei Soldaten, von denen der eine eine Nase hatte, die nicht viel größer war als ein Westenknopf. Dann begab er sich in die Kanzlei derjenigen Abteilung, bei der er sich um die Stelle eines Vizegouverneurs oder, falls eine solche nicht zu erlangen war, um die eines Exekutors bemühte. Als er durch das Empfangszimmer schritt, schaute er in den Spiegel – er hat eine Nase! Dann fuhr er zu einem andern Kollegien-Assessor oder Major, einem großen Witzbold, dem er auf seine Anzüglichkeiten stets zu entgegnen pflegte: »Nun, du kannst mir ja, ich kenne dich doch, du Spötter.« Unterwegs dachte er: Wenn der Major jetzt nicht bei deinem Anblick vor Lachen platzt, so ist es ein untrüglicher Beweis, daß alles ganz an seiner richtigen Stelle sitzt. Aber der Kollegien-Assessor erlaubte sich nicht die geringste Anzüglichkeit.

Ausgezeichnet, ausgezeichnet, beim Satan, dachte Kowalow bei sich. Unterwegs begegnete er der Frau des Stabsoffiziers und deren Tochter. Er machte ihnen eine Verbeugung und wurde mit freudigen Ausrufen empfangen: war also in keiner Weise zu Schaden gekommen ... Lange unterhielt er sich mit den Damen, und absichtlich zog er seine Tabaksdose hervor und versah wiederholt beide Öffnungen seiner Nase mit Schnupftabak, wobei er sich sagte: »Na, seht ihr's nun, ihr Weiber, ihr Hühnervolk! Aber das Töchterchen heirate ich doch nicht. Na, so ein bißchen – par amour – gern!« Und von jetzt an promenierte der Major Kowalow, als wäre gar nichts geschehen, auf dem Newski-Prospekt umher und zeigte sich im Theater, auf Bällen, Soireen – kurz überall. Und auch die Nase saß und zeigte keinerlei Zeichen, daß sie nach dieser oder jener Seite gewichen wäre, als wäre ihr nichts passiert. Und in der Folge sah man den Major Kowalow stets bei ausgezeichneter Laune, immer lächelnd, fortwährend alle, aber alle schönen Damen verfolgend – ja, einmal kehrte er sogar in einen Laden ein und kaufte sich ein Ordensbändchen – aus welchem Grunde, ist nicht bekannt geworden; wenigstens war er nicht im Besitz irgendeines Ordens.

Schau, was für eine Geschichte sich in der nordischen Hauptstadt unseres weiten Reiches ereignet hat! Wenn man jetzt den ganzen Vorfall noch einmal recht bedenkt, so sieht man, daß vieles daran unwahrscheinlich ist. Ich will gar nicht davon sprechen, daß es wirklich wunderlich ist, daß eine Nase sich gegen alle Natürlichkeit entfernt und sich an verschiedenen Orten in Gestalt eines Staatsrates zeigt – aber wie vermochte Kowalow nur nicht zu begreifen, daß er doch unmöglich mit

Hilfe einer Zeitung nach einer verschwundenen Nase fahnden konnte? Ich rede hier nicht in dem Sinne, daß mir die Zeitungsanzeige etwas teuer vorkäme: das ist Unsinn, und ich gehöre durchaus nicht zu den gewinnsüchtigen Menschen; aber ich finde so etwas unpassend, unschön, ungeschickt! Und dann wieder die Frage: wie kam die Nase in das Brot und wie konnte Iwan Jakowlewitsch … nein, das begreife ich nicht! Aber das Seltsamste, Unbegreiflichste an der Sache ist, wie es nur Schriftsteller geben kann, die sich solche Gegenstände wählen. Ich muß gestehen, das ist mir das Allerunbegreiflichste … in der Tat, das geht vollständig über mein Begriffsvermögen! Denn erstens hat das Vaterland nicht den mindesten Nutzen davon, und dann zweitens – aber auch zweitens springt kein Vorteil dabei heraus. Kurz, ich weiß nicht, was das soll …

Aber dennoch, trotz alledem, obwohl man schließlich dies und jenes und noch ein drittes zugeben kann und vielleicht sogar … wo gibt es denn übrigens keine unsinnigen Dinge? – Wie man die Geschichte auch drehen und wenden mag, irgend etwas ist doch daran. Man rede, was man will, solche Dinge gibt es in der Welt – zwar nur selten, aber sie kommen vor.

Das Porträt

I

Nirgends blieben so viele Menschen stehen wie vor dem kleinen Bilder-
laden im Schtschukinschen Kaufhause. Dieser Laden stellte in der Tat
die bunteste Ansammlung von wunderlichen Dingen dar; die Bilder
waren zum größten Teil mit Ölfarben gemalt, mit einem dunkelgrünen
Lack überzogen und steckten in dunkelgelben Rahmen aus unechtem
Gold. Eine Winterlandschaft mit weißen Bäumen, ein knallroter Abend,
der wie eine Feuersbrunst aussieht, ein flämischer Bauer mit einer
Pfeife im Munde und einem gebrochenen Arm, mehr einem Truthahn
in Manschetten als einem Menschen ähnlich, – das ist der Inhalt der
meisten Bilder. Zu erwähnen sind noch einige Porträtstiche: das Bildnis
des Chosrew-Mirza in einer Lammfellmütze, die Bildnisse irgendwelcher
Generäle mit schiefen Nasen in Dreimastern … Außerdem ist die Ein-
gangstüre eines solchen Ladens gewöhnlich mit bunten volkstümlichen
Holzschnitten auf großen Bogen behängt, die von der angeborenen
Begabung des Russen zeugen. Eines dieser Bilder stellt die Prinzessin
Miliktrissa Kirbitjewna dar, ein anderes die Stadt Jerusalem, über deren
Häuser und Kirchen man ganz ungeniert mit roter Farbe gefahren ist,
welche auch einen Teil der Erde und zwei betende russische Bauern in
Fausthandschuhen mitgenommen hat.

Für alle diese Kunstwerke gibt es nur wenige Käufer, dafür eine
Menge Zuschauer. Irgendein Nichtstuer von einem Lakaien steht vor
ihnen mit der Wirtshausmenage in der Hand da und läßt seinen Herrn
warten, der die Suppe sicher in einem nicht zu heißen Zustande löffeln
müssen wird. Vor ihm steht ebenso sicher ein Soldat in einem Mantel,
dieser Kavalier des Trödelmarktes, der zwei Federmesser zu verkaufen
hat; auch eine Händlerin aus der Ochta-Vorstadt mit einer Schachtel
voller Schuhe ist dabei. Ein jeder ist auf seine Art entzückt; die Bauern
tippen gewöhnlich mit den Fingern auf die Bilder; die Kavaliere betrachten sie mit ernster Miene; die jungen Lakaien und die Lehrlinge lachen
und necken einander mit den dargestellten Karikaturen; die alten Lakaien
in den Friesmänteln sehen sich die Bilder nur darum an, weil sie doch
irgendwie die Zeit totschlagen müssen; aber die Händlerinnen, die
jungen russischen Weiber, eilen rein aus Instinkt her, um sich anzuhö-

ren, was sich das Volk erzählt, und um sich anzuschauen, was sich das Volk anschaut.

Um diese Zeit blieb vor dem Laden der zufällig vorbeigehende junge Maler Tschartkow unwillkürlich stehen. Der alte Mantel und der gar nicht elegante Anzug ließen auf einen Menschen schließen, der sich mit Selbstaufopferung seiner Kunst ergeben hat und dem es an Zeit fehlt, um sich um seine Toilette zu kümmern, die doch sonst für die Jugend einen geheimnisvollen Zauber hat. Er blieb vor dem Laden stehen und lachte erst innerlich über die häßlichen Bilder. Schließlich bemächtigte sich seiner eine unwillkürliche Nachdenklichkeit: er fragte sich, wer alle diese Kunstwerke brauche. Daß das russische Volk alle diese Prinzen Jeruslan Lasarewitschs, die »Fresser« und »Säufer«, die »Fomas« und »Jeremas« bewunderte, erschien ihm gar nicht sonderbar: die dargestellten Gegenstände waren dem Volke zugänglich und verständlich: wo blieben aber die Käufer für die bunten, schmutzigen Ölbilder? Wer brauchte diese flämischen Bauern, diese roten und blauen Landschaften, die einigen Anspruch auf eine höhere Stufe der Kunst erheben, die aber nur die tiefste Erniedrigung der Kunst spiegeln? Sie schienen durchaus nicht die Arbeiten eines kindlichen Autodidakten zu sein; sonst wäre in ihnen trotz der gefühllosen Karikiertheit des Ganzen ein starker innerer Drang zum Ausdruck gekommen. Aber man sah an ihnen nichts als Stumpfsinn und kraftlose, altersschwache Talentlosigkeit, die sich eigenmächtig neben die wahre Kunst gestellt hat, während ihr nur ein Platz unter den niedrigen Handwerken zukommt; eine Talentlosigkeit, die aber ihrem Berufe treu geblieben ist und in die Kunst selbst das Handwerksmäßige hineingebracht hat. Die gleichen Farben, die gleiche Manier, die gleiche gewohnte Hand, die eher einem roh gebauten Automaten als einem Menschen anzugehören scheint! …

Lange stand er vor diesen schmierigen Bildern, an die er zuletzt gar nicht mehr dachte, während der Besitzer des Ladens, ein farbloses Männchen in einem Friesmantel, mit einem seit dem letzten Sonntag nicht mehr rasierten Kinn, auf ihn seit geraumer Zeit einredete, mit ihm feilschte und den Preis ausmachte, ohne sich erst erkundigt zu haben, was ihm gefiel und was er brauchte. »Für diese Bäuerlein und für die kleine Landschaft verlange ich einen Fünfundzwanziger. Diese Malerei! Die blendet einfach den Blick! Die Bilder kommen direkt vom Markt, der Lack ist noch nicht trocken. Oder dieser Winter hier, nehmen Sie doch den Winter! Fünfzehn Rubel! Was der Rahmen allein schon wert ist! Ist das ein prachtvoller Winter!« Der Händler schnellte mit den Fingern gegen die Leinwand, als wollte er auf diese Weise die Güte des Winters zeigen. »Befehlen Sie, daß ich die Bilder zusammenbinde und Ihnen nachschicke? Wo geruhen Sie zu wohnen?

»Wart einmal, Bruder, nicht so schnell«, sagte der Maler, gleichsam zu sich kommend, als er sah, daß der flinke Händler die Bilder in allem Ernst zusammenband. Er genierte sich ein wenig, nichts zu kaufen, nachdem er so lange im Laden gestanden hatte; darum sagte er: »Wart einmal, ich will nachsehen, ob sich nicht hier etwas für mich findet!« Er bückte sich und fing an, die auf dem Boden aufgehäuften abgeriebenen und verstaubten alten Bilder aufzuheben, die hier offenbar nicht den geringsten Respekt genossen. Es waren alte Familienporträts von Menschen, deren Nachkommen sich wohl auf der ganzen Welt nicht mehr finden ließen; völlig unkenntliche Darstellungen auf zerrissener Leinwand; Rahmen, von denen die Vergoldung abgefallen war; mit einem Worte allerlei altes Gerümpel. Aber der Maler sah sich die Sachen dennoch an, indem er sich heimlich dachte: – Vielleicht läßt sich hier doch etwas finden. – Er hatte mehr als einmal gehört, wie man bei solchen kleinen Händlern zuweilen Bilder großer Meister entdeckte.

Als der Ladenbesitzer sah, für welche Dinge der Kunde sich interessierte, nahm er wieder seine gewöhnliche Haltung an, stellte sich würdevoll vor die Ladentür und begann die Vorübergehenden in sein Geschäft zu locken, indem er mit der einen Hand ins Innere des Ladens wies: »Hierher, Väterchen! Hier sind Bilder! Treten Sie nur ein! Sind soeben vom Markte gekommen.« Er hatte sich schon fast heiser geschrien, zum größten Teil fruchtlos; er hatte sich auch zur Genüge mit dem gegenüber vor der Tür seines Ladens stehenden Lumpenhändler unterhalten, als er sich plötzlich erinnerte, daß er in seinem Laden noch einen Kunden hatte; nun wandte er dem Publikum den Rücken zu und begab sich ins Innere des Ladens. »Nun, Väterchen, haben Sie sich schon etwas ausgesucht?« Der Maler stand aber schon seit geraumer Zeit unbeweglich vor einem Bildnis in einem mächtigen, einst wohl prunkvollen Rahmen, auf dem hier und da noch Reste der Vergoldung glänzten.

Das Porträt stellte einen alten Mann mit bronzefarbenem, welkem, breitknochigem Gesicht dar; die Gesichtszüge schienen im Augenblick einer krampfartigen Bewegung erfaßt zu sein und zeugten von einem gar nicht nordischen Temperament: der glühende Süden spiegelte sich in ihnen. Der Alte war in ein weites asiatisches Gewand gehüllt. Wie beschädigt und verstaubt das Porträt auch war, sobald er das Gesicht vom Staube gereinigt hatte, erkannte Tschartkow die Spuren der Arbeit eines großen Künstlers. Das Porträt schien unvollendet; die Kraft des Pinselstriches war aber erstaunlich. Am ungewöhnlichsten waren die Augen; der Künstler schien auf sie die ganze Kraft seines Pinsels und seine ganze Sorgfalt verwendet zu haben. Die Augen sahen einen buchstäblich an, sie schauten sogar aus dem Bild selbst heraus und durchbrachen durch ihre ungewöhnliche Lebendigkeit die Harmonie des ganzen Bildes. Als er das Porträt zu der Tür brachte, sahen die Augen noch durchdringender. Fast den gleichen Eindruck machten sie auf das draußen stehende Volk. Eine Frau, die hinter ihm stehengeblieben war, rief: »Er schaut, er schaut!« und wich zurück. Auch Tschartkow selbst empfand ein unangenehmes, ihm selbst unverständliches Gefühl und stellte das Bild auf den Boden.

»Nun, nehmen Sie doch das Porträt!« sagte der Händler.

»Was soll es kosten?« fragte der junge Künstler.

»Was soll ich dafür viel verlangen? Geben Sie mir drei Viertelrubel dafür!«

»Nein.«

»Was geben Sie denn?«

»Zwanzig Kopeken«, sagte der Künstler und schickte sich zum Gehen an.

»Was Sie mir für einen Preis bieten! Für zwanzig Kopeken werden Sie nicht einmal den Rahmen bekommen! Sie haben wohl die Absicht, es morgen zu kaufen? Herr, Herr, kommen Sie zurück! Schlagen Sie wenigstens zehn Kopeken auf. Nun, nehmen Sie es, nehmen Sie es, geben Sie die zwanzig Kopeken her. Ich gebe es, nur um den Anfang zu machen, nur weil Sie heute der erste Käufer sind.« Darauf machte er eine Handbewegung, die zu sagen schien: »Fort mit Schaden!«

So hatte Tschartkow ganz unerwartet das alte Porträt gekauft; dabei dachte er sich: – Wozu habe ich es gekauft? Was brauche ich es? – Es war aber nichts mehr zu machen. Er holte aus der Tasche ein Zwanzigkopekenstück, gab es dem Händler, nahm das Porträt unter den Arm und schleppte es mit sich fort. Unterwegs erinnerte er sich, daß das Zwanzigkopekenstück, das er hergegeben hatte, sein letztes war. Seine Gedanken verdüsterten sich plötzlich. »Hol's der Teufel! Ekelhaft ist es auf dieser Welt!« sagte er sich mit dem Gefühl eines Russen, dem es schlecht geht. Und er eilte fast mechanisch mit schnellen Schritten, gleichgültig gegen alles auf der Welt. Der halbe Himmel war noch vom roten Licht des Abendrots umfangen, die nach Westen schauenden Häuser waren noch schwach von seinem warmen Licht übergossen, aber das kalte, bläuliche Licht des Mondes schien immer greller. Halb durchsichtige leichte Schatten, die von den Häusern und den Menschenbeinen geworfen wurden, legten sich als Schweife auf den Boden. Der Maler fing schon an, den Himmel zu bewundern, der von einem eigentümlichen, durchsichtigen, feinen, ungewissen Licht übergossen war, und seinen Lippen entfuhren fast gleichzeitig die Worte: »Was für ein zarter Ton!« und »Es ist ärgerlich, hol's der Teufel!« Er rückte das Bild, das unter seinem Arm rutschte, zurecht und beschleunigte die Schritte.

Müde und schweißbedeckt erreichte er seine Behausung in der fünfzehnten Linie der Wassiljewskij-Insel. Mit Mühe und schwer atmend stieg er die mit Schmutzwasser übergossene und mit Spuren von Hunden und Katzen gezierte Treppe hinauf. Auf sein Klopfen bekam er keine Antwort: sein Diener war nicht zu Hause. Er lehnte sich ans Fenster und wartete geduldig, bis hinter ihm endlich die Schritte seines Burschen in blauem Hemd ertönten – seines Dieners, Modells, Farbenreibers und Bodenkehrers, der übrigens die Böden gleich nach dem Kehren mit seinen Stiefeln wieder beschmutzte. Der Bursche hieß Nikita und pflegte die ganze Zeit, wo sein Herr nicht zu Hause war, vor dem Tore zu verbringen. Nikita gab sich lange Zeit Mühe, mit dem Schlüssel ins Schlüsselloch zu geraten, das infolge der Dunkelheit unsichtbar war. Endlich war die Tür aufgemacht. Tschartkow trat in sein Vorzimmer, in dem es unerträglich kalt war, wie es bei allen Malern zu sein pflegt, was sie übrigens nicht merken. Ohne Nikita seinen Mantel zu geben, trat er in sein Atelier, ein quadratisches, großes, doch niederes Zimmer mit zugefrorenen Fensterscheiben, das mit allerlei künstlerischem Gerumpel angefüllt war: Stücken von Gipsarmen, mit Leinwand bespannten Rahmen, angefangenen und aufgegebenen Skizzen und einer über die Stühle geworfenen Draperie. Er war sehr müde; er legte den Mantel ab, stellte das mitgebrachte Porträt zwischen zwei kleine Bilder und warf sich auf das schmale Sofa, von dem man nicht sagen konnte, daß es mit Leder bezogen wäre; die Reihe der Messingnägel, die einst das Leder festgehalten hatten, prangten schon längst ganz für sich, während das Leder gleichfalls ganz für sich blieb, so daß Nikita darunter die schmutzigen Strümpfe, Hemden und die ganze schmutzige Wäsche zu verwahren pflegte. Nachdem Tschartkow eine Weile gesessen und gelegen hatte, soweit es das schmale Sofa überhaupt erlaubte, verlangte er schließlich nach einer Kerze.

»Es ist keine Kerze da«, sagte Nikita.

»Wieso ist keine da?«

»Es war auch gestern keine da«, sagte Nikita. Der Maler erinnerte sich, daß es gestern tatsächlich keine Kerze gegeben hatte; er beruhigte sich und verstummte. Dann ließ er sich entkleiden und zog seinen stark abgetragenen Schlafrock an.

»Ja, noch etwas, der Hausherr ist dagewesen«, sagte Nikita.

»So, er wollte wohl das Geld holen? Ich weiß es«, entgegnete der Maler und winkte wegwerfend mit der Hand.

»Er ist aber nicht allein dagewesen«, sagte Nikita.

»Mit wem denn?«

»Ich weiß nicht, mit wem … Mit irgendeinem Revieraufseher.«

»Was wollte denn der Revieraufseher?«

»Ich weiß nicht, was er wollte; er sagte, die Miete sei noch immer nicht bezahlt.«

»Was soll denn daraus werden?«

»Ich weiß nicht, was daraus werden soll; er sagte: ›Wenn er nicht zahlen will, so soll er ausziehen.‹ Sie wollten beide morgen wiederkommen.«

»Sollen sie nur kommen«, sagte Tschartkow mit trauriger Gleichgültigkeit, und die trübe Stimmung bemächtigte sich seiner nun gänzlich.

Der junge Tschartkow war ein Maler mit einem Talent, das viel versprach: sein Pinsel zeigte zuweilen blitzartig eine feine Beobachtungsgabe, Intelligenz und einen starken Drang, der Natur nahezukommen. »Paß auf, Bruder«, hatte ihm sein Professor mehr als einmal gesagt: »Du hast Talent, und es wäre Sünde, wenn du es zugrunde richtetest; dir fehlt aber Geduld; wenn dich etwas anzieht, wenn dir irgend etwas gefällt, so bist du davon ganz hingerissen, und alles andere ist für dich Mist, alles andere ist dir nichts wert, und du willst es nicht mehr anschauen. Paß auf, daß aus dir kein modischer Maler wird: deine Farben sind schon jetzt schreiend, deine Zeichnung ist nicht streng genug und zuweilen sogar ganz schwach, die Linie ist nicht zu sehen; du jagst der neumodischen Beleuchtung nach, Effekten, die zu allererst in die Augen springen, – paß auf, daß du nicht in die englische Manier verfällst. Nimm dich in acht: die große Welt zieht dich schon jetzt an; ich sehe dich oft ein elegantes Halstuch tragen oder auch einen glänzenden Hut

… Es ist allerdings verlockend, man kann sich leicht herablassen, modische Bildchen und Porträts des Geldes wegen zu malen; dabei geht aber das Talent zugrunde, statt sich zu entfalten. Habe Geduld! Überlege dir jede Arbeit; gib die Eleganz auf, – sollen nur die andern Geld verdienen, deine Zukunft wird dir nicht entgehen!«

Der Professor hatte zum Teil recht. Unser Maler spürte zuweilen wirklich das Verlangen, ein wenig über die Schnur zu hauen und elegant aufzutreten, mit einem Worte hie und da seine Jugend zu zeigen; dabei hatte er sich aber doch in seiner Gewalt. Zuweilen war er imstande, wenn er einmal den Pinsel ergriffen, alles übrige zu vergessen und sich von der Arbeit nicht anders als von einem schönen, unterbrochenen Traum loszureißen. Sein Geschmack entwickelte sich zusehends. Er hatte noch kein Verständnis für die ganze Tiefe eines Raffael, begeisterte sich aber schon für den schnellen, breiten Pinselstrich eines Guido Reni, blieb zuweilen vor den Bildnissen Tizians stehen und bewunderte die Flamen. Das Dunkel, das die alten Bilder hüllt, hatte sich vor ihm noch nicht ganz gelichtet; aber er ahnte schon etwas in diesen Bildern, obwohl er innerlich seinem Professor nicht zustimmen konnte, daß die alten Meister so unerreichbar hoch über uns stünden: er glaubte sogar, das neunzehnte Jahrhundert hätte sie in manchen Dingen erheblich überholt; die Nachahmung der Natur sei in der letzten Zeit farbiger, lebhafter und getreuer geworden; mit einem Worte, er urteilte so, wie die Jugend zu urteilen pflegt, die schon etwas erfaßt hat und sich dessen mit Stolz bewußt ist. Zuweilen ärgerte er sich, wenn er sah, wie irgendein zugereister Maler, ein Franzose oder Deutscher, der manchmal sogar kein Künstler aus innerem Berufe war, nur durch seine flotte Manier, die geschickte Pinselführung und die Leuchtkraft der Farben allgemeines Aufsehen erregte und in einem Augenblick ein ganzes Vermögen verdiente. Solche Gedanken kamen ihm aber in den Sinn, nicht wenn er ganz von seiner Arbeit hingerissen, Speise und Trank und die ganze Welt vergaß, sondern wenn an ihn die Not herantrat, wenn er kein Geld hatte, um sich Pinsel und Farben zu kaufen, und wenn der zudringliche Hausherr zehnmal am Tage kam, um das Geld für die Wohnung zu mahnen. In solchen Augenblicken beschäftigte sich seine hungrige Phantasie mit dem beneidenswerten Los eines reichen Malers; dann kam ihm sogar der Gedanke, der so oft einen russischen Kopf zu durchzucken pflegt: alles aufzugeben und sich vor Kummer allem zum Trotz ganz dem Trunke zu ergeben.

»Ja, habe Geduld, habe Geduld!« sagte er geärgert. »Auch die Geduld hat einmal ein Ende. Habe Geduld! Womit soll ich aber morgen mein Essen bezahlen? Niemand wird mir doch etwas borgen. Und wenn ich meine Bilder und Zeichnungen verkaufe, so wird man mir für alles zwanzig Kopeken geben. Allerdings habe ich von allen diesen Arbeiten einen Nutzen gehabt: eine jede von ihnen ist nicht umsonst unternommen worden, bei jeder habe ich doch auch etwas gelernt. Aber was habe ich davon? Es sind nur Studien und Versuche, und es werden immer nur Studien und Versuche bleiben und kein Ende nehmen. Wer wird sie kaufen, solange mein Name unbekannt ist? Wer braucht auch die Zeichnungen nach der Antike, die Aktstudien, oder meine unvollendete liebe ›Psyche‹, oder die perspektivische Ansicht meines Zimmers, oder das Porträt meines Nikita, obwohl es unvergleichlich besser ist als die Porträts irgendeines modischen Malers? Was denke ich mir noch? Warum quäle ich mich und mühe mich wie ein Schüler mit dem Abc ab, während ich wohl imstande bin, mich wie mancher andere hervorzutun und Geld zu verdienen?«

Als der Maler diese Worte gesprochen, mußte er plötzlich erzittern und erbleichen: ihn starrte hinter einem der Bilderrahmen ein krampfhaft verzerrtes Gesicht an: zwei schreckliche Augen bohrten sich in ihn, als wollten sie ihn auffressen; auf dem Munde stand der schreckliche Befehl geschrieben, zu schweigen. Er wollte vor Entsetzen aufschreien und Nikita rufen, der im Vorzimmer bereits ein lautes Schnarchen ertönen ließ, hielt aber plötzlich inne und fing an zu lachen: die Angst war im Nu gewichen; es war das neuangeschaffte Porträt, das er inzwischen schon vergessen hatte. Das Mondlicht, das das Zimmer füllte, fiel auf das Bild und verlieh ihm eine seltsame Lebendigkeit. Er fing an, das Bild zu betrachten und zu reinigen. Er tauchte einen Schwamm ins Wasser, fuhr damit einigemal über die Leinwand, wusch damit den Staub und den Schmutz ab, die sich auf dem Bilde festgesetzt hatten, hängte es vor sich an die Wand und mußte sich noch mehr über die ungewöhnliche Arbeit wundern: das ganze Gesicht war fast lebendig, und die Augen blickten ihn so durchdringend an, daß er zuletzt zusammenfuhr, zurückwich und erstaunt ausrief: »Er schaut, er schaut mit Menschenaugen!« Plötzlich fiel ihm eine Geschichte ein, die er einmal vor langer Zeit von seinem Professor gehört hatte, die Geschichte von einem Porträt des berühmten Lionardo da Vinci, an dem der große Meister mehrere Jahre gearbeitet hatte und das er immer noch für unvollendet hielt, während es die andern, nach dem Berichte Vasaris, für das vollkommenste und vollendetste hielten. Am vollendetsten waren darin die Augen, über die die Zeitgenossen staunten: selbst die allerkleinsten, kaum sichtbaren Äderchen waren nicht vernachlässigt und auf die Leinwand gebannt. Aber in diesem Porträt, das jetzt vor ihm stand, war etwas Ungewöhnliches. Das war schon keine Kunst mehr, das zerstörte sogar die Harmonie des Bildes selbst; es waren lebendige, es waren menschliche Augen! Sie schienen aus dem Gesicht eines lebendigen Menschen herausgeschnitten und in das Bild eingesetzt zu sein. Hier fehlte jener hohe Genuß, der die Seele beim Anblick eines wahren Kunstwerkes erfaßt, wie schrecklich auch der dargestellte Gegenstand sein mag; hier empfand man ein krankhaftes, peinigendes Gefühl. – Was ist das? – fragte sich unwillkürlich der Künstler: – Es ist immerhin die Natur, die lebendige Natur; woher kommt dann dieses sonderbare, unangenehme Gefühl? Oder ist die sklavische, genaue Nachahmung der Natur schon ein Vergehen und erscheint als ein gellender, unharmonischer Aufschrei? Oder wirkt der Gegenstand, wenn man ihn ohne Teilnahme und Sympathie, ganz gefühllos erfaßt, immer nur als eine erschreckende Wirklichkeit, ohne von der unfaßbaren Idee, die allen Dingen innewohnt, durchleuchtet zu sein, wirkt als jene Wirklichkeit, die man vor sich hat, wenn man, um einen schönen Menschen zu erfassen, nach dem Messer des Anatomen greift, sein Inneres bloßlegt und einen abstoßenden Menschen erblickt? Warum erscheint die einfache, gemeine Natur bei dem einen Maler so erleuchtet, daß man durchaus keinen gemeinen Eindruck hat; im Gegenteil, man glaubt sogar einen Genuß zu haben und nachher alle Dinge um sich ruhiger und gleichmäßiger dahinfließen zu sehen? Und warum erscheint die gleiche Natur bei einem anderen Maler so gemein und schmutzig, obwohl er ihr ebenso treu ist wie der andere? Aber nein, nein, nein, es ist nichts Erleuchtendes in ihr. Es ist ganz wie eine Landschaft in der Natur: sie mag noch so großartig sein, aber es fehlt ihr immer etwas, wenn keine Sonne am Himmel steht. –

Er ging wieder auf das Porträt zu, um diese wunderlichen Augen näher zu betrachten, und merkte mit Schrecken, daß sie ihn wirklich ansahen. Es war keine Kopie der Natur mehr; es war jene seltsame Lebendigkeit, von der das Gesicht eines aus dem Grabe auferstandenen Toten erfüllt sein mag. War es das Mondlicht, das Träume mit sich bringt und alles in eine andere Gestalt kleidet, die den Gestalten des positiven Tages entgegengesetzt ist, oder hatte es einen anderen Grund, – jedenfalls war es ihm plötzlich, er wußte selbst nicht warum, schrecklich, allein im Zimmer zu sitzen. Er trat still vom Porträt weg, wandte sich um und bemühte sich, es nicht mehr anzusehen, aber seine Augen schielten immer wieder unwillkürlich hin. Zuletzt war es ihm sogar unheimlich, im Zimmer auf und ab zu gehen: es schien ihm, daß gleich jemand anders anfangen würde, hinter ihm auf und ab zu gehen, und er sah sich jedesmal ängstlich um. Er war niemals feige gewesen; aber seine Phantasie und seine Nerven waren sehr empfindlich, und an diesem Abend hätte er sich auch selbst seine unwillkürliche Angst nicht erklären können. Er setzte sich in einen Winkel, aber auch hier war es ihm, als würde ihm gleich jemand über seine Schulter ins Gesicht blicken. Selbst das Schnarchen Nikitas, das aus dem Vorzimmer herüberklang, vermochte seine Angst nicht zu verscheuchen. Schließlich erhob er sich ängstlich, ohne die Augen zu heben, von seinem Platz, ging hinter den Bettschirm und legte sich aufs Bett. Durch die Ritzen im Bettschirm sah er sein vom Mondlicht erleuchtetes Zimmer und das direkt vor ihm hängende Porträt. Die Augen bohrten sich noch schrecklicher, noch bedeutungsvoller in ihn und schienen nur ihn allein anschauen zu wollen. Von einem beklemmenden Gefühl erdrückt, entschloß er sich, vom Bett aufzustehen, ergriff ein Laken, ging auf das Porträt zu und hüllte es ganz ein.

Nachdem er dies getan, legte er sich etwas beruhigt ins Bett und begann über die Armut und das elende Los des Künstlers nachzudenken und über den dornenvollen Pfad, der ihm in diesem Leben bevorstand; indessen blickten aber seine Augen unwillkürlich durch die Ritze im Bettschirm auf das in das Laken gehüllte Porträt. Das Mondlicht ließ die Leinwand noch weißer erscheinen, und es schien ihm, als fingen die schrecklichen Augen an, durch das Laken hindurchzuleuchten. Entsetzt blickte er hin, als wolle er sich überzeugen, daß es nur Einbildung sei. Aber in der Tat … er sieht, er sieht es klar: das Laken ist nicht mehr da … das Porträt ist ganz aufgedeckt und schaut an allem vorbei direkt auf ihn, blickt in sein Inneres … Es wurde ihm kalt ums Herz. Und er sieht: der Alte rührt sich und stützt sich mit beiden Händen gegen den Rahmen, streckt beide Beine heraus und springt aus dem Bilde … Durch die Ritze im Bettschirm ist nur noch der leere Rahmen zu sehen. Im Zimmer tönen Schritte, die immer näher und näher an den Bettschirm kommen! Dem armen Maler klopft furchtbar das Herz. Mit vor Angst verhaltenem Atem erwartet er, daß der Alte gleich zu ihm hinter dem Bettschirm hereinblicken würde. Da blickt er auch schon wirklich hinter den Bettschirm, es ist das gleiche bronzefarbene Gesicht mit den großen Augen. Tschartkow versuchte aufzuschreien, fühlte aber, daß er keine Stimme hatte, er versuchte sich zu rühren, irgendeine Bewegung zu machen, aber seine Glieder wollten sich nicht regen. Mit offenem Munde und stockendem Atem blickte er auf das seltsame lange Phantom in dem weiten asiatischen Talar und wartete, was es wohl anfangen würde. Der Alte setzte sich fast zu seinen Füßen hin und holte dann etwas aus den Falten seines weiten Gewandes. Es war ein Sack. Der Greis band ihn auf, ergriff die beiden Zipfel und schüttelte ihn: mit dumpfem Klirren fielen schwere lange Rollen auf den Boden; eine jede war in blaues Papier gewickelt und mit der Inschrift »1000 Dukaten« versehen. Der Alte streckte seine langen knochigen Hände aus den weiten Ärmeln heraus und fing an, die Rollen aufzuwickeln. Das Gold blitzte auf. Wie groß auch die schwere Beklemmung und die bewußtlose Angst des Malers waren, richtete er doch seine Blicke auf das Gold und beobachtete regungslos, wie es von den knochigen H32nden aufgewickelt wurde, wie es leuchtete, fein und dumpf klirrte und dann wieder ins Papier eingerollt wurde. Da bemerkte er eine Rolle, die weiter als die anderen bis dicht an das Bettbein an seinem Kopfende gerollt war. Fast krampfhaft griff er danach und sah zugleich voller Angst, ob der Alte es nicht bemerkt hätte. Der Alte schien aber sehr beschäftigt; er packte alle seine Rollen zusammen, tat sie wieder in den Sack und ging, ohne Tschartkow anzublicken, hinter den Bettschirm. Tschartkows Herz klopfte heftig, als er hörte, wie sich die schlürfenden Schritte durch das Zimmer entfernten. Er drückte, am ganzen Leibe zitternd, die Rolle in der Hand fest zusammen und hörte plötzlich, wie die Schritte sich wieder dem Bettschirm näherten: der Alte hatte offenbar bemerkt, daß ihm eine der Rollen fehlte. Da blickte er wieder zu ihm hinter den Schirm. Der Maler drückte seine Rolle voller Verzweiflung mit aller Kraft zusammen, machte eine krampfhafte Anstrengung, schrie auf und erwachte.

Er war ganz in kalten Schweiß gebadet; sein Herz schlug so heftig, wie es überhaupt schlagen konnte; seine Brust war beengt, als ob ihr der letzte Atemzug entweichen wollte. – War das denn nur ein Traum? – fragte er sich, indem er sich mit beiden Händen an den Kopf faßte. Aber die entsetzliche Lebendigkeit der Erscheinung hatte so gar nichts von einem Traume. Er sah in schon wachem Zustande, wie der Alte in seinen Rahmen zurückkehrte, er sah sogar den Saum seines weiten Gewandes vorbeihuschen, und seine Hand fühlte ganz deutlich, daß sie vor einem Augenblick etwas Schweres gehalten hatte. Das Mondlicht durchflutete sein Zimmer und ließ in dessen dunklen Ecken hier eine Leinwand, dort einen Gipsarm und eine auf einem Stuhle zurückgelassene Draperie, hier eine Hose und dort ein Paar ungeputzte Stiefel hervortreten. Nun merkte er erst, daß er nicht mehr im Bette lag, sondern auf seinen Beinen dicht vor dem Porträt stand. Wie er hingeraten war, konnte er selbst nicht begreifen. Noch mehr wunderte er sich darüber, daß das Porträt ganz aufgedeckt war und daß das Laken wirklich fehlte. Regungslos vor Entsetzen blickte er das Bild an und sah, wie die lebendigen menschlichen Augen ihn anstarrten. Kalter Schweiß trat ihm ins Gesicht; er wollte vom Bilde weggehen, fühlte aber, daß seine Füße wie angewurzelt waren. Und da sieht er – es ist kein Traum mehr – er sieht, wie die Züge des Alten zucken, wie seine Lippen sich ihm entgegenspitzen, als wollten sie ihn aussaugen … Mit einem Schrei der Verzweiflung prallte er zurück – und erwachte.

– War denn auch das ein Traum? – Sein Herz klopfte so, als wollte es zerreißen, und er tastete mit den Händen um sich. Ja, er liegt im Bett, in der gleichen Lage, in der er eingeschlafen war. Vor ihm ist der Bettschirm; das Mondlicht füllt das Zimmer. Durch die Ritze im Bettschirm sieht er das Bild, es ist ordentlich in das Laken gehüllt, so wie er es selbst eingeschlagen hat. Es war also doch ein Traum! Aber seine zusammengeballte Hand hat noch immer das Gefühl, als halte sie etwas. Das Herz klopft ihm heftig, beinahe entsetzlich; die Last auf der Brust ist unerträglich. Er heftet seine Augen auf die Ritze und starrt unverwandt auf das Laken. Da sieht er ganz deutlich, wie das Laken langsam aufgeht, als versuchten zwei Hände hinter ihm, es abzuwerfen. »Mein Gott, mein Gott, was ist das!« schrie er auf; er bekreuzigte sich voller Verzweiflung – und erwachte.

Auch das war ein Traum! Er sprang halb wahnsinnig, fast bewußtlos aus dem Bett und konnte sich unmöglich erklären, was mit ihm vorging: war es ein Alpdruck, ein Hausgeist, ein Fieberwahn oder eine lebendige Erscheinung. Indem er sich bemühte, seine Aufregung und seine gespannten Pulse, die er in allen Adern fühlte, ein wenig zu stillen, trat er ans Fenster und öffnete eine Luke. Der kalte Wind, der ins Zimmer hereinwehte, brachte ihn wieder zu Bewußtsein. Das Mondlicht lag noch immer auf den Dächern und auf den weißen Hausmauern, obwohl kleine Wolken immer öfter über den Himmel zogen. Alles war still; nur ab und zu wurde das Rasseln einer fernen Droschke hörbar, deren Kutscher in einer unsichtbaren Nebengasse, in Erwartung eines verspäteten Fahrgastes, von seiner faulen Mähre in den Schlaf gewiegt, auf dem Bocke duselte. Lange blickte er hinaus, den Kopf aus dem Fenster gesteckt. Am Himmel zeigten sich schon die ersten Spuren des nahenden Morgenrots; schließlich fühlte er Müdigkeit, schlug das Fenster zu, ging zum Bett, legte sich hin und versank bald in einen festen Schlaf.

Er erwachte sehr spät mit dem unangenehmen Gefühl, das sich des Menschen nach einem Aufenthalte in einem dunstigen Raum bemächtigt; sein Kopf schmerzte in einer unangenehmen Weise. Im Zimmer war es trübe; eine unangenehme Feuchtigkeit erfüllte die Luft und drang durch die Ritzen der mit Bildern und grundierter Leinwand verstellten Fenster ins Zimmer. Griesgrämig, unzufrieden wie ein begossener Hahn setzte er sich auf sein zerfetztes Sofa und wußte nicht, was er anfangen, was er unternehmen sollte; plötzlich erinnerte er sich seines Traumes. In dem Maße, als er sich auf alles besann, erschien ihm der Traum so bedrückend, daß ihm sogar ein Zweifel kam, ob es wirklich nur ein Traum und ein gewöhnliches Fieberdelirium gewesen sei, ob er nicht eine Vision gehabt habe. Er riß das Laken herunter und sah sich das seltsame Porträt bei Tageslicht an. Die Augen waren tatsächlich von einer ungewöhnlichen Lebendigkeit, doch er konnte an ihnen nichts sonderlich Schreckliches finden; aber ein unerklärliches unangenehmes Gefühl blieb dennoch in seiner Seele. Bei alldem konnte er sich doch nicht ganz davon überzeugen, daß es nur ein Traum gewesen sei. Es schien ihm, als ob im Traume auch ein seltsamer Fetzen der Wirklichkeit enthalten gewesen wäre. Selbst der Blick und der Gesichtsausdruck des Alten schienen zu sagen, daß er ihn in der letzten Nacht besucht habe; seine Hand fühlte noch immer die Schwere eines Gegenstandes, den sie erst eben gehalten habe und den ihr jemand vor einem Augenblick entrissen hätte. Er hatte den Eindruck, daß, wenn er die Rolle fester gehalten hätte, sie auch nach dem Erwachen in seiner Hand geblieben wäre.

»Mein Gott, wenn ich doch nur einen Teil dieses Geldes haben könnte!« sagte er mit einem schweren Seufzer. In seiner Phantasie fielen alle die Rollen mit der verlockenden Inschrift »1000 Dukaten« wieder aus dem Sack. Die Papierhüllen öffneten sich, das Gold blitzte auf und wurde wieder eingerollt, – er aber saß da, starrte regungslos und sinnlos in die leere Luft, außerstande, sich von diesem Bilde loszureißen, wie ein Kind, das vor einer süßen Speise sitzt und zusieht, wie sie die andern verzehren, während ihm das Wasser im Munde zusammenläuft.

Plötzlich wurde an die Tür geklopft, und dieses Klopfen weckte Tschartkow auf eine höchst unangenehme Weise. Es kam der Hausherr in Begleitung des Revieraufsehers, dessen Erscheinen für die kleinen Leute bekanntlich noch peinlicher ist als das Gesicht eines Bittstellers für den Reichen. Der Besitzer des kleinen Hauses, in dem Tschartkow wohnte, war eines der Geschöpfe, wie sie die Hausbesitzer irgendwo in der fünfzehnten Linie der Wassiljewskij-Insel, auf der Petersburger Seite oder in einem entlegenen Winkel der Kolomna-Vorstadt immer zu sein pflegen, ein Geschöpf, wie es ihrer in Rußland viele gibt und deren Charakter sich ebenso schwer bestimmen läßt wie die Farbe eines abgetragenen Rockes. In seiner Jugend war er Hauptmann und ein großer Schreier gewesen, wurde auch im Zivildienste verwendet, verstand sich meisterhaft aufs Prügeln, war rührig, geckenhaft und dumm; aber im Alter vereinigten sich alle diese scharf ausgeprägten Eigenschaften zu einem trüben und ungewissen Gemisch. Er war schon verwitwet und außer Dienst, trug sich nicht mehr elegant, prahlte nicht, war nicht mehr so rauflustig und liebte nur noch, Tee zu trinken und dabei allerlei Unsinn zu schwatzen; er ging in seinem Zimmer auf und ab und putzte den Talglichtstummel; am Ende eines jeden Monats besuchte er pünktlich seine Mieter und mahnte den Zins; oft trat er mit dem Schlüssel in der Hand auf die Straße, um sich das Dach seines Hauses anzusehen; er jagte einigemal am Tage den Hausknecht aus der Kammer, in die sich jener zum Schlafen verkroch; mit einem Wort, er war ein Mann außer Dienst, dem nach dem ganzen zügellosen Leben und den langen Jahren in der schüttelnden Postkutsche nur noch die gemeinsten Gewohnheiten übrigblieben.

»Belieben Sie doch selbst zu sehen, Waruch Kusmitsch«, sagte der Hausherr zum Revieraufseher, die Hände spreizend: »Er zahlt nicht den Zins, er zahlt ihn einfach nicht.«

»Was soll ich machen, wenn ich kein Geld habe! Warten Sie ein wenig, ich werde schon bezahlen.«

»Ich kann nicht warten, Väterchen«, sagte der Hausherr erbost, die Hand mit dem Schlüssel schwingend. »Da wohnt bei mir der Oberstleutnant Potogonkin, seit sieben Jahren wohnt er schon bei mir; Anna

Petrowna Buchmisterowa hat sich bei mir eine Wagenremise und einen Stall für zwei Pferde gemietet, drei leibeigene Diener hält sie sich, – solche Leute habe ich hier bei mir wohnen! Offen gestanden, ist es bei mir nicht üblich, daß die Mieter die Wohnung nicht bezahlen. Wollen Sie den Zins augenblicklich bezahlen oder die Wohnung räumen.«

»Ja, wenn Sie sich einmal verpflichtet haben, so belieben Sie zu zahlen«, sagte der Revieraufseher, indem er leicht den Kopf schüttelte und seine Finger zwischen zwei Knöpfe seines Uniformrocks steckte.

»Aber womit soll ich bezahlen? Das ist die Frage. Ich habe jetzt nicht einen Heller.«

»In diesem Falle entschädigen Sie doch Iwan Iwanowitsch mit den Erzeugnissen Ihres Berufs«, sagte der Revieraufseher. »Vielleicht wird er sich bereit erklären, statt Geld Bilder zu nehmen.«

»Nein, Väterchen, für die Bilder danke ich. Wenn es noch wenigstens Bilder mit einem vornehmen Inhalt wären, die man an die Wand hängen könnte: zum Beispiel irgendein General mit einem Ordensstern an der Brust oder ein Porträt des Fürsten Kutusow; da hat er aber einen Bauern gemalt, einen ganz gewöhnlichen Bauern in einem Hemd, seinen Diener, der ihm die Farben reibt. Wie kommt das Schwein dazu, daß man es abkonterfeit! Ich werde ihm noch den Buckel vollhauen: er hat mir alle Nägel aus den Riegeln herausgezogen, der Halunke. Schauen Sie nur, was er für Gegenstände malt: sein eigenes Zimmer hat er gemalt. Wenn es wenigstens ein aufgeräumtes und sauberes Zimmer wäre; er hat es aber mit dem ganzen Dreck, der bei ihm herumliegt, dargestellt. Schauen Sie nur, wie er mir das Zimmer verdreckt hat; sehen Sie es sich nur an! Andere Mieter wohnen bei mir seit sieben Jahren, Oberstleutnants, Anna Petrowna Buchmisterowa … Nein, ich sage Ihnen, es gibt keinen ärgeren Mieter als so einen Kunstmaler: er lebt wie ein Schwein, daß Gott erbarm’.«

Das alles mußte der arme Maler geduldig anhören. Der Revieraufseher betrachtete indessen die Bilder und Studien und zeigte dabei, daß sein Herz doch lebendiger war als das des Hausherrn und daß ihm sogar künstlerische Interessen nicht ganz fremd waren.

»He«, sagte er, mit dem Finger auf eine Leinwand tippend, auf der eine nackte Frau dargestellt war: »Das Sujet ist recht pikant … Und warum hat dieser da einen schwarzen Fleck unter der Nase? Hat er eine Prise genommen?«

»Es ist ein Schatten«, antwortete Tschartkow mürrisch, ohne ihn anzublicken.

»Nun, den Schatten hätten Sie an eine andere Stelle setzen können, unter der Nase ist er viel zu sichtbar«, sagte der Revieraufseher. »Und wessen Porträt ist dieses da?« fuhr er fort, auf das Porträt des Alten zugehend. »Der ist gar zu schrecklich! Ist er auch in Wirklichkeit so schrecklich? Mein Gott, er schaut ja einen wirklich an! Ein wahrer Donnerer! Wen haben Sie da abkonterfeit?«

»Einen gewissen …« sagte Tschartkow und kam nicht weiter: etwas krachte. Der Revieraufseher hatte wohl den Rahmen des Porträts infolge der rohen Konstruktion seiner Polizeihände zu kräftig angefaßt: die Seitenleisten brachen ein; eine von ihnen fiel zu Boden, und gleichzeitig fiel mit schwerem Klirren eine in blaues Papier eingewickelte Rolle herab. Tschartkow sah die Inschrift: »1000 Dukaten.« Wie wahnsinnig stürzte er hin, packte die Rolle und drückte sie krampfhaft mit der Hand zusammen, die von der schweren Last abwärts gezogen wurde.

»Hat nicht eben Geld geklirrt?« fragte der Revieraufseher, der etwas zu Boden fallen hörte, aber infolge der Schnelligkeit, mit der sich Tschartkow über die Rolle gestürzt hatte, nicht sehen konnte, was es war. »Was geht es Sie an, was ich hier habe?«

»Das geht mich insofern an, als Sie sofort dem Hausherrn den Zins bezahlen müssen; denn Sie haben Geld und wollen nicht zahlen; das geht es mich an.«

»Ich werde ihn heute noch bezahlen.«

»Warum wollten Sie dann nicht schon früher bezahlen und machen dem Hausherrn Scherereien, so daß er die Polizei belästigen muß?«

»Weil ich dieses Geld nicht anrühren wollte. Ich werde ihn heute noch bezahlen und morgen ausziehen, denn ich will bei einem solchen Hausherrn nicht länger bleiben.«

»Nun, Iwan Iwanowitsch, er wird bezahlen«, sagte der Revieraufseher, sich an den Hausherrn wendend. »Wenn Sie aber bis heute abend nicht vollständig befriedigt sind, so wird es der Herr Kunstmaler schon entschuldigen müssen!« Mit diesen Worten setzte er seinen Dreimaster auf und verließ die Wohnung. Der Hausherr folgte ihm mit gesenktem Kopf und, wie es schien, in Gedanken versunken.

»Gott sei Dank, daß der Teufel sie geholt hat!« sagte Tschartkow, als er die Tür im Vorzimmer ins Schloß fallen hörte. Er blickte ins Vorzimmer hinaus, schickte Nikita fort, um ganz allein zu bleiben, schloß die

Tür hinter ihm ab und begann, in sein Zimmer zurückgekehrt, unter heftigem Herzklopfen die Rolle aufzuwickeln. Sie enthielt lauter funkelnagelneue und wie Feuer glänzende Dukaten. Fast wahnsinnig saß er über dem goldenen Haufen und fragte sich immer noch: – Ist es kein Traum? – Die Rolle enthielt genau tausend Dukaten; sie sah von außen genauso aus, wie er sie im Traume gesehen hatte. Einige Minuten wühlte er in den Dukaten, musterte sie und konnte sich noch immer nicht beruhigen. In seiner Phantasie erwachten plötzlich alle Geschichten von den vergrabenen Schätzen und den Schatullen mit Geheimfächern, die die Ahnen für ihre verarmten Enkel zurücklassen, fest davon überzeugt, daß diese dereinst ruiniert sein werden. Er dachte sich: – Ist es nicht irgendeinem Großvater eingefallen, seinem Enkel ein Geschenk zu hinterlassen und es in den Rahmen des Familienporträts einzuschließen? – Von einem romantischen Wahn erfüllt, fragte er sich sogar, ob hier nicht irgendein geheimnisvoller Zusammenhang mit seinem eigenen Schicksal bestehe. Ob die Existenz des Porträts nicht irgendwie mit seiner eigenen Existenz zusammenhänge und ob nicht schon in der bloßen Anschaffung des Porträts eine Fügung des Schicksals liege. Er begann, neugierig den Rahmen des Porträts zu untersuchen. Dieser hatte an der einen Seite eine Höhlung, die so geschickt und unmerklich von einem Brettchen verdeckt war, daß, wenn nicht die mächtige Hand des Revieraufsehers den Bruch verursacht hätte, die Dukaten wohl bis ans Ende aller Zeiten darin verborgen geblieben wären. Indem er das Porträt betrachtete, bewunderte er wieder die herrliche Malerei und die ungewöhnliche Ausarbeitung der Augen: sie erschienen ihm nicht mehr schrecklich, aber in seiner Seele blieb noch immer ein unwillkürliches unangenehmes Gefühl. – Nein –, sagte er zu sich selbst, – wessen Großvater du auch seist, ich lasse dich dafür hinter Glas und in einen goldenen Rahmen setzen.« Er legte die Hand auf den goldenen Haufen, und bei dieser Berührung fing sein Herz an, heftig zu klopfen. – Was soll ich mit ihnen anfangen? – fragte er sich, die Dukaten anstarrend. – Jetzt bin ich für wenigstens drei Jahre versorgt; ich kann mich in meinem Zimmer einschließen und arbeiten. Jetzt habe ich Geld für die Farben; auch für Essen, Tee, für alle Auslagen und für die Wohnung; nun wird mich niemand mehr stören und ärgern. Ich kaufe mir eine gute Gliederpuppe, bestelle mir einen Torso und ein Paar Füße aus Gips, stelle mir eine Venus auf und schaffe mir Stiche nach den ersten Meistern an. Und wenn ich drei Jahre ohne Übereilung und nicht des

Geldes wegen, für mich allein arbeite, überhole ich sie alle und kann ein berühmter Künstler werden. –

So sprach er im Einklang mit der Vernunft, die ihm zuflüsterte; doch aus seinem Innern klang noch eine andere, lautere Stimme. Er sah das Gold noch einmal an, und seine zweiundzwanzig Jahre und seine überschäumende Jugend sagten etwas ganz anderes. Nun hatte er in seiner Macht alles, was er bisher nur aus der Ferne mit neidischen Augen angeschaut und bewundert hatte, während ihm das Wasser im Munde zusammenlief. Ach, wie klopfte ihm das Herz, als er daran dachte! Einen modernen Frack kaufen, sich nach den langen Fasten ordentlich sattessen, eine schöne Wohnung mieten, sofort ins Theater gehen, in eine Konditorei, in eine … und so weiter … Er packte das Geld und war mit einem Satze auf der Straße.

Zu allererst begab er sich zu einem Schneider, ließ sich vom Kopf bis zu den Füßen neu bekleiden und betrachtete sich wie ein Kind fortwährend im Spiegel; er kaufte sich Parfüms und Pomade, mietete, ohne zu handeln, die erste beste Wohnung auf dem Newskij-Prospekt mit Spiegeln und großen Fensterscheiben; kaufte sich so ganz nebenbei ein teures Lorgnon, eine Menge Halsbinden, viel mehr als er brauchte, ließ sich vom Friseur die Haare kräuseln, fuhr zweimal in einer feinen Equipage ohne jeden Zweck durch die Stadt, überaß sich in einer Konditorei an Konfekt und kehrte in ein französisches Restaurant ein, von dem er bisher einen ebenso unklaren Begriff gehabt hatte wie vom chinesischen Staate. Hier aß er zu Mittag, die Hände in die Hüften gestemmt, mit hochmütigen Blicken die anderen Gäste musternd und sich in einem fort vor dem Spiegel die gebrannten Locken richtend. Hier trank er auch eine Flasche Champagner, den er bisher auch nur vom Hörensagen kannte. Der Wein stieg ihm in den Kopf; er trat auf die Straße lebhaft und unternehmungslustig und war, wie man in Rußland sagt, »selbst dem Teufel kein Bruder«. Er ging stolz wie ein Pfau über das Trottoir und musterte alle durch sein Lorgnon. Auf der Brücke gewahrte er seinen alten Professor und huschte geschickt an ihm vorbei, als hätte er ihn gar nicht bemerkt. Der Professor stand noch lange wie zu Stein erstarrt auf der Brücke, während sein Gesicht ein Fragezeichen ausdrückte.

Seine ganze Habe – Staffelei, Rahmen, Bilder – wurde noch am gleichen Abend in die neue prachtvolle Wohnung gebracht. Die besseren Sachen stellte er sichtbar auf, die weniger guten warf er in eine Ecke;

dann ging er durch die prunkvollen Zimmer und betrachtete sich fortwährend in den Spiegeln. In seinem Herzen regte sich der unüberwindliche Wunsch, den Ruhm gleich auf der Stelle am Schwanze zu packen
und sich der Welt zu zeigen. Er glaubte schon die Rufe zu hören:
»Tschartkow, Tschartkow! Haben Sie schon das Bild Tschartkows gesehen? Was für einen flotten Pinsel hat doch dieser Tschartkow! Welch
ein starkes Talent!« Er ging verzückt im seinem Zimmer auf und ab
und schweifte in seiner Phantasie Gott weiß wo herum. Am anderen
Tag steckte er sich zehn Dukaten in die Tasche und begab sich zum
Herausgeber einer verbreiteten Zeitung, um ihn um großmütige Förde-
rung zu bitten; der Journalist empfing ihn ungemein freundlich, sprach
ihn mit »Verehrtester« an, drückte ihm beide Hände, erkundigte sich
eingehend nach dem Namen, Vatersnamen und der Adresse, und schon
am nächsten Tag erschien in der Zeitung gleich nach einer Anzeige
über eine neuerfundene Sorte von Talglichtern ein Artikel mit der
Überschrift: »Von der ungewöhnlichen Begabung Tschartkows!« – »Wir
beeilen uns, den gebildeten Bewohnern der Residenz zu einer neuen,
man kann wohl sagen, in jeder Beziehung herrlichen Erscheinung zu
gratulieren. Alle sind darin einig, daß wir wohl eine Menge wunderbarer
Physiognomien und schöner Gesichter haben; es fehlte aber bisher an
einem Mittel, sie auf eine wundertätige Leinwand zu bannen, um sie
der Nachwelt zu überliefern. Dieser Mangel ist jetzt aufgehoben; es hat
sich ein Maler gefunden, der in sich alles, was man dazu braucht, vereinigt. Die Schöne kann jetzt überzeugt sein, daß sie mit der ganzen
Grazie ihrer luftigen, leichten, bezaubernden, angenehmen, wunderbaren
Anmut, die an einen über Frühlingsblüten schwebenden Falter gemahnt,
verewigt sein wird. Der ehrwürdige Familienvater wird sich von seiner
ganzen Familie umgeben sehen. Der Kaufmann, der Soldat, der Bürger,
der Staatsmann, ein jeder wird seine Tätigkeit mit neuem Eifer fortsetzen
können. Eilt, eilt, vom Spaziergang, vom Gange zu einem Freund, zu
einer Kusine, in ein glänzendes Geschäft, eilt, woher es auch sei. Das
großartige Atelier des Künstlers (Newskij-Prospekt, Nummer soundsoviel
) ist mit Werken seines Pinsels angefüllt, der eines Van Dyck und eines
Tizian würdig wäre. Man weiß nicht, worüber man mehr staunen soll:
über die Naturtreue und die Ähnlichkeit mit den Originalen, oder über
die ungewöhnliche Lebendigkeit und Frische der Pinselführung. Ehre
sei Ihnen, Herr Künstler! Sie haben ein glückliches Los in der Lotterie
gezogen. Vivat Andrej Petrowitsch! (der Journalist liebte wohl familiäre

Wendungen). Machen Sie sich und auch uns berühmt. Wir verstehen Sie zu schätzen. Der allgemeine Zulauf und zugleich auch irdische Güter, – obwohl mancher Journalist gegen diese kämpft, – werden Ihr Lohn sein.«

Mit geheimer Wonne las der Maler diese Reklame, und sein Gesicht erstrahlte. Man sprach von ihm schon in der Presse, – das war für ihn neu. Einigemal las er die Zeilen durch. Der Vergleich mit Van Dyck und Tizian schmeichelte ihm sehr. Der Satz: »Vivat Andrej Petrowitsch!« gefiel ihm gleichfalls sehr: man nannte ihn in der Zeitung mit seinem Vor- und Vatersnamen, – diese Ehre war ihm bisher ganz und gar unbekannt. Er fing an, mit schnellen Schritten auf und ab zu gehen und sich das Haar zu zerzausen; bald setzte er sich in einen Sessel, bald stand er auf und setzte sich auf das Sofa, wobei er sich immer vorstellte, wie er die Besucher und Besucherinnen empfangen würde; bald trat er vor die Leinwand und machte eine elegante Geste mit dem Pinsel, indem er sich bemühte, der Hand einen möglichst graziösen Schwung zu verleihen. Am nächsten Tage klingelte es an seiner Tür, er beeilte sich, selbst aufzumachen. Es war eine Dame, in Begleitung eines Lakaien in pelzgefütterter Livree; zugleich mit der Dame erschien ihre Tochter, ein junges Mädchen von siebzehn Jahren. »Monsieur Tschartkow?« fragte die Dame.

Der Maler verbeugte sich.

»Es wird über Sie so viel geschrieben; man sagt, Ihre Porträts seien der Gipfel der Vollkommenheit.« Mit diesen Worten nahm die Dame ihr Lorgnon und eilte zur Wand, an der jedoch nichts hing. »Wo sind denn Ihre Porträts?«

»Man hat sie hinausgetragen«, antwortete der Maler, etwas verwirrt. »Ich bin soeben in diese Wohnung gezogen, und die Bilder sind unterwegs … sie sind noch nicht hier.«

»Waren Sie schon in Italien?« fragte die Dame, ihr Lorgnon auf ihn richtend, da sie nichts anderes fand, worauf sie es hätte richten können.

»Nein, ich war noch nicht dort, wollte aber hin … Ich habe es übrigens nur aufgeschoben … Hier ist ein Sessel; sind Sie nicht müde? …«

»Ich danke, ich habe lange genug in der Equipage gesessen. Da sehe ich endlich Ihre Werke!« sagte die Dame, zu der Wand gegenüber laufend und das Lorgnon auf die auf dem Boden stehenden Studien, Skizzen, Perspektiven und Porträts richtend. »C'est charmant, Lise! Lise, venez ici. Ein Zimmer im Stile Teniers'. Siehst du? Eine Unordnung, ein Durcheinander, ein Tisch, darauf eine Büste, eine Hand, eine Palette; da ist auch Staub ... siehst du, wie der Staub gemalt ist! C'est charmant! Und hier auf dem anderen Bilde eine Frau, die sich das Gesicht wäscht – quelle jolie figure! Ach, ein Bäuerlein! Lise! Lise! Ein Bäuerlein im russischen Hemd! Siehst du: ein Bäuerlein! Sie malen also nicht nur Porträts?«

»Ach, das ist nichts ... ich habe es nur zum Zeitvertreib gemacht ... es sind Studien ...«

»Sagen Sie, welche M einung haben Sie von den jetzigen Porträtmalern? Nicht wahr, es gibt unter ihnen keinen, der wie Tizian wäre? Es fehlt diese Kraft im Kolorit, es fehlt diese ... wie schade, daß ich es Ihnen nicht russisch erklären kann. (Die Dame war eine Liebhaberin der Malerei und hatte mit ihrem Lorgnon alle Galerien Italiens durchrast.) »Übrigens Monsieur Nohl ... ach, wie der malt! Welch ein ungewöhnlicher Pinsel! Ich finde, daß seine Gesichter sogar mehr Ausdruck haben als die des Tizian. Sie kennen Monsieur Nohl nicht?«

»Wer ist dieser Nohl?« fragte der Maler.

»Monsieur Nohl. Ach, ist das ein Talent! Er hat ihr Porträt gemalt, als sie erst zwölf Jahre alt war. Sie müssen unbedingt zu uns kommen. Lise, du wirst ihm dein Album zeigen. Wissen Sie, wir sind hergekommen, damit Sie sofort mit ihrem Porträt beginnen.«

»Gewiß, ich bin sofort bereit.« Er schob im Nu die Staffelei mit einem fertig bespannten Rahmen heran, nahm die Palette in die Hand und richtete seinen Blick auf das blasse Gesichtchen der Tochter. Wäre er Kenner der menschlichen Natur, so hätte er darin sofort den Ausdruck einer beginnenden kindlichen Leidenschaft für Bälle, einer quälenden Langweile an Vormittagen und an Nachmittagen und des Wunsches, im neuen Kleide auf der Promenade herumzulaufen, die schweren Spuren eines stumpfen Eifers für allerlei Künste, den ihr die Mutter zwecks Hebung ihrer Seele und ihrer Gefühle einflößte, gelesen. Der Maler sah aber in diesem zarten Gesichtchen nur die für den Pinsel verlockende, beinahe porzellanartige Durchsichtigkeit, die bezaubernde leichte Mattigkeit, den feinen, leuchtenden Hals und die aristokratische Zierlichkeit. Er machte sich schon im voraus bereit, zu triumphieren, die Leichtigkeit und den Glanz seines Pinsels zu zeigen, der bisher nur mit den harten Zügen der rohen Modelle, den strengen Antiken und den Kopien nach einigen klassischen Meistern zu tun gehabt hatte. Er stellte sich schon im Geiste vor, wie ihm dieses zarte Gesichtchen geraten würde.

»Wissen Sie«, sagte die Dame mit einem sogar beinahe rührenden Gesichtsausdruck: »Ich möchte … sie hat jetzt ein Kleid an; offen gestanden, möchte ich sie nicht in diesem Kleide gemalt sehen, an das wir so gewöhnt sind: ich möchte, sie wäre ganz einfach gekleidet und säße im Schatten grüner Bäume; im Hintergrunde sollen aber irgendwelche Felder, Herden oder ein Wäldchen zu sehen sein … man soll es ihr nicht ansehen, daß sie eben im Begriff ist, zu irgendeinem Ball oder einer modischen Abendunterhaltung zu fahren. Unsere Bälle töten, offen gestanden, die Seele und die letzten Reste der Gefühle … Einfachheit, verstehen Sie, ich möchte mehr Einfachheit.« (Ach! In den Gesichtern der Mutter und der Tochter stand aber geschrieben, daß sie schon so viel auf Bällen getanzt hatten, daß sie fast wächsern geworden waren.)

Tschartkow machte sich an die Arbeit: er setzte sein Modell in einen Sessel, durchdachte sich die Arbeit, fuhr mit dem Pinsel durch die Luft, fixierte im Geiste die Hauptpunkte, kniff einigemal ein Auge zusammen, beugte sich zurück, sah noch einmal aus größerer Entfernung hin und begann mit der Untermalung, die auch sofort fertig war. Mit der Untermalung zufrieden, machte er sich an die Ausführung; die Arbeit riß ihn hin; er hatte schon alles vergessen, sogar daß er sich in Gesellschaft aristokratischer Damen befand; er fing sogar an, gewisse Malerangewohnheiten zu zeigen und verschiedene Laute von sich zu geben und zu trällern, wie es oft die Maler tun, wenn sie mit der ganzen Seele bei der Arbeit sind. Er zwang sogar sein Modell, das zuletzt unruhig hin und her rückte und große Müdigkeit zeigte, ganz ungeniert mit einem bloßen Wink des Pinsels, den Kopf zu heben.

»Genug, fürs erste Mal ist es genug«, sagte die Dame.

»Noch ein bißchen!« bat der Maler, der ganz hingerissen war.

»Nein, es ist Zeit! Lise, es ist schon drei!« sagte sie, indem sie eine kleine Uhr, die an goldener Kette an ihrem Gürtel hing, hervorholte. Dann schrie sie auf: »Ach, es ist schon so spät!«

»Nur noch ein Weilchen!« sagte Tschartkow mit der flehenden Stimme eines Kindes.

Die Dame schien aber diesmal gar nicht geneigt, seinen künstlerischen Bedürfnissen entgegenzukommen und versprach, nur, das nächste Mal etwas länger zu bleiben.

– Es ist aber ärgerlich –, dachte sich Tschartkow: – meine Hand war gerade so schön in Schwung gekommen. – Und er erinnerte sich, daß ihn niemand zu unterbrechen und zu stören wagte, als er noch in seinem Atelier auf der Wassiljewskij-Insel arbeitete; Nikita pflegte unbeweglich auf einem Fleck zu sitzen, und er konnte ihn, so lange er wollte, malen; Nikita brachte es sogar fertig, in der angegebenen Stellung einzuschlafen. Unzufrieden legte er Pinsel und Palette auf einen Stuhl und blieb nachdenklich vor der Leinwand stehen.

Ein Kompliment der vornehmen Dame weckte ihn aus seiner Versunkenheit. Er stürzte zur Türe, um die beiden hinauszubegleiten; auf der Treppe erhielt er die Einladung, in der nächsten Woche bei ihnen zu essen, und kehrte mit vergnügter Miene in sein Zimmer zurück. Die aristokratische Dame hatte ihn ganz bezaubert. Bisher hatte er solche Geschöpfe als etwas Unerreichbares angesehen, als etwas, was nur dazu geboren sei, um in einer prächtigen Equipage mit livrierten Lakaien und einem eleganten Kutscher vorbeizusausen und einen gleichgültigen Blick auf den im ärmlichen Mantel zu Fuß vorbeigehenden Menschen zu werfen. Nun ist aber eines dieser Geschöpfe in sein Zimmer getreten; er malt sein Bildnis und ist in ein aristokratisches Haus zum Essen geladen. Er war ungemein zufrieden und wie berauscht; dafür belohnte er sich mit einem feinen Mittagessen und einem Theaterbesuch am Abend und fuhr wieder ohne jeden Zweck in einer vornehmen Equipage durch die Stadt.

Alle diese Tage wollte ihm seine gewohnte Arbeit nicht in den Sinn. Er bereitete sich nur vor und wartete auf das Läuten an der Tür. Endlich kam die aristokratische Dame mit ihrer blassen Tochter wieder. Er ließ sie Platz nehmen, rückte die Leinwand heran, was er jetzt recht geschickt und mit einem Anspruch auf vornehme Manieren tat, und machte sich an die Arbeit. Der sonnige Tag und die gute Beleuchtung unterstützten ihn. Er entdeckte in seinem graziösen Modell vieles, was, auf die Leinwand gebannt, dem Porträt eine hohe Qualität verleihen könnte; er sah, daß hier etwas Außerordentliches geschaffen werden konnte, wenn es ihm gelänge, alles so vollendet wiederzugeben, wie ihm jetzt das Original erschien. Sein Herz fing sogar zu beben an, als er fühlte, daß es ihm gelingen würde, etwas wiederzugeben, was den anderen entgangen war. Die Arbeit nahm ihn ganz gefangen; er versenkte sich in sie und dachte nicht mehr an die aristokratische Abstammung des Modells. Mit stockendem Atem sah er, wie ihm die leichten Züge und das fast durchsichtige, zarte Fleisch des siebzehnjährigen Mädchens gerieten. Er erhaschte jede Schattierung, die gelblichen Töne, den kaum sichtbaren bläulichen Anflug unter den Augen und war schon im Begriff, auch den kleinen Pickel, der auf der Stirne erblüht war, festzuhalten, als er plötzlich die Stimme der Mutter vernahm: »Ach, wozu das? Das ist nicht nötig«, sagte die Dame. »Auch das … hier, an einigen Stellen … es scheint mir etwas gelb, und auch hier die dunklen Fleckchen.« Der Maler begann ihr zu erklären, daß gerade diese Fleckchen und der gelbe Ton sich besonders gut machten und die angenehmen und zarten Töne des Gesichts bewirkten. Darauf bekam er zur Antwort, daß sie gar nichts bewirkten und gar keinen Ton ausmachten und daß es ihm nur so vorkomme. »Aber erlauben Sie, daß ich nur hier, an dieser Stelle ein wenig mit gelber Farbe nachfahre«, sagte der Künstler einfältig. Aber man erlaubte es ihm nicht. Man erklärte ihm, daß Lise heute ausnahmsweise etwas indisponiert sei und daß sie sonst niemals gelb aussähe; ihr Gesicht sei vielmehr von einer erstaunlichen Frische. Traurig machte er sich an die Beseitigung dessen, was sein Pinsel auf die Leinwand gebannt hatte. Es verschwanden viele fast unmerkliche Züge, und mit ihnen verschwand auch zum Teil die Ähnlichkeit. Er begann dem Porträt ganz gefühllos das allgemeine Kolorit zu verleihen, das man auswendig kennt und das selbst die nach der Natur gemalten Gesichter in kalte Idealgestalten verwandelt, wie man sie auf Schülerarbeiten sieht. Aber die Dame war sehr zufrieden, daß das verletzende Kolorit beseitigt war. Sie äußerte nur ihr Erstaunen darüber, daß die Arbeit so lange daure, und fügte hinzu, daß sie gehört habe, er pflege sonst ein Porträt in zwei Sitzungen fertigzumachen. Der Maler wußte nicht, was darauf zu antworten. Die Damen erhoben sich und schickten sich zum Gehen an. Er legte den Pinsel weg, begleitete sie bis zur Tür und stand dann lange nachdenklich und unbeweglich vor dem Porträt.

Das Porträt blickte ihn ganz dumm an, aber in seinem Kopfe schwebten noch die leichten weiblichen Züge, die Farben und luftigen Töne, die er wahrgenommen und die sein Pinsel so grausam vernichtet hatte. Ganz von ihnen erfüllt, stellte er das Porträt zur Seite und holte das Köpfchen der Psyche hervor, das er einst skizzenhaft hingeworfen und dann aufgegeben hatte. Es war ein geschickt gemaltes, aber durchaus ideales, kaltes Gesichtchen, das nur aus ganz allgemeinen Zügen bestand, die sich noch nicht in lebendiges Fleisch gekleidet hatten. Um die Zeit totzuschlagen, fuhr er nun mit dem Pinsel nach und dachte dabei an alle Einzelheiten, die er im Gesicht des aristokratischen Modells wahrgenommen hatte. Jene Züge und Töne erstanden hier in der geläuterten Form, in der sie erscheinen, wenn der Künstler, nachdem er sich an der Natur sattgesehen, sich von ihr entfernt und ein ihr gleichwertiges Werk schafft. Die Psyche erwachte zum Leben, und die schwach angedeutete Idee wurde allmählich zu lebendigem Fleisch. Der Gesichtstypus des aristokratischen jungen Mädchens teilte sich wie von selbst der Psyche mit, und diese erhielt dadurch einen eigenartigen Ausdruck, der ihr den Wert eines wirklich originellen Werkes verlieh. Er hatte sich anscheinend wie im einzelnen, so auch im allgemeinen alles zunutze gemacht, was ihm das Original geboten, und versenkte sich ganz in diese Arbeit. Einige Tage lang war er nur mit ihr beschäftigt. Bei dieser Arbeit trafen ihn auch die beiden bekannten Damen. Er hatte nicht Zeit gehabt, das Bild von der Staffelei zu nehmen. Beide Damen schrien freudig überrascht auf und schlugen die Hände zusammen.

»Lise, Lise! Ach, wie ähnlich! Süperbe, süperbe! Wie schön ist doch Ihr Einfall, sie in ein griechisches Kostüm zu kleiden! Ach, diese Überraschung!«

Der Künstler wußte nicht, wie den Damen die angenehme Täuschung auszureden. Geniert, mit gesenktem Kopf sagte er leise: »Es ist Psyche.«

»Sie haben sie als Psyche dargestellt? C'est charmant!« sagte die Mutter lächelnd, worauf dann auch die Tochter lächelte.

»Nicht wahr, Lise, es steht dir am besten, als Psyche dargestellt zu sein? Quelle idée délicieuse! Aber diese Arbeit! Ein wahrer Correggio. Offen gestanden habe ich wohl viel von Ihnen gelesen und gehört, habe aber nicht gewußt, daß Sie so ein Talent haben. Nein, Sie müssen unbedingt auch mein Porträt malen.« Die Dame wollte offenbar auch als eine Psyche dargestellt werden.

– Was soll ich mit ihnen anfangen? fragte sich der Maler. – Wenn sie es selbst wollen, so soll die Psyche als das gelten, was sie in ihr sehen wollen. – Dann sagte er laut: »Wollen Sie noch ein wenig sitzen: ich will nur hie und da mit dem Pinsel nachfahren.«

»Ach, ich fürchte, daß Sie sie ... sie ist jetzt so ähnlich ...«

Der Maler erriet, daß die Befürchtungen den gelben Ton betrafen, und beruhigte die beiden, indem er sagte, er wolle nur etwas mehr Glanz und Ausdruck den Augen verleihen. In Wirklichkeit quälte ihn doch zu sehr das Gewissen, und er wollte dem Porträt wenigstens etwas mehr Ähnlichkeit mit dem Original verleihen, damit ihm niemand absolute Schamlosigkeit vorwerfen könne. In der Gestalt der Psyche begannen nun in der Tat die Züge des blassen Mädchens deutlicher hervorzutreten.

»Genug!« sagte die Mutter, die schon befürchtete, daß die Ähnlichkeit allzu groß werden könnte. Dem Maler wurde jeglicher Lohn zuteil: ein Lächeln, Geld, Komplimente, ein herzlicher Händedruck und eine Einladung zum Mittagessen, – mit einem Worte, tausend schmeichelhafte Belohnungen.

Das Porträt erregte in der Stadt Aufsehen. Die Dame zeigte es ihren Freundinnen. Alle staunten über die Kunst, mit der der Maler es verstanden hatte, die Ähnlichkeit zu wahren und zugleich dem Original Anmut zu verleihen. Das letztere wurde natürlich nicht ohne Neid bemerkt. Der Maler war plötzlich von Auftraggebern belagert. Die ganze Stadt schien sich von ihm malen lassen zu wollen. An seiner Tür ging fortwährend die Klingel. Einerseits hätte es für ihn gut sein können, da ihm die unendliche Mannigfaltigkeit der Gesichter eine große Praxis bot. Zu seinem Unglück waren es aber lauter Menschen, mit denen es schwer auszukommen war; hastige, vielbeschäftigte Menschen, oder solche, die der großen Welt angehörten und folglich noch mehr beschäftigt als die anderen, und somit äußerst ungeduldig waren. Von allen Seiten wurde verlangt, daß er gut und noch schnell arbeite.

Der Maler sah bald die Unmöglichkeit ein, die Porträts wirklich zu vollenden, und daß er es durch Geschicklichkeit und flotte Pinselführung ersetzen müsse: es galt nur das Ganze, den allgemeinen Ausdruck zu erfassen, ohne sich mit dem Pinsel in die feineren Einzelheiten zu versenken; es war, mit einem Wort, ganz unmöglich, der Natur in ihrer Vollendung nachzuspüren. Es ist außerdem zu bemerken, daß die Menschen, die sich von ihm malen ließen, noch viele andere Ansprüche an ihn stellten. Die Damen verlangten, daß die Porträts vorwiegend die Seelen und die Charaktere darstellten, alles übrige aber mitunter ganz weggelassen werden dürfe: daß alles Eckige abgerundet, jeder Fehler geglättet und sogar womöglich ganz vernachlässigt werde, – mit einem Wort, daß das Porträt in dem Beschauer Bewunderung, wenn nicht gar Liebe wecke. Darum nahmen auch die Damen, wenn sie ihm saßen, mitunter einen solchen Ausdruck an, daß der Maler nur so staunte: die eine bemühte sich, Melancholie, die andere Verträumtheit zu mimen; die dritte wollte um jeden Preis ihren Mund kleiner erscheinen lassen und spitzte ihn so, daß er sich schließlich in einen Punkt, kaum so groß wie ein Stecknadelkopf, verwandelte. Dabei verlangten sie von ihm alle Ähnlichkeit und ungezwungene Natürlichkeit. Auch die Männer waren durchaus nicht besser als die Damen: der eine wollte mit einer starken, energischen Wendung des Kopfes dargestellt werden. Der andere mit nach oben gerichteten durchgeistigten Augen; ein Gardeleutnant forderte, daß aus seinen Augen Gott Mars blicke; der Zivilbeamte wünschte, daß sein Gesicht möglichst viel Offenheit und Edelsinn ausdrücke, und daß die Hand auf einem Buche mit der deutlich lesbaren Inschrift: »Er trat immer für die Wahrheit ein« ruhe.

Solche Zumutungen machten den Maler anfangs schwitzen: alle diese Dinge wollten ja überlegt sein, während man ihm nur wenig Zeit dazu ließ. Endlich begriff er, was man von ihm wollte, und machte sich keine Mühe mehr. Schon aus wenigen Worten erfaßte er, als was sich der und jener dargestellt sehen wollte. Wer nach dem Gott Mars verlangte, dem malte er den Mars ins Gesicht; wer sich für einen Byron hielt, dem verlieh er die Pose und die Wendung Byrons. Wollte sich eine Dame als Corinna, Undine oder Aspasia dargestellt sehen, er ging immer mit der größten Bereitwilligkeit auf alles ein und verlieh einem jeden außerdem auch eine gewisse Anmut, die bekanntlich niemals schadet, für die man dem Maler aber auch Unähnlichkeit verzeiht. Bald staunte er selbst über die wunderbare Schnelligkeit und Flottheit seines Pinsels. Die sich von ihm malen ließen, waren aber selbstverständlich entzückt und erklärten ihn für ein Genie.

Tschartkow wurde in jeder Beziehung zu einem Modemaler. Er fing an, Diners zu besuchen, Damen in die Galerien und sogar auf die Promenade zu begleiten, sich elegant zu kleiden und laut zu verkünden, daß der Künstler der Gesellschaft angehören und seinen Stand hochhalten müsse, während die Künstler sich sonst wie die Schuster kleideten, kein Benehmen hätten, den feineren Ton nicht beobachteten und jeder Bildung entbehrten. In seiner Wohnung und in seinem Atelier sah er auf äußerste Ordnung und Reinlichkeit; er stellte sich zwei großartige Lakaien an, nahm elegante Schüler auf, wechselte einigemal am Tage allerlei Morgenanzüge und kräuselte sich das Haar. Er vervollkommnete immer mehr seine Manieren, mit denen er die Besucher empfing, und widmete sich der Verschönerung seines Äußeren mit allen möglichen Mitteln, um auf die Damen einen angenehmen Eindruck zu machen; mit einem Worte, bald konnte man in ihm den bescheidenen jungen Maler, der einst von niemand gesehen, in seinem Loch auf der Wassiljewskij-Insel gearbeitet hatte, nicht mehr wiedererkennen. Über die anderen Maler und über die Kunst urteilte er nun sehr scharf: er behauptete, daß den alten Meistern eine viel zu hohe Bedeutung zugemessen werde, daß sie alle vor Raffael keine Menschen, sondern Heringe gemalt hätten; daß es nur eine Einbildung der Beschauer sei, wenn behauptet werde, in diesen Bildern sei etwas Heiliges enthalten; daß Michelangelo ein Prahler sei, der überall nur mit seinen anatomischen Kenntnissen habe prahlen wollen; daß ihm jede Grazie fehle, und daß man den wahren Glanz und die wahre Kraft der Pinselführung und des Kolorits nur heutzutage, im jetzigen Jahrhundert suchen dürfe.

So brachte er die Rede natürlich und unwillkürlich auf sich selbst. »Nein«, pflegte er zu sagen, »ich kann nicht verstehen, wie die andern sich so abmühen können: ein Mensch, der sich einige Monate mit einem Bilde plagt, ist meiner Ansicht nach ein Arbeiter und kein Künstler; ich kann unmöglich glauben, daß er Talent hat. Das Genie schafft kühn und schnell. Dieses Porträt da«, sagte er, sich an die Besucher wendend, »habe ich in zwei Tagen gemalt, dieses Köpfchen in einem Tag, dieses hier in einigen Stunden, und dieses in etwas mehr als einer Stunde. Nein, ich … ich muß gestehen, daß ich es nicht als Kunst ansehen kann, was Strich auf Strich entsteht; es ist Handwerk und keine Kunst.«

So sprach er zu seinen Besuchern, und die Besucher staunten über die Kraft und den Schwung seines Pinsels und stießen sogar Rufe des Erstaunens aus, als sie hörten, wie schnell die Werke entstanden waren. Hinterher sagten sie zueinander: »Das ist ein Talent! Ein wahres Talent! Schauen Sie nur, wie er spricht, wie seine Augen leuchten! Il y a quelque chose d'extraordinaire dans toute sa figure!«

Es schmeichelte dem Künstler, solche Äußerungen zu hören. Wenn in den Zeitungen lobende Aufsätze erschienen, freute er sich wie ein Kind, obwohl er das Lob mit eigenem Gelde bezahlt hatte. Er trug so ein Zeitungsblatt immer bei sich und zeigte es wie zufällig seinen Bekannten und Freunden, und das machte ihm selbst eine einfältige Freude. Sein Ruhm wuchs, und er hatte immer mehr Arbeit und Aufträge. Schon fingen ihn die immer gleichen Porträts und Gesichter, deren Posen und Wendungen er auswendig kannte, zu langweilen an. Er malte sie schon ohne große Lust und bemühte sich nur irgendwie den Kopf zu skizzieren, überließ aber die Vollendung seinen Schülern. Früher hatte er sich noch immerhin bemüht, eine neue Stellung zu erfinden, den Beschauer durch Kraft und Effekt zu verblüffen. Jetzt langweilte ihn aber auch das schon. Sein Geist war zu müde, Neues zu erfinden. Das konnte er nicht mehr und hatte auch keine Zeit dazu: das Leben voller Zerstreuung und die Gesellschaft, in der er eine Rolle spielen wollte, lenkten ihn von der Arbeit und vom Denken ab. Sein Pinsel wurde kälter und stumpfer, und er schloß sich, für sich selbst unmerklich, in eintönige, bestimmte, längst abgeleierte Formen ein. Die gleichförmigen, kalten, zugeknöpften, immer gepflegten Gesichter der Militär- und Zivilbeamten boten seinem Pinsel kein zu weites Feld; er interessierte sich nicht mehr für die prunkvollen Drapierungen, für die starken Bewegungen und Leidenschaften. Von geschickten Gruppierungen, künstlerischer Dramatik und erhabener Komposition war nicht mehr die Rede; er sah vor sich nur die Uniform, das Korsett und den Frack, vor denen der wahre Künstler nur Kälte empfindet und jede Phantasie schwindet. An seinen Werken konnte man nun auch die gewöhnlichsten Qualitäten nicht mehr finden, und trotzdem wurden sie noch immer gekauft und erfreuten sich der Berühmtheit, obwohl die wahren Kenner und Künstler beim Anblick seiner letzten Arbeiten nur die Achseln zuckten. Manche aber, die Tschartkow früher gekannt hatten, konnten unmöglich begreifen, wie ein Talent, dessen Anzeichen sich in ihm einst so leuchtend offenbart hatten, so spurlos verschwinden konnte, und bemühten sich zu ergründen, wie im Menschen eine Begabung zu einer Zeit erlöschen konnte, in der er gerade die volle Entfaltung aller seiner Kräfte erreicht.

Der berauschte Künstler hörte aber von diesem Gerede nichts. Er war schon wie an Geist, so auch an Jahren gereift: er fing an dick zu werden und in die Breite zu gehen. In den Zeitungen und Zeitschriften las er schon die Epitheta: »Unser verehrter Andrej Petrowitsch, unser hochverdienter Andrej Petrowitsch.« Schon bot man ihm allerlei Ehrenämter an und lud ihn zur Teilnahme an Prüfungen und Komitees ein. Schon fing er an, wie es alle älteren Leute tun, für Raffael und die alten Meister Partei zu ergreifen, doch nicht etwa, weil er sich von ihrem hohen Werte überzeugt hätte, sondern um sie den jungen Künstlern vor die Nase zu reiben. Schon fing er an, wie es in diesem reifen Alter üblich ist, der ganzen Jugend, ohne Ausnahme, Unmoral und schlechte Gesinnung vorzuwerfen. Schon glaubte er, daß alles in dieser Welt höchst einfach geschähe, daß es eine Inspiration von oben gar nicht gäbe und daß alles dem gleichen strengen Gesetze der Ordnung und Gleichförmigkeit unterworfen werden müsse. Mit einem Worte, sein

Leben erreichte schon jenes Alter, wo alles, was im Menschen drängt und atmet, zusammenschrumpft, wo die Töne des machtvollen Bogens immer schwächer in sein Inneres dringen und sich nicht mehr als gellende Töne um sein Herz winden, wo die Berührung mit der Schönheit keine jungfräulichen Kräfte mehr in Feuer und Flamme verwandelt, wo aber alle zu Asche verbrannten Gefühle dem Klirren des Goldes zugänglicher werden, seiner verlockenden Musik immer aufmerksamer lauschen und sich von ihr unmerklich einschläfern lassen. Der Ruhm kann einem, der ihn gestohlen und nicht verdient hat, keinen Genuß geben: er läßt nur einen, der seiner würdig ist, erzittern. Darum wandten sich all seine Gefühle und sein ganzes Streben dem Golde zu. Das Gold wurde ihm zur Leidenschaft, zum Ideal, zur Angst, zum Genuß, zum Ziel. Die Haufen von Banknoten in seinen Truhen wuchsen beständig, und wie jeder, dem diese schreckliche Gabe zufällt, fing er an sich zu langweilen, zu einem gegen alles außer Gold gleichgültigen, sinnlosen Geizhals und Sammler zu werden und war schon im Begriff, sich in eines jener sonderbaren Geschöpfe zu verwandeln, von denen es in unserer gefühllosen Welt so viele gibt, auf die ein lebendiger fühlender Mensch nur mit Grauen blickt und dem sie als wandelnde steinerne Särge erscheinen, die eine Leiche an Stelle eines Herzens bergen. Aber ein Ereignis erschütterte ihn mächtig und weckte alles Lebendige in ihm.

Eines Tages fand er auf seinem Tisch ein Schreiben, mit dem die Akademie der Künste ihn, als ihr würdigstes Mitglied, aufforderte, zu kommen, um ein Urteil über ein neues Werk abzugeben, das ein russischer Künstler aus Italien, wo er sich vervollkommnete, geschickt hatte. Dieser Künstler war einer seiner einstigen Kollegen, der von frühester Jugend an eine Leidenschaft für die Kunst in sich trug und sich mit der glühenden Seele eines Eiferers in sie versenkte; er hatte sich von seinen Freunden, Verwandten, von allen seinen geliebten Gewohnheiten losgerissen und war dorthin geeilt, wo unter dem schönen Himmel die großartige Pflanzstätte der Künste blüht, – in das herrliche Rom, dessen Name allein das feurige Herz eines Künstlers so voll und mächtig schlagen läßt. Dort vertiefte er sich wie ein Einsiedler in die Arbeit und ließ sich durch nichts von ihr ablenken. Er kümmerte sich nicht darum, was man von seinem Charakter sprach, von seiner Unfähigkeit, mit Menschen umzugehen, von seiner Mißachtung gegen die Sitten der Gesellschaft und von der Erniedrigung, die er der Kunst durch seinen ärmlichen, uneleganten Anzug zufügte. Er kümmerte sich nicht darum, ob ihm seine Kollegen zürnten oder nicht. Unermüdlich besuchte er die Galerien und stand stundenlang vor den Werken der großen Meister, um ihrer wunderbaren Pinselführung nachzuspüren. Er vollendete kein Werk, ohne sich zuvor vor diesen großen Lehrmeistern geprüft und aus ihren Werken einen stummen doch beredten Rat geholt zu haben. Er beteiligte sich nicht an den geräuschvollen Gesprächen und Debatten und trat weder für noch gegen die Puristen ein. Er ließ einem jeden Gerechtigkeit widerfahren und schöpfte aus allem nur das, was darin wirklich schön war; zuletzt erkor er sich den göttlichen Raffael zu seinem einzigen Lehrer, – ebenso wie ein großer Meister der Dichtkunst, der verschiedene, von vielen Vorzügen und erhabenen Schönheiten erfüllte Werke gelesen hat, zuletzt nur Homers Ilias als einziges Handbuch behält, nachdem er gefunden, daß sie alles, was man nur wolle, enthalte und daß es nichts gäbe, was sich nicht schon in ihr in einer tiefen und großen Vollkommenheit widerspiegele. Dafür hatte der Künstler aus dieser Schule eine erhabene Idee des Schaffens, eine mächtige Schönheit des Denkens und eine hohe Vollkommenheit seines himmlischen Pinsels geschöpft.

Als Tschartkow in den Saal trat, traf er bereits eine Menge von Geladenen an, die sich vor dem Bilde versammelt hatten. Ein tiefes Schweigen, wie es in einer so großen Ansammlung von Kunstkennern nur selten anzutreffen ist, herrschte diesmal im ganzen Saal. Er beeilte sich, eine vielsagende Kennermiene aufzusetzen, und näherte sich dem Bilde. Gott, was erblickte er da!

Keusch, makellos und schön wie eine Braut stand vor ihm das Kunstwerk. Bescheiden, göttlich, unschuldig und einfach wie ein Genie erhob es sich über allem. Die himmlischen Gestalten schienen, wie über die vielen auf sie gerichteten Blicke erstaunt, ihre schönen Wimpern schamhaft zu senken. Mit dem Gefühl eines unwillkürlichen Staunens betrachteten die Kenner dieses neue, nie gesehene Werk. Alles schien hier vereint: das Studium Raffaels, das sich im hohen Adel der Stellungen spiegelte, das Studium Correggios, von dem die Vollendung der Pinselführung zeugte. Mächtiger als alles sprach aber daraus die in der Seele des Künstlers selbst eingeschlossene Schöpfergabe. Auch der letzte Gegenstand im Bilde war von ihr durchdrungen; in allen Dingen war das Gesetz und die innere Kraft erfaßt; wie auch jene sanfte Rundung der Linien, die in der Natur enthalten ist und die nur das Auge des schöpferischen Künstlers erspäht, während sie beim Kopisten eckig gerät.

Man sah, wie der Künstler alles, was er aus der äußeren Welt geschöpft, zuerst in seine eigene Seele eingeschlossen und dann erst dieser innersten Quelle als einen harmonischen, feierlichen Gesang hatte entsteigen lassen. Und es wurde selbst den Uneingeweihten klar, was für ein unermeßlicher Abgrund zwischen einem Kunstwerk und einer einfachen Kopie nach der Natur liegt. Es ist fast unmöglich, die ungewöhnliche Stille zu beschreiben, von der alle, die ihre Blicke auf das Bild hefteten, ergriffen waren: kein Geräusch, kein Ton; das Bild erschien aber von Minute zu Minute erhabener: immer strahlender und wunderbarer löste es sich von allem, was es umgab, los und wurde zuletzt zu einem Augenblick, zur Frucht des dem Künstler vom Himmel eingegebenen Gedankens, – zu einem Augenblick, vor dem das ganze Leben des Menschen nur als eine Vorbereitung erschien. Die Gäste, die das Bild umringten, waren dem Weinen nahe. Alle Geschmacksrichtungen, alle kühnen und gesetzwidrigen Verirrungen des Geschmacks schienen sich zu einer stummen Hymne auf das göttliche Werk zu vereinigen.

Unbeweglich, mit offenem Munde stand Tschartkow vor dem Bilde und kam erst dann wieder zu sich, als die Gäste und Kenner allmählich das Schweigen brachen, um über den hohen Wert des Werkes zu sprechen, und sich an ihn mit der Bitte wandten, seine Meinung zu äußern. Er wollte schon seine gewohnte, gleichgültige Miene aufsetzen, er wollte eine der üblichen, abgeschmackten Ansichten verhärteter Künstler zum besten geben, wie: »Ja, gewiß, man kann dem Künstler die Begabung wohl nicht absprechen; es ist schon etwas daran; man sieht, daß er etwas ausdrücken wollte; was aber die Hauptsache betrifft ...« und dann selbstverständlich einiges Lob hinzufügen, das keinem Künstler wohl bekommen wäre; er wollte es tun, aber die Worte erstarben auf seinen Lippen, Tränen und Schluchzen entrangen sich ihm, und er stürzte wie ein Wahnsinniger aus dem Saal.

Eine Minute lang stand er unbeweglich und bewußtlos mitten in seinem großartigen Atelier. Sein tiefstes Wesen, sein ganzes Leben war in einem Augenblick erwacht, als wäre seine Jugend zurückgekehrt, als seien die erloschenen Funken seines Talents von neuem entfacht. Von seinen Augen fiel plötzlich die Binde. O Gott! So erbarmungslos die besten Jahre seiner Jugend zugrunde richten, den Funken des Feuers verlöschen, das vielleicht in seiner Brust geglüht hatte, das sich vielleicht jetzt in Majestät und Schönheit entwickelt und vielleicht ebensolche Tränen der Bewunderung und der Dankbarkeit hervorgerufen hätte!

Dies alles zugrunde richten, ohne jedes Mitleid zugrunde richten! In diesem Augenblick schien die ganze Spannung, das ganze Streben seiner Seele, das er einst so gut gekannt hatte, wieder erwacht. Er ergriff den Pinsel und trat vor die Leinwand. Schweiß der Anstrengung trat ihm auf die Stirn; er verwandelte sich ganz in einen einzigen Wunsch, er entbrannte in einem einzigen Gedanken: er wollte einen gefallenen Engel darstellen. Dieses Thema entsprach am besten dem Zustande seiner Seele. Aber ach! Seine Figuren, Posen, Gruppierungen und Einfälle gerieten gezwungen und unharmonisch. Sein Pinsel und seine Phantasie hatten sich zu sehr in enge Grenzen eingeschlossen, und der ohnmächtige Versuch, alle Schranken und Fesseln, die er sich selbst auferlegt hatte, zu sprengen, erweckte den Eindruck von Fehlerhaftigkeit und Unnatur. Er hatte die ermüdend lange Stufenleiter der allmählich zu erwerbenden Kenntnisse und die ersten Elementargesetze der künftigen Größe mißachtet. Er fühlte Verdruß. Er ließ alle seine letzten Werke, alle die leblosen Modebildchen, die Porträts von Husaren, Damen und Staatsräten aus seinem Atelier entfernen; er schloß sich allein in seinem Zimmer ein, befahl, niemand vorzulassen und versenkte sich ganz in die Arbeit. Wie ein geduldiger Jüngling, wie ein Schüler saß er an seiner Arbeit. Aber wie grausam undankbar war alles, was unter seinem Pinsel erstand! Auf jedem Schritt hemmte ihn die Unkenntnis der ursprünglichsten Elemente; die einfache bedeutungslose Technik kühlte seinen ganzen Eifer und stand vor seiner Phantasie als eine Schwelle, die sie nicht zu übertreten vermochte. Sein Pinsel wandte sich unwillkürlich den auswendiggelernten Formen zu, die Hände falteten sich immer auf die gleiche angelernte Weise, die Köpfe wagten es nicht, eine ungewöhnliche Stellung anzunehmen, selbst die Falten der Gewänder erinnerten an angelernte Formeln und wollten sich den ihnen unbekannten Körperstellungen nicht fügen. Und all das fühlte und sah er selbst!

»Habe ich aber wirklich einmal Talent gehabt?« fragte er sich endlich: »Habe ich mich nicht getäuscht?« Mit diesen Worten ging er auf seine früheren Werke zu, die er einst so keusch, so uneigennützig, dort, in der elenden Kammer auf der entlegenen Wassiljewskij-Insel geschaffen hatte, fern von allen Menschen, frei von Überfluß und Launen. Er ging nun auf sie zu und begann sie aufmerksam zu betrachten, und zugleich mit ihnen erstand vor ihm sein ganzes früheres ärmliches Leben. »Ja«, sagte er sich verzweifelt, »ich habe wohl ein Talent gehabt! Überall, an allem sehe ich seine Anzeichen und Spuren …« Er hielt inne und erzitterte plötzlich am ganzen Leibe: seine Augen begegneten anderen Augen, die ihn regungslos anstarrten. Es war jenes ungewöhnliche Porträt, das er im Schtschukinschen Kaufhause gekauft hatte. Es war die ganze Zeit über von andern Bildern verstellt gewesen und ihm ganz aus dem Gedächtnis geschwunden. Aber jetzt, als alle die modischen Porträts und Bilder, die sein Atelier gefüllt hatten, entfernt waren, blickte es plötzlich zugleich mit den früheren Werken seiner Jugend hervor. Als er sich der ganzen sonderbaren Geschichte des Bildes erinnerte, als er sich erinnerte, daß dieses seltsame Porträt gewissermaßen die Ursache seiner Wandlung gewesen war, daß der Schatz, den er auf eine so wunderbare Weise gewonnen, in ihm alle die eitlen Regungen, die sein Talent zugrunde gerichtet, geweckt hatte, – verfiel er beinahe in Raserei. Er ließ das verhaßte Porträt augenblicklich hinaustragen. Aber die seelische Erregung wollte sich trotzdem nicht legen: alle seine Gefühle, sein ganzes Wesen waren bis auf den Grund erschüttert, und er erfuhr jene entsetzliche Qual, die in der Natur nur als erstaunliche Ausnahme vorkommt, wenn ein schwaches Talent versucht, sich in einem Werke zu äußern, das sein Können übersteigt, – jene Qual, die in der Seele des Jünglings auch Großes zeugen kann, aber in einem Manne, der die Grenze der Jugendträume überschritten hat, sich in einen fruchtlosen Durst verwandelt, – jene schreckliche Qual, die den Menschen zu schrecklichen Verbrechen fähig macht. Seiner bemächtigte sich ein schrecklicher, an Raserei grenzender Neid. Die Galle trat ihm ins Gesicht, wenn er nur ein Werk erblickte, das den Stempel eines Talents trug. Er knirschte mit den Zähnen und verzehrte es mit den Blicken eines Basilisken. In seiner Seele entstand der teuflischste Plan, den ein Mensch je gehegt hat, und er begann, ihn mit rasender Energie zu verwirklichen. Er fing an, alles Beste, was die Kunst je hervorgebracht, zusammenzukaufen. Sobald er ein gutes Bild um teures Geld erstanden, brachte er es behutsam in sein Zimmer, stürzte sich mit der Wut eines Tigers darüber, zerriß und zerschnitt es in Stücke und trat es mit den Füßen; das alles begleitete er mit einem wollüstigen Gelächter. Die zahllosen von ihm aufgespeicherten Geldmittel lieferten ihm alle Möglichkeiten, dies höllische Bedürfnis zu befriedigen. Er band alle seine Geldsäcke auf und öffnete alle seine Truhen. Kein Ungeheuer der Barbarei hat noch so viele herrliche Kunstwerke vernichtet, wie dieser wütende Rächer. Auf allen Auktionen, bei denen er erschien, mußte ein jeder jede

Hoffnung auf den Erwerb eines Kunstwerkes aufgeben. Es war, als hätte der erzürnte Himmel selbst diese furchtbare Geißel in die Welt geschickt, um ihr ihre ganze Harmonie zu nehmen. Diese fürchterliche Leidenschaft verlieh im ein grauenhaftes Kolorit: sein Gesicht war immer gelb vor Galle. Weltverachtung und Weltverleugnung spiegelten sich in seinen Zügen. In ihm hatte sich gleichsam jener schreckliche Dämon verkörpert, den Puschkin in idealisierter Gestalt geschildert. Aus seinem Munde kam nichts als giftige Worte und ewiger Tadel. Er glich einer Harpyie, und wenn ihn jemand, selbst einer von seinen Bekannten, auf der Straße von weitem erblickte, so beeilte er sich, ihm aus dem Wege zu gehen und behauptete, daß eine solche Begegnung genüge, um einem Menschen den ganzen Tag zu vergiften.

Zum Glück für die Welt und für die Kunst konnte solch ein gespanntes und gewalttätiges Leben nicht lange dauern: das Maß der Leidenschaften war für seine schwachen Kräfte zu unregelmäßig und kolossal. Anfälle von Raserei und Wahnsinn kamen immer öfter, und schließlich wurde das alles zu einer schrecklichen Krankheit. Ein grausames Fieber, mit galoppierender Schwindsucht vereint, fiel so heftig über ihn her, daß von ihm schon nach drei Tagen nur ein Schatten übrigblieb. Dazu gesellten sich auch alle Anzeichen eines hoffnungslosen Irrsinns. Manchmal konnten ihn selbst mehrere Männer nicht festhalten. Die längstvergessenen, lebendigen Augen des ungewöhnlichen Porträts schwebten ihm immer öfter vor, und dann wurde seine Raserei ganz entsetzlich. Alle, die sein Krankenlager umstanden, erschienen ihm als grauenhafte Porträts. Das Porträt verdoppelte, vervierfachte sich vor seinen Augen; alle Wände schienen mit Porträts bedeckt zu sein, die in ihn ihre unbeweglichen, lebendigen Augen bohrten; schreckliche Porträts blickten von der Decke und vom Boden: das Zimmer dehnte und verlängerte sich in die Unendlichkeit, um möglichst viel dieser unbeweglichen Augen fassen zu können. Der Arzt, der sich verpflichtet hatte, ihn zu behandeln, und der schon einiges von seiner seltsamen Geschichte gehört hatte, gab sich alle Mühe, den geheimen Zusammenhang zwischen den Gespenstern, die jener sah, und den Ereignissen seines Lebens zu ergründen, brachte es aber nicht fertig. Der Kranke begriff und fühlte nichts außer seinen Qualen und gab nur schreckliche Schreie und unverständliche Worte von sich. Endlich riß sein Lebensfaden in einem letzten, bereits lautlosen Schmerzensausbruch. Der Anblick seiner Leiche war schrecklich. Von seinen großen Reichtümern konnte man nichts finden; als man aber die zerschnittenen Stücke der erhabenen Kunstwerke, deren Wert Millionen überstieg, fand, begriff man, was er für einen entsetzlichen Gebrauch von ihnen gemacht hatte.

II

Eine Menge von Equipagen, Droschken und Kutschen stand vor der Einfahrt des Hauses, in dem die Auktion des Nachlasses eines jener reichen Kunstliebhaber stattfand, die, von Zephiren und Amoretten umschwebt, ihr ganzes Leben im süßen Schlummer verbracht und ohne ihr Dazutun den Ruhm von Mäzenen erworben haben, indem sie dazu in einfältigster Weise die Millionen verwandten, die ihre solideren Väter und oft sogar sie selbst durch frühere Arbeit angesammelt hatten. Solche Mäzene gibt es heute bekanntlich nicht mehr, und unser neunzehntes Jahrhundert hat schon längst die langweilige Physiognomie eines Bankiers angenommen, der seine Millionen nur in Gestalt einer auf dem Papiere stehenden Reihe von Ziffern genießt. Der lange Saal war von einer sehr bunten Menge von Besuchern gefüllt, die wie die Raubvögel zu einem unbeerdigten Leichnam zusammengeflogen waren. Hier sah man eine ganze Flottille russischer Händler aus dem großen Kaufhause und selbst vom Trödelmarkte in blauen deutschen Röcken. Ihr Aussehen und Gesichtsausdruck waren hier viel sicherer und freier und hatte nichts von der süßlichen Dienstfertigkeit, die der russische Kaufmann stets in seinem Laden vor dem Kunden zeigt. Hier achteten sie gar nicht auf ihre gesellschaftliche Stellung, obwohl sich im gleichen Saale eine Menge von den Aristokraten befanden, vor denen sie an einem andern Orte bereit wären, mit ihren Bücklingen den Staub abzuwischen, den sie mit ihren eigenen Stiefeln hereingetragen. Hier gaben sie sich ganz ungezwungen, betasteten ohne Umstände die Bücher und Bilder, um sich von der Güte der Ware zu überzeugen, und überboten kühn die Preise, die die gräflichen Kenner nannten. Hier waren auch viele von den obligaten Liebhabern, die jeden Morgen statt des Frühstücks eine Auktion genießen; aristokratische Kenner, die es für ihre Pflicht halten, keine Gelegenheit vorbeigehen zu lassen, um ihre Sammlung zu vergrößern und die in der Zeit zwischen zwölf und eins nichts anderes zu tun haben; schließlich jene adligen Herren, deren Kleider und Geldmittel gleich gering sind und die täglich ohne jede eigennützige Absicht herkommen, einzig um zu sehen, wie die Sache endet, wer mehr und wer weniger bietet, wer wen überbietet und wem was zufällt. Eine Menge von Bildern stand ohne jede Ordnung umher; dazwischen gab es auch Möbel und Bücher mit dem Monogramm ihres einstigen Besitzers, der vielleicht gar nicht das lobenswerte Interesse gehabt hatte, in sie hineinzublicken. Chinesische Vasen, marmorne Tischplatten, neue und alte Möbel mit geschwungenen Linien, mit Greifen, Sphinxen und Löwentatzen, vergoldete und nicht vergoldete Lüster und Lampen, – alles war hier durcheinandergeworfen ohne die Ordnung, in der man diese Sachen in Kaufläden stehen sieht. Alles bildete ein Chaos der Künste. Das Gefühl, das wir beim Anblick einer Auktion empfinden, ist überhaupt beklemmend: sie gemahnt uns irgendwie an eine Beerdigung. Der Saal, in dem die Auktion stattfindet, ist immer düster; die von Möbeln und Bildern verstellten Fenster lassen nur spärliches Licht eindringen; das Schweigen, in dem alle Gesichter erstarrt sind, die Grabesstimme des Auktionators, der mit seinem Hammer klopft und eine Totenmesse für die hier auf eine so sonderbare Weise zusammengeratenen Künste zelebriert, – dies alles scheint den so unangenehmen Eindruck noch zu verstärken.

Die Auktion schien im vollen Gange. Eine ganze Menge anständiger Menschen drängte sich dicht zusammen und tat sehr geschäftig. Die Rufe: »Noch ein Rubel! Noch ein Rubel! Noch ein Rubel!«, die von allen Seiten tönten, ließen dem Auktionator keine Zeit, die schon vervierfachten Preise auszurufen. Die Menge ereiferte sich wegen eines Porträts, das die Aufmerksamkeit aller, die nur etwas Verständnis für die Malerei hatten, fesseln mußte. Die hohe Meisterschaft des Malers kam darin unzweifelhaft zum Ausdruck. Das Porträt war offenbar schon einigemal restauriert worden und stellte die dunklen Züge eines Asiaten in weitem Gewande, mit einem ungewöhnlichen, sonderbaren Gesichtsausdruck dar; am meisten staunten aber alle, die sich um das Porträt drängten, über die ungewöhnliche Lebendigkeit der Augen. Je länger man sie ansah, um so tiefer schienen sie einem ins Innere zu blicken. Diese Eigentümlichkeit, dieser ungewöhnliche Kunstgriff des Malers fesselte die Aufmerksamkeit fast aller. Viele von den Bewerbern waren schon zurückgetreten, weil der Preis ganz ungeheuerlich hinaufgetrieben worden war. Zuletzt blieben nur zwei Aristokraten, bekannte Kunstliebhaber, übrig, von denen keiner auf eine solche Erwerbung verzichten wollte. Sie ereiferten sich und hätten den Preis wohl wahnwitzig hinaufgetrieben, wenn nicht plötzlich einer von den Betrachtern die Worte gesprochen hätte: »Gestatten Sie mir, daß ich Ihren Streit für eine Weile unterbreche: vielleicht habe ich mehr als irgend jemand Anrecht auf die Erwerbung dieses Porträts.«

Diese Worte lenkten sofort die Aufmerksamkeit aller auf den Sprechenden. Es war ein schlanker junger Mann von etwa fünfunddreißig Jahren, mit langen schwarzen Locken. Sein angenehmes, von einer heiteren Sorglosigkeit erfülltes Gesicht spiegelte eine Seele wider, der alle Aufregungen der großen Welt fern waren; seine Kleidung erhob keinerlei Anspruch auf Mode: alles zeugte von einem Künstler. Es war in der Tat der Maler B., den viele von den Anwesenden persönlich kannten.

»Wie seltsam Ihnen meine Worte auch erscheinen mögen«, fuhr er fort, als er die auf ihn gerichtete allgemeine Aufmerksamkeit sah, – »werden Sie, wenn Sie sich entschließen, meine kurze Geschichte anzuhören, vielleicht doch einsehen, daß ich wohl das Recht hatte, sie zu sprechen. Alles bestärkt mich in der Gewißheit, daß dieses Porträt dasselbe ist, das ich suche.«

Eine durchaus natürliche Neugierde leuchtete in fast allen Augen auf, und der Auktionator selbst hielt mit dem Hammer in der erhobenen Hand inne und schickte sich an, zuzuhören. Zu Beginn der Erzählung wandten viele ihre Blicke unwillkürlich dem Porträt zu, hefteten sie aber dann auf den Erzähler allein, in dem Maße, als seine Erzählung immer fesselnder wurde.

»Sie kennen den Stadtteil, den man Kolomna nennt«, so begann er die Erzählung. »Hier ist alles ganz anders als in den anderen Teilen Petersburgs: hier ist weder Hauptstadt noch Provinz. Wenn man in die Straßen von Kolomna kommt, glaubt man zu fühlen, wie man von allen jugendlichen Wünschen und Bestrebungen verlassen wird. Die Zukunft blickt hier nicht herein, hier ist alles still und außer Dienst, – hier sammelt sich der Niederschlag der Brandung der Hauptstadt. Hierher ziehen verabschiedete Beamte, Witwen, unbemittelte Menschen, die angenehme Beziehungen zum Senat unterhalten und sich daher selbst zum ständigen Aufenthalt in Kolomna verurteilt haben; Köchinnen außer Dienst, die sich den ganzen Tag auf den Märkten drängen, allerlei Unsinn mit dem Krämer im kleinen Laden zusammenschwatzen und jeden Tag für fünf Kopeken Kaffee und für vier Kopeken Zucker einkaufen; schließlich die ganze Kategorie von Menschen, die man mit dem Worte ›aschgrau‹ bezeichnen kann; Menschen, deren Kleidung, Gesichter, Haare und Augen eine trübe aschgraue Färbung haben, wie ein Tag, der weder stürmisch, noch heiter, sondern weder das eine noch das andere ist: ein Nebel senkt sich herab und nimmt allen Gegenständen die Konturen. Hierher sind auch verabschiedete Theaterdiener, verabschiedete Titularräte, verabschiedete Marssöhne mit einem ausgestochenen Auge und geschwollenen Lippen zu zählen. Diese Menschen sind absolut leidenschaftslos: sie gehen einher, ohne etwas anzuschauen, und schweigen, ohne an etwas zu denken. Sie haben in ihren Behausungen nicht viele Sachen stehen; ihre ganze Habe besteht oft aus einer Flasche reinen russischen Schnapses, den sie den ganzen Tag ununterbrochen saufen, ohne daß er ihnen in den Kopf steigt, welches Vergnügen sich an Sonntagen die jungen deutschen Handwerker leisten, diese Studenten der Mjeschtschanskaja-Straße, die allein über das ganze Trottoir herrschen, wenn Mitternacht vorüber ist. Das Leben in Kolomna ist still; nur selten sieht man hier eine Equipage fahren, höchstens eine mit Schauspielern, die allein durch ihr Gepolter und Gerassel die allgemeine Stille stört. Hier gehen alle zu Fuß; die Droschkenkutscher fahren oft ohne Fahrgäste mit einer Ladung Heu für ihre zottigen Mähren. Eine Wohnung kann man hier schon für fünf Rubel im Monat finden, sogar mit Morgenkaffee. Die Witwen, die von der Pension leben, bilden die hiesige Aristokratie; sie führen sich anständig auf, kehren ihre Stuben oft und unterhalten sich mit ihren Freundinnen über die hohen Fleisch- und Kohlpreise; sie haben oft eine junge Tochter bei sich, ein schweigsames, stilles, manchmal anmutiges Geschöpf, ein ekelhaftes Hündchen und eine Wanduhr mit einem traurig tickenden Pendel. Dann kommen die Schauspieler, denen ihr Gehalt nicht erlaubt, in einen anderen Stadtteil zu ziehen, ein freies Volk, das wie alle Künstler, nur dem Genuß lebt. So ein Schauspieler sitzt im Schlafrock da, repariert eine Pistole, klebt aus Pappe allerlei im Haushalt nützliche Sächelchen, spielt mit einem Freunde, der ihn besucht, Dame oder Karten und verbringt damit den ganzen Vormittag; ebenso verbringt er auch den Abend, nur daß er sich am Abend manchmal auch noch einen Punsch leistet. Nach diesen Aristokraten und großen Tieren von Kolomna folgt ein ungewöhnlich niedriges Gesindel. Es ist ebenso schwer alle diese Leute zu nennen, wie die Lebewesen aufzuzählen, die in altem Essig keimen. Es gibt hier alte Weiber, welche beten; alte Weiber, welche saufen; alte Weiber, welche zugleich beten und saufen; alte Weiber, die sich auf eine unerklärliche Weise durchschlagen, die wie Ameisen Bündel alter Lumpen und Wäsche von der Kalinkin-Brücke zum Trödelmarkt schleppen, nur um sie dort für fünfzehn Kopeken zu verkaufen; mit einem Worte, die unglücklichste Hefe der Menschheit, deren Lage zu verbessern selbst der wohltätigste Volkswirtschaftler keine Mittel wüßte.

Ich habe alle diese Leute aufgezählt, um Ihnen zu zeigen, wie oft diese Leute in die Lage kommen, rasche, zeitweilige Hilfe zu suchen und Anleihen machen zu müssen; darum lassen sich unter ihnen Wucherer eigener Art nieder, die ihnen kleine Darlehen gegen Pfand und hohe Zinsen geben. Diese kleinen Wucherer sind oft unvergleichlich gefühlloser als die großen, weil sie ihre Tätigkeit unter lauter Bettlern, die ihre Lumpen offen zur Schau tragen, ausüben, welche ein reicher Wucherer, der nur mit Leuten, die ihn in Equipagen besuchen, zu tun hat, nie zu Gesicht bekommt. Darum erstarb in ihren Herzen allzufrüh jedes menschliche Gefühl. Unter diesen Wucherern gab es einen … aber ich muß vorausschicken, daß die Geschichte, die ich Ihnen erzähle, ins vergangene Jahrhundert, und zwar in die Regierungszeit der verstorbenen Kaiserin Katharina II. gehört. Sie können sich selbst denken, daß das Aussehen und das innere Leben von Kolomna sich inzwischen erheblich verändert haben müssen. Unter den Wucherern gab es also einen, ein in allen Beziehungen ungewöhnliches Geschöpf, das sich in diesem Stadtteile schon seit langer Zeit niedergelassen hatte. Er kleidete sich in weite asiatische Gewänder; seine dunkle Gesichtsfarbe zeugte von seiner südlichen Herkunft; welcher Nation er aber angehörte, ob er ein Inder, Grieche oder Perser war, das wußte niemand sicher. Der fast ungewöhnlich hohe Wuchs, das dunkle, hagere, sonnenverbrannte Gesicht von einer unergründlich unheimlichen Farbe, die großen, ungewöhnlich brennenden Augen, die überhängenden dichten Brauen unterschieden ihn scharf und kraß von allen aschgrauen Bewohnern der Hauptstadt. Selbst seine Behausung glich gar nicht den kleinen hölzernen Häusern. Es war ein steinerner Bau von der Art, wie sie einst die genuesischen Kaufleute in großer Menge errichteten, mit unregelmäßigen Fenstern verschiedener Größe und eisernen Läden und Riegeln. Dieser Wucherer unterschied sich von allen anderen schon dadurch, daß er imstande war, einem jeden, vom ärmsten alten Weibe bis zum verschwenderischen Höfling, jede beliebige Summe zu verschaffen. Vor seinem Hause erschienen oft die glänzendsten Equipagen, aus denen manchmal der Kopf einer eleganten Weltdame herausblickte. Das Gerücht behauptete natürlich, daß seine eisernen Truhen ungezählte Haufen von Geld, Wertsachen, Brillanten und allerlei Pfänder enthielten, daß ihm aber die Habgier, die die anderen Wucherer auszeichne, fremd sei. Er gab das Geld gern her, teilte die Zahlungstermine scheinbar günstig ein, ließ aber die Zinsen mittels sonderbarer arithmetischer Operationen in eine schwindelhafte Höhe steigen. Das behauptete wenigstens das Gerücht. Was aber am seltsamsten war und viele in Erstaunen setzen mußte, war das sonderbare Schicksal aller, die von ihm Geld erhielten; sie beschlossen alle ihr Leben auf eine elende Weise. Ob es bloß die allgemeine Meinung der Menschen war, ein dummes abergläubisches Geschwätz, oder ein mit Absicht verbreitetes Gerücht, – das blieb unbekannt. Aber einige Fälle, die sich in kurzer Zeit vor den Augen aller abspielten, waren allen gegenwärtig und verblüffend.

Unter den damaligen Aristokraten fiel besonders ein Jüngling aus bester Familie auf, der sich schon in jungen Jahren im Staatsdienste ausgezeichnet hatte, ein leidenschaftlicher Verehrer alles Wahren und Erhabenen, ein Eiferer für alles, was die Kunst und der Geist des Menschen gezeugt haben, ein künftiger Mäzen. Er wurde bald auch von der Kaiserin nach Verdienst ausgezeichnet, die ihn mit einem wichtigen Posten betraute, der durchaus seinen eigenen Anforderungen entsprach, – einem Posten, in dem er für die Wissenschaften und für alles Gute viel tun konnte. Der junge Würdenträger umgab sich mit Künstlern, Dichtern und Gelehrten. Er wollte allen Arbeit geben, alle fördern. Er unternahm auf eigene Kosten eine Menge nützlicher Veröffentlichungen, vergab eine Menge von Aufträgen, schrieb verschiedene Preise aus, verausgabte für diese Zwecke einen Haufen von Geld und geriet schließlich in Schwierigkeiten. Von großmütigem Streben erfüllt, wollte er sein Werk jedoch nicht aufgeben und suchte überall nach Darlehen; schließlich wandte er sich an den uns bekannten Wucherer. Nachdem er von ihm ein bedeutendes Darlehen erhalten, veränderte sich dieser junge Mensch in kürzester Zeit: er wurde zum Unterdrücker und Verfolger aller aufstrebenden Geister und Talente. In allen Werken sah er nur die Schattenseiten und mißdeutete jedes Wort. Unglücklicherweise brach gerade die Französische Revolution aus. Das diente ihm als Vorwand zu allerlei Gemeinheiten. Er fing an, in allen Dingen eine revolutionäre Gesinnung zu sehen und überall Anspielungen zu wittern. Er wurde so argwöhnisch, daß er zuletzt sich selbst verdächtigte; er schenkte jeder schrecklichen, ungerechten Denunziation Gehör und machte eine Menge von Menschen unglücklich. Selbstverständlich mußten solche Handlungen schließlich auch dem Throne bekannt werden. Die großmütige Kaiserin entsetzte sich und sprach, vom Edelmut, der die Träger der Krone ziert, beseelt, Worte, die uns zwar nicht genau überliefert werden konnten, deren tiefster Sinn sich aber den Herzen vieler eingeprägt hatte. Die Kaiserin bemerkte, da es nicht die monarchische Regierung sei, die die hohen und edlen Seelenregungen und die Schöpfungen des Geistes, der Dichtung und der Künste unterdrücke und verfolge; daß vielmehr die Monarchen allein ihre Beschützer gewesen seien; daß die Shakespeares und Molières sich ihres hochherzigen Schutzes erfreut hätten; während Dante in seiner republikanischen Heimat kein Obdach hätte finden können; daß die wahren Genies stets in den Perioden des Glanzes und der Macht der Staaten und der Herrscher aufgekommen seien, nicht aber in den Zeiten häßlicher politischer Erscheinungen und republikanischer Schreckensherrschaft, die der Welt noch keinen einzigen wahren Dichter geschenkt habe; daß man die Dichter und Künstler auszeichnen müsse, weil sie doch nur Ruhe und den schönsten Frieden den Seelen einflößten, nicht aber Aufruhr und Murren; daß die Gelehrten, Dichter und alle schaffenden Künstler Perlen und Diamanten in der kaiserlichen Krone seien: sie schmücken und erleuchten das Zeitalter des großen Fürsten. Mit einem Worte, die Kaiserin, die diese Worte sprach, war in jenem Augenblick von einer göttlichen Schönheit. Ich erinnere mich, daß die alten Leute davon nicht ohne Tränen sprechen konnten. Alle zeigten große Teilnahme für den ungewöhnlichen Fall. Zur Ehre unseres Volkes muß bemerkt werden, daß dem russischen Herzen stets die Neigung innewohnt, die Partei des Unterdrückten zu ergreifen. Der Würdenträger, der das ihm geschenkte Vertrauen mißbraucht hatte, wurde exemplarisch bestraft und seines Postens enthoben. Aber eine weit strengere Strafe las er in den Mienen seiner Mitbürger: es war eine entschiedene und allgemeine Verachtung. Es läßt sich gar nicht sagen, wie schwer seine ehrgeizige Seele darunter litt: Stolz, gekränkte Eigenliebe, zusammengestürzte Hoffnungen, – alles hatte sich vereinigt, und sein Lebensfaden riß unter Anfällen eines schrecklichen Wahnsinns.

Ein anderer erstaunlicher Fall spielte sich auch vor aller Augen ab: unter den Schönen, an denen unsere nordische Hauptstadt damals gar nicht arm war, übertraf eine alle die anderen. Es war eine eigenartig herrliche Verbindung unserer nordischen Schönheit mit der Schönheit des Südens,– ein Diamant, wie man ihn nur selten findet. Mein Vater pflegte zu sagen, er hätte in seinem Leben niemals etwas Ähnliches gesehen. Alles schien sich in ihr vereinigt zu haben: Reichtum, Geist und seelische Schönheit. Eine Menge von Bewerbern umschwärmte sie, und unter diesen fiel besonders der Fürst R. auf, der edelste und beste von allen jungen Leuten, der schönste von Angesicht wie auch von ritterlicher Gesinnung, das hohe Ideal der Romane und der Frauen. Ein Grandison in jeder Beziehung. Fürst R. war leidenschaftlich, wahnsinnig verliebt; eine gleiche Liebe wurde ihm auch von ihr entgegengebracht. Aber ihren Verwandten kam die Partie unpassend vor. Die Erbgüter des Fürsten gehörten ihm schon längst nicht mehr, die Familie war in Ungnade, und die schlechte Vermögenslage war allen bekannt. Plötzlich verläßt der Fürst die Hauptstadt, um seine Verhältnisse in Ordnung zu bringen, und kehrt nach kurzer Zeit von einem unerhörten Reichtum und Glanz umgeben zurück. Die glänzenden Bälle und Feste, die er gibt, erregen selbst bei Hofe Aufsehen. Der Vater der Schönen schenkt ihm seine Huld, und die Stadt erlebt die interessanteste Hochzeit. Woher diese Wandlung und der unerhörte Reichtum des Bräutigams kamen, vermochte niemand zu erklären; aber man erzählte sich, daß er irgendein Abkommen mit dem rätselhaften Wucherer getroffen und von ihm ein größeres Darlehen bekommen habe. Wie dem auch war, die ganze Stadt interessierte sich für diese Hochzeit, und Braut und Bräutigam wurden zum Gegenstand des allgemeinen Neides. Allen war ihre glühende, treue Liebe bekannt, die langen Qualen, die sie zu erdulden gehabt hatten, und die hohen Vorzüge der beiden. Heißblütige Frauen malten sich im voraus die paradiesischen Wonnen aus, die die jungen Gatten genießen sollten. Es kam aber alles anders. In einem Jahre geschah im Gatten eine schreckliche Wandlung. Sein bis dahin so edler und schöner Charakter wurde auf einmal von argwöhnischer Eifersucht, von Unduldsamkeit und ewigen Launen vergiftet. Er wurde zum Tyrannen und Peiniger seiner Frau und ließ sich sogar, was niemand vorausgesehen hätte, zu den unmenschlichsten Handlungen und selbst Schlägen herbei. Nach einem Jahre schon hätte niemand die Frau wiedererkennen können, die noch vor kurzem so geglänzt und ganze Scharen ergebener Verehrer angezogen hatte. Endlich hatte sie nicht mehr die Kraft, das schwere Los länger zu tragen, und brachte selbst die Rede auf Scheidung. Der Mann geriet schon beim bloßen Gedanken daran in Raserei. Im ersten Wutausbruch stürzte er mit einem Messer in der Hand in ihr Zimmer und hätte sie zweifellos erstochen, wenn man ihn nicht rechtzeitig ergriffen und daran gehindert hätte. Im Anfalle von Wut und Verzweiflung wandte er nun das Messer gegen sich selbst und beschloß sein Leben in den schrecklichsten Qualen.

Außer diesen beiden Fällen, die sich vor den Augen der ganzen Gesellschaft zugetragen hatten, berichtete man noch von einer ganzen Reihe anderer, die sich in den niederen Gesellschaftsschichten abgespielt und die fast alle ebenso entsetzlich geendet hatten. In einem Falle war ein ehrlicher nüchterner Mensch zu einem Trunkenbold geworden; in einem anderen begann ein Kaufmannsgehilfe seinen Herrn zu bestehlen; in einem dritten erstach ein Fuhrmann, der diesen Beruf einige Jahre ehrlich ausgeübt hatte, wegen eines Groschens seinen Fahrgast. Selbstverständlich hatten alle solche Erzählungen, die oft nicht ohne Übertreibungen wiedergegeben wurden, den bescheidenen Bewohnern von Kolomna eine unwillkürliche Angst eingejagt. Niemand zweifelte, daß in diesem Menschen ein unsauberer Geist wohnte. Man erzählte sich, daß er solche Bedingungen stellte, vor denen einem die Haare zu Berge stiegen und die keiner der Unglücklichen einem andern mitzuteilen wagte; daß sein Geld die Hand verbrenne, von selbst glühend werde und mit irgendwelchen seltsamen Zeichen versehen sei ... mit einem Worte, es gab über ihn eine Menge unsinniger Gerüchte. Es ist bemerkenswert, daß die ganze Bevölkerung von Kolomna, diese ganze Welt der armen alten Frauen, kleinen Beamten, kleinen Schauspieler und der übrigen kleinen Leute, die wir eben aufgezählt haben, es vorzog, die bitterste Not zu leiden, als sich an den schrecklichen Wucherer zu wenden; man fand sogar verhungerte alte Frauen auf, die es vorgezogen hatten, ihr Fleisch zu töten, als ihre Seelen zu verderben. Wenn man ihm auf der Straße begegnete, empfand man ein unwillkürliches Grauen. Die Fußgänger wichen vorsichtig zurück und sahen sich dann noch mehrmals nach ihm um, seine in der Ferne verschwindende unglaublich hohe Gestalt mit den Augen verfolgend. Schon in seinem Äußeren lag so viel Ungewöhnliches, daß ihm ein jeder unwillkürlich eine übernatürliche Existenz zuschrieb. Diese starken Züge, so tief wie bei keinem anderen Menschen eingemeißelt; diese glühende, bronzene Gesichtsfarbe; diese ungewöhnlich buschigen Augenbrauen, die unerträglichen schrecklichen Augen, selbst die weiten Falten seines asiatischen Gewandes, – alles schien zu sagen, daß vor den Leidenschaften, die diesen Körper bewegten, alle Leidenschaften der anderen Menschen verblaßten. Mein Vater blieb regungslos stehen, sooft er ihm begegnete, und konnte sich niemals der Worte enthalten: ›Der Teufel, der leibhaftige

Teufel!‹ Aber ich muß Sie jetzt schnell mit meinem Vater bekannt machen, der nebenbei bemerkt die Hauptperson in meiner Geschichte ist.

Mein Vater war ein in vielen Beziehungen merkwürdiger Mensch. Er war ein Maler, wie es ihrer wenige gibt, eines der Wunder, wie sie nur dem jungfräulichen Schoße Rußlands entstammen, ein Autodidakt, der ganz von selbst, ohne Schule und Lehrer, in seiner Seele alle Gesetze und Regeln gefunden hatte, nur vom Drange nach Vervollkommnung beseelt, ein Mensch, der aus Gründen, die ihm selbst vielleicht unbekannt waren, nur den einen, ihm von seiner Seele gewiesenen Weg ging; eines jener ursprünglichen Wunder, die die Zeitgenossen oft mit dem verletzenden Wort ›Ignorant‹ titulieren und die, ohne sich durch die Beschimpfungen und die eigenen Mißerfolge abkühlen zu lassen, immer neuen Eifer und neue Kräfte finden und sich in ihrer Seele weit von den Werken entfernen, die ihnen den Titel ›Ignorant‹ einbrachten. Durch einen hochentwickelten inneren Instinkt fühlte er in jedem Gegenstand den ihm innewohnenden Gedanken – er erfaßte ganz von selbst den wahren Sinn des Wortes ›Historienmalerei‹; er begriff, warum ein einfacher Kopf, ein einfaches Porträt Raffaels, Lionardos, Tizians oder Correggios als Historienmalerei gelten dürfe und warum manches Riesengemälde mit historischem Inhalt ein bloßes ›tableau de genre‹ sei, trotz aller Ansprüche des Malers auf Historie. Sein inneres Gefühl wie auch seine eigene Überzeugung ließen seinen Pinsel sich christlichen Sujets zuwenden, der höchsten und letzten Stufe des Erhabenen. Er kannte weder Ehrgeiz noch Reizbarkeit, die den Charakter so vieler Maler auszeichnen. Er war ein fester Charakter, ein ehrlicher, offener Mensch, äußerlich etwas grob, auch nicht ohne Stolz, und urteilte über alle Menschen zugleich milde und streng. ›Was soll ich mich um sie kümmern?‹ pflegte er zu sagen: ›Ich arbeite ja nicht für sie. Ich werde meine Werke nicht in den Salon tragen. Wer mich versteht, der wird mir danken, und wer mich nicht versteht, der wird vor dem Bilde auch so zu Gott beten. Man darf einem Menschen aus der vornehmen Gesellschaft nicht vorwerfen, daß er nichts von Malerei versteht: dafür versteht er sich auf Karten, auf guten Wein und auf Pferde; was braucht so ein vornehmer Herr noch mehr zu verstehen? Wenn er von solchen Dingen kostet und dann zu klügeln anfängt, so wird er erst recht unangenehm werden! Jedem das Seine, möge sich jeder mit seinen Sachen beschäftigen. Was mich betrifft, so ist mir ein Mensch, der offen erklärt, daß er gar nichts versteht, lieber als einer, der heuchelt und behauptet, Dinge zu verstehen, die er nicht versteht, und nur alles verdirbt und verunreinigt.‹ Er arbeitete gegen eine bescheidene Bezahlung, das heißt gegen eine, die ihm gerade noch ausreichte, um seine Familie zu ernähren und seine eigene Arbeitskraft zu erhalten. Außerdem verweigerte er niemals einem anderen Künstler die Hilfe; er hatte noch den einfachen, frommen Glauben seiner Vorfahren, und vielleicht darum erschien in den von ihm gemalten Antlitzen von Heiligen ganz von selbst jener erhabene Ausdruck, den selbst manche glänzende Talente nicht zu erreichen vermögen. Schließlich errang er durch seine beharrliche Arbeit und das Festhalten am Wege, den er sich selbst vorgezeichnet, auch die Achtung derjenigen, die ihn einen Ignoranten und einen hausbackenen Autodidakten nannten. Er bekam fortwährend Aufträge, Kirchenbilder zu malen, und die Arbeit riß bei ihm niemals ab. Eine dieser Arbeiten fesselte ihn ganz besonders. Ich kann mich an das Sujet nicht mehr genau erinnern, ich weiß nur, daß auf dem Bilde der Geist der Finsternis dargestellt werden sollte. Lange überlegte er sich, welche Gestalt ihm zu geben sei: er wollte in seinem Gesicht alles Schwere und den Menschen Bedrückende verkörpern. Während solcher Überlegungen ging ihm zuweilen die Gestalt des geheimnisvollen Wucherers durch den Sinn, und er dachte sich unwillkürlich: ›Der wäre doch das beste Modell für den Teufel!‹ Stellen Sie sich nun sein Erstaunen vor, als eines Tages, während er in seinem Atelier arbeitete, an die Tür geklopft wurde und der schreckliche Wucherer bei ihm eintrat. Er fühlte, wie ein Zittern durch seinen ganzen Körper lief.

›Bist du Maler?‹ fragte jener ganz ohne Umstände.

›Ja, ich bin Maler‹, antwortete mein Vater verdutzt und wartete, was nun kommen würde.

›Gut. Male mein Porträt. Vielleicht werde ich bald sterben, und Kinder habe ich nicht; aber ich will nicht ganz sterben, ich will leben. Kannst du mein Porträt so malen, daß es wie lebendig wäre?‹

Mein Vater dachte sich: ›Was kann ich mir Besseres wünschen? Er will mir selbst für den Teufel auf meinem Bilde sitzen.‹ Er versprach es ihm. Sie einigten sich über die Zeit und den Preis, und schon am nächsten Tage nahm mein Vater Palette und Pinsel und begab sich zu ihm. Der von hohen Mauern eingefaßte Hof, Hunde, eiserne Türen und Riegel, bogenförmige Fenster, mit merkwürdigen Teppichen bedeckte Truhen und schließlich auch der sonderbare Hausherr selbst, der sich vor ihm unbeweglich hinsetzte, – das alles machte auf meinen

Vater einen seltsamen Eindruck. Die Fenster waren wie absichtlich unten so verstellt und verbarrikadiert, daß das Licht nur von oben hereindrang. ›Hol's der Teufel, wie gut ist jetzt sein Gesicht beleuchtet!‹ sagte sich mein Vater und begann mit Gier zu malen, als fürchte er, daß die günstige Beleuchtung verschwinden könne. ›Diese Kraft!‹ sagte er vor sich hin: ›Wenn ich ihn auch nur halb so ähnlich darstelle, wie ich ihn jetzt sehe, so erschlägt er alle meine Heiligen und Engel: sie werden vor ihm erblassen. Diese teuflische Kraft! Er wird mir einfach aus der Leinwand springen, wenn ich der Natur auch nur ein wenig treu bleibe. – Was für ungewöhnliche Züge!‹ wiederholte er fortwährend vor sich hin, seinen Eifer verdoppelnd, und schon sah er einige der Züge auf der Leinwand erstehen. Je mehr er sich ihnen aber näherte, ein um so schwereres, bangeres Gefühl, das ihm selbst unverständlich war, bemächtigte sich seiner. Aber er nahm sich doch vor, jeden noch so unmerklichen Zug und Ausdruck zu verfolgen. Vor allem machte er sich an die Ausarbeitung der Augen. In diesen Augen lag so viel Kraft, daß es zunächst undenkbar schien, sie so wiederzugeben, wie sie in der Natur waren. Aber er entschloß sich, koste es, was es wolle, in ihnen jeden feinsten Strich und Ton aufzuspüren, ihr Geheimnis zu ergründen … Kaum hatte er aber angefangen, sich in sie mit seinem Pinsel zu vertiefen, als in seiner Seele ein so seltsamer Abscheu, ein so unerklärliches drückendes Gefühl erwachte, daß er den Pinsel für eine Weile weglegen mußte, ehe er weitermalen konnte. Schließlich konnte er es nicht mehr ertragen: er fühlte, wie sich diese Augen in seine Seele bohrten und in ihr eine unfaßbare Unruhe weckten. Am zweiten und am dritten Tage war dieses Gefühl noch schrecklicher. Es wurde ihm unheimlich zumute. Er warf den Pinsel weg und sagte sehr entschieden, daß er nicht weitermalen könne. Man muß gesehen haben, wie sich der schreckliche Wucherer bei diesen Worten veränderte. Er fiel meinem Vater zu Füßen und flehte ihn an, das Porträt zu vollenden, indem er sagte, daß davon sein Schicksal und sein Dasein in der Welt abhänge; daß mein Vater mit seinem Pinsel schon seine lebendigen Züge erfaßt habe; daß, wenn er sie treu wiedergeben würde, sein Leben durch eine übernatürliche Kraft im Bilde festgehalten sein werde; daß er dann nicht ganz sterben werde; daß er noch länger in der Welt bleiben müsse. Mein Vater fühlte Grauen: diese Worte erschienen ihm so seltsam und schrecklich, daß er Pinsel und Palette wegwarf und Hals über Kopf aus dem Zimmer stürzte.

Die Erinnerung daran peinigte ihn den ganzen Tag und die ganze Nacht, am Morgen bekam er aber vom Wucherer das Porträt zurück; eine Frau, das einzige Wesen, das bei ihm diente, brachte es ihm; sie erklärte, daß ihr Herr das Porträt weder haben noch bezahlen wolle und es meinem Vater zurückschicke. Am Abend des gleichen Tages erfuhr mein Vater, daß der Wucherer gestorben war und daß man Anstalten machte, ihn nach den Gebräuchen seiner Religion zu beerdigen. Das alles kam ihm unbegreiflich und seltsam vor. Indessen begann im Charakter meines Vaters von diesem Tage an eine merkliche Veränderung: er fühlte sich von einer bangen Unruhe ergriffen, deren Ursache er selbst nicht begreifen konnte, und ließ sich bald darauf zu einer Tat herbei, die von ihm kein Mensch erwartet hätte. Seit einiger Zeit hatten die Arbeiten eines seiner Schüler angefangen, die Aufmerksamkeit eines kleinen Kreises von Kennern und Liebhabern auf sich zu ziehen. Mein Vater hatte sein Talent schon früher erkannt und ihm daher sein besonderes Wohlwollen geschenkt. Plötzlich fühlte er Neid gegen diesen Schüler. Die allgemeine Teilnahme und das Gerede wurden ihm unerträglich. Das Maß seines Ärgers wurde aber voll, als er erfuhr, daß der Schüler den Auftrag erhalten hatte, ein Bild für eine neuerbaute reiche Kirche zu malen. Das machte ihn wütend. ›Nein, dieser Milchbart darf nicht triumphieren!‹ sagte er: ›Du bist noch zu jung, Bruder, um einen Alten zu blamieren! Ich habe ja noch, Gott sei Dank, Kraft genug. Wir wollen sehen, wer wen blamieren wird.‹ Und der aufrechte, herzensreine Mann wandte allerlei Intrigen und Ränke an, die er bisher verabscheut hatte; schließlich setzte er es durch, daß für das Bild ein Wettbewerb ausgeschrieben wurde und daß auch andere Künstler ihre Arbeiten einliefern durften. Dann schloß er sich in seinem Zimmer ein und machte sich mit Feuereifer an die Arbeit. Er schien alle seine Kräfte und sein ganzes Wesen in das Bild hineinlegen zu wollen. Und es wurde daraus in der Tat eines seiner besten Werke. Niemand zweifelte, daß er der Sieger im Wettstreit sein würde. Alle Bilder waren eingeliefert, und alle unterschieden sich von dem seinen wie die Nacht von dem Tage. Plötzlich aber machte eines der Mitglieder der Kommission, wenn ich nicht irre eine geistliche Amtsperson, eine Bemerkung, die alle verblüffte. ›Das Bild des Künstlers zeugt allerdings von viel Talent‹, sagte er, ›aber den Gesichtern fehlt die Heiligkeit; im Gegenteil, in den Augen steckt etwas Dämonisches, als hätte ein unsauberes Gefühl seinen Pinsel geleitet. Alle sahen das Bild noch einmal an und mußten sich von der

Richtigkeit dieser Worte überzeugen. Mein Vater stürzte auf sein Bild zu, als wolle er die Stichhaltigkeit der verletzenden Bemerkung nachprüfen, und sah mit Entsetzen, daß er fast allen Gesichtern die Augen des Wucherers verliehen hatte. Sie blickten so dämonisch und vernichtend, daß er selbst unwillkürlich zusammenfuhr. Das Bild wurde zurückgewiesen, und mein Vater mußte zu seinem unbeschreiblichen Verdruß hören, daß sein Schüler den Sieg davongetragen hatte. Die Wut, in der er nach Hause zurückkehrte, läßt sich gar nicht beschreiben. Beinahe hätte er meine Mutter geschlagen; er jagte die Kinder hinaus, zerbrach alle seine Pinsel und die Staffelei, riß von der Wand das Porträt des Wucherers und ließ sich ein Messer geben und im Kamin Feuer machen, in der Absicht, das Porträt in Stücke zu schneiden und zu verbrennen. Bei diesem Vorhaben traf ihn ein Freund, der zufällig ins Zimmer trat, ein Maler gleich ihm, ein lustiger Patron, der mit sich stets zufrieden war, nach keinen hohen Zielen strebte, vergnügt jede Arbeit machte, die sich ihm gerade bot, und mit noch größerem Vergnügen sich an einem Schmause und Zechgelage beteiligte.

›Was machst du da? Was willst du verbrennen‹ fragte er und trat an das Porträt heran. ›Erlaube doch, es ist eines deiner besten Werke. Das ist der vor kurzem gestorbene Wucherer; es ist ein höchst vollkommenes Werk. Du hast den Mann nicht bloß getroffen, du bist ihm auch in die Augen eingedrungen. Die Augen haben selbst bei seinen Lebzeiten niemals so geblickt, wie sie bei dir blicken!‹

›Ich will mal sehen, wie sie im Feuer blicken werden!‹ sagte mein Vater und machte eine Bewegung, um das Porträt in den Kamin zu werfen.

›Halt ein, um Gottes willen!‹ sagte der Freund, indem er ihm in die Hand fiel. ›Gib es dann lieber mir, wenn es dein Auge so sehr beleidigt.‹ Mein Vater weigerte sich anfangs, willigte aber schließlich doch ein, und der lustige Patron trug, über seine Erwerbung sehr erfreut, das Porträt heim.

Als er fort war, fühlte sich mein Vater plötzlich ruhiger. Es war, als wäre ihm zugleich mit dem Porträt eine Last vom Herzen gefallen. Er wunderte sich nun selbst über seine Gehässigkeit, seinen Neid und die offensichtliche Veränderung seines Charakters. Als er sich seine Handlungsweise überlegt hatte, spürte er Trauer in seiner Seele und sagte sich nicht ohne Zerknirschung: ›Nein, das war eine Strafe Gottes; mein Bild ist mit Recht unterlegen. Es war mit der Absicht begonnen worden, um meinen Nächsten zugrunde zu richten. Das dämonische Gefühl des Neides hat meinen Pinsel geleitet, und ein dämonisches Gefühl hat sich auch dem Bilde mitgeteilt.‹ Er suchte sofort seinen früheren Schüler auf, umarmte ihn, bat ihn um Verzeihung und gab sich jede Mühe, sein Vergehen wiedergutzumachen. Nun konnte er wieder ruhig arbeiten, aber sein Gesicht zeigte immer wieder einen nachdenklichen Ausdruck. Er betete immer mehr, war öfter schweigsam und urteilte nicht mehr so streng über die Menschen; selbst seine äußeren Umgangsformen wurden milder. Bald darauf erschütterte ihn ein Ereignis noch mehr. Er hatte seinen Freund, der sich das Porträt von ihm erbettelt hatte, lange nicht gesehen. Schon wollte er ihn aufsuchen, als jener plötzlich selbst zu ihm ins Zimmer trat. Nach einigen Worten und Fragen von den beiden Seiten sagte jener: ›Nicht umsonst hast du das Porträt verbrennen wollen, Bruder. Hol es der Teufel, es ist etwas Schreckliches darin … Ich glaube nicht an Hexerei, aber in diesem Porträt steckt, du magst sagen, was du willst, etwas Teuflisches …‹

›Wieso?‹ fragte mein Vater.

›Gleich nachdem ich es bei mir im Zimmer aufgehängt hatte, beschlich mich ein so bedrückendes Gefühl, als wolle ich jemand erstechen. Mein Lebtag habe ich nicht gewußt, was Schlaflosigkeit ist, jetzt aber habe ich nicht nur die Schlaflosigkeit kennengelernt, sondern auch solche Träume, daß … Ich vermag selbst nicht zu sagen, ob es bloß Träume sind oder etwas anderes: es ist mir, wie wenn ein Teufel mich würgte, und dabei sehe ich immer den verfluchten Alten vor mir. Mit einem Worte, ich kann dir meinen Zustand gar nicht beschreiben. Etwas Ähnliches habe ich noch nie erlebt. Alle diese Tage irrte ich wie ein Verrückter umher: ich fühlte fortwährend irgendeine Angst, irgendeine unangenehme Erwartung. Ich fühle, daß ich kein einziges lustiges, aufrichtiges Wort sprechen kann; es ist mir, als ob in mir ein Spion säße. Erst als ich das Porträt meinem Neffen schenkte, der selbst danach verlangte, war es mir, als ob mir ein Stein vom Herzen gefallen wäre: plötzlich fühlte ich mich wieder lustig, wie du mich jetzt siehst. Ja, Bruder, einen schönen Teufel hast du fertiggekriegt!‹

Mein Vater hörte seinen Bericht mit gespannter Aufmerksamkeit an und fragte schließlich: ›Befindet sich das Porträt jetzt bei deinem Neffen?‹

›Ach was, beim Neffen! Der hielt es auch nicht aus!‹ sagte der lustige Patron. ›Die Seele des Wucherers scheint ins Porträt gefahren zu sein:

er springt aus dem Rahmen, geht durch das Zimmer, und was mein Neffe über ihn erzählt, ist einfach unfaßbar. Ich würde ihn für verrückt halten, wenn ich es zum Teil nicht auch selbst erlebt hätte. Er hat das Porträt irgendeinem Bildersammler verkauft, und auch dieser hielt es nicht aus und verkaufte es weiter.‹

Diese Erzählung machte auf meinen Vater einen starken Eindruck. Er wurde tief nachdenklich, verfiel in Hypochondrie und war zuletzt ganz davon überzeugt, daß sein Pinsel als teuflisches Werkzeug gedient habe, daß das Leben des Wucherers auf irgendeine Weise zum Teil wirklich ins Porträt gefahren sei und die Menschen beunruhige, indem es ihnen teuflische Gedanken eingäbe, die Künstler vom Wege abbringe, gräßlichen Neid erzeuge und so weiter. Die drei Unglücksfälle, die sich bald darauf ereigneten, die drei plötzlichen Tode: der seiner Frau, seiner Tochter und seines kleinen Sohnes sah er als eine himmlische Strafe an und faßte den unabänderlichen Entschluß, die Welt zu fliehen. Als ich neun Jahre alt geworden war, gab er mich auf die Kunstakademie, rechnete dann mit allen seinen Gläubigern ab und zog sich in ein entlegenes Kloster zurück, wo er bald darauf die Mönchsweihen empfing. Dort setzte er durch seine strenge Lebensführung und durch die peinliche Befolgung aller Klosterregeln die Mönche in Erstaunen. Als der Prior des Klosters von seiner Kunst erfuhr, gab er ihm den Auftrag, für die Klosterkirche ein Altarbild zu malen. Aber der demütige Bruder weigerte sich entschieden und sagte, daß er unwürdig sei, den Pinsel zu ergreifen, weil dieser entweiht sei, und daß er erst durch Mühe und große Opfer seine Seele läutern müsse, um der Ehre teilhaftig zu werden, solch ein Werk zu unternehmen. Man wollte ihn dazu nicht zwingen. Er erschwerte für sich selbst, soweit es ging, die Strenge des klösterlichen Lebens. Zuletzt erschien ihm auch dieses nicht streng genug. Mit Genehmigung des Priors entfernte er sich in eine Einsiedelei, um ganz allein zu sein. Dort baute er sich aus Baumästen eine Zelle, lebte nur von rohen Wurzeln, schleppte Steine von einem Ort zum andern und stand von Sonnenaufgang bis zum Sonnenuntergang immer auf dem gleichen Fleck, die Arme gen Himmel erhoben und unausgesetzt Gebete sprechend – mit einem Worte, er erfand wohl alle denkbaren Stufen der Kasteiung und jener unfaßbaren Selbstaufopferung, für die man höchstens in der Heiligenlegende Beispiele finden kann. So kasteite er lange, mehrere Jahre hindurch seinen Körper und stärkte ihn zugleich mit der belebenden Kraft des Gebets. Endlich kam er eines Tages ins Kloster und sagte dem Prior mit fester Stimme: ›Nun bin ich bereit; wenn es Gott gefällig ist, werde ich das Werk vollenden.‹ Der Gegenstand, den er wählte, war die Geburt des Heilands. Ein ganzes Jahr arbeitete er daran, ohne seine Zelle zu verlassen, von karger Kost lebend und ununterbrochen betend. Nach Ablauf des Jahres war das Bild fertig. Es war tatsächlich ein Wunder der Malkunst. Es ist zu bemerken, daß weder die Klosterbrüder noch der Prior viel Verständnis für die Malerei hatten, aber alle waren über den ungewöhnlich heiligen Ausdruck der Gestalten erstaunt. Das Gefühl göttlicher Demut und Milde im Antlitz der allerreinsten Gottesmutter, die sich über das Kind beugte, die tiefe Weisheit in den Augen des göttlichen Kindes, das schon das feierliche Schweigen der vom göttlichen Wunder erschütterten Heiligen Drei Könige zu seinen Füßen in der Zukunft zu schauen schien, und endlich die heilige, unaussprechliche Stille, von der das ganze Bild erfüllt war – dies alles stellte sich in einer so harmonischen Kraft und machtvollen Schönheit dar, daß der Eindruck magisch war. Alle Klosterbrüder fielen vor dem neuen Bilde in die Knie, und der gerührte Prior sprach: ›Nein es ist unmöglich, daß ein Mensch mit Hilfe der menschlichen Kunst allein ein solches Kunstwerk geschaffen hat: eine heilige, höhere Macht hat deinen Pinsel geleitet, und der Segen des Himmels senkte sich auf dein Werk herab.‹

Um diese Zeit beendete ich das Studium an der Akademie, erhielt die goldene Medaille und mit ihr die beseligende Aussicht auf eine Italienreise – den schönsten Traum eines jungen Künstlers. Mir blieb nur noch, mich von meinem Vater zu verabschieden, den ich seit zwölf Jahren nicht gesehen hatte. Ich muß gestehen, daß selbst sein Bild aus meiner Erinnerung geschwunden war. Ich hatte schon einiges von der strengen Heiligkeit seines Lebens gehört und stellte ihn mir als einen rauhen Einsiedler vor, der gegen alles in der Welt außer seiner Zelle und seinen Gebeten gleichgültig sei, als einen ausgemergelten, durch das ewige Fasten und Wachen erschöpften Menschen. Wie war ich aber erstaunt, als ich vor mir einen schönen, beinahe göttlichen Greis erblickte! Sein Gesicht zeigte nicht die geringste Spur von Kasteiungen: es leuchtete vor himmlischer Heiterkeit. Der schneeweiße Bart und die feinen, beinahe luftigen Haare vom selben silbernen Weiß flossen malerisch über seine Brust und die Falten seiner schwarzen Kutte und fielen bis zum Stricke hinab, mit dem er sein ärmliches Mönchsgewand umgürtete. Am meisten war ich aber erstaunt, als ich aus seinem Munde

Worte und Gedanken über die Kunst hörte, die ich, offen gestanden, lange in meiner Seele bewahren werde, und ich wünsche aufrichtig, daß auch jeder meiner Brüder in der Kunst dasselbe tue.

›Ich habe dich erwartet, mein Sohn‹, sagte er mir, als ich auf ihn zuging, um mir seinen Segen zu erbitten. ›Es steht dir ein Weg bevor, dem dein Leben nun folgen wird. Dein Weg ist rein, irre von ihm nicht ab. Du hast ein Talent; das Talent ist das kostbarste Geschenk Gottes – richte es nicht zugrunde. Erforsche und studiere alles, was du erblickst, mache alles deinem Pinsel untertan; lerne aber, in allem die darin verborgene Idee zu erkennen und bemühe dich am meisten, das hohe Geheimnis der Schöpfung zu ergründen. Selig ist der Auserwählte, der es beherrscht. Für diesen gibt es in der ganzen Natur nichts Gemeines. Der schöpfende Künstler ist im Geringen ebenso groß wie im Großen; im Verächtlichen gibt es für ihn nichts Verächtliches, denn es ist sichtbar von der schönen Seele des Schöpfers durchleuchtet, und das Verächtliche erhält dadurch einen erhabenen Ausdruck, weil es im Fegefeuer seiner Seele geläutert worden ist … Die Ahnung vom Göttlichen, vom himmlischen Paradiese ist für den Menschen in der Kunst enthalten, und schon darum ist sie erhabener als alles. Ebenso wie feierliche Ruhe über jede weltliche Unruhe erhaben ist, so erhaben ist auch die Schöpfung über die Zerstörung; wie der Engel schon durch die keusche Unschuld seiner lichten Seele über die zahllosen Heere und die hochmütigen Leidenschaften des Satans erhaben ist, so steht auch die hehre Schöpfung der Kunst über allen Dingen der Welt. Bringe ihr alles zum Opfer und liebe sie mit deiner ganzen Leidenschaft – nicht mit der Leidenschaft, die irdisches Begehren atmet, sondern mit der stillen, himmlischen Leidenschaft: ohne sie hat der Mensch nicht die Gewalt, sich über die Erde zu erheben und die wunderbaren Tone des Friedens anzustimmen; denn das hehre Werk der Kunst steigt auf die Erde herab, nur um allen Ruhe und Versöhnung einzuflößen. Es kann in der Seele kein Murren wecken, sondern strebt als klingendes Gebet zu Gott empor. Aber es gibt Augenblicke, finstere Augenblicke …‹ Er hielt inne, und ich merkte, daß sein leuchtendes Antlitz plötzlich wie von einer flüchtigen Wolke verdüstert wurde. ›Es gab ein Ereignis in meinem Leben‹, sagte er. ›Ich kann auch heute nicht begreifen, wer jenes seltsame Wesen war, das ich malte. Es war wie eine teuflische Erscheinung. Ich weiß, die Welt leugnet die Existenz des Teufels, und darum werde ich von ihm nicht sprechen; ich will nur sagen, daß ich ihn mit Abscheu malte:

damals fühlte ich nicht die geringste Liebe für mein Werk. Ich wollte mich gewaltsam bezwingen und alles in mir unterdrücken, um seelenlos treu der Natur zu folgen. Es war keine Schöpfung der Kunst, und darum sind die Gefühle, die sich der Menschen bei seinem Anblick bemächtigen, aufrührerische, unruhige Gefühle und nicht die eines Künstlers, denn der Künstler atmet selbst in der Unruhe Ruhe. Man sagte mir, das Porträt gehe von Hand zu Hand und verbreite die quälendsten Eindrücke; es erzeuge im Künstler Neid, finsteren Haß gegen seinen Bruder und das gehässige Bestreben, alles zu unterdrücken und zu verfolgen. Der Allmächtige möge dich vor solchen Leidenschaften bewahren! Es gibt nichts Schrecklicheres als sie. Es ist besser, selbst die ganze Bitternis aller möglichen Verfolgungen zu kosten, als einen andern zu verfolgen. Bewahre die Reinheit deiner Seele. Wer ein Talent in sich birgt, der muß an Seele reiner als alle sein. Einem andern wird vieles verziehen, was ihm nicht verziehen wird. Wenn ein Mensch in hellem festlichem Gewande aus dem Hause getreten ist, so genügt schon ein einziger Schmutzspritzer von einem Wagen, damit die Menge ihn umringe, auf ihn mit dem Finger weise und von seiner Unsauberkeit spreche, während die gleiche Menge die vielen Schmutzspritzer an anderen Menschen, die ihre Werktagskleider anhaben, nicht sieht; denn auf den Werktagskleidern sind die Flecke nicht sichtbar.‹

Er segnete und umarmte mich. Nie im Leben war ich von solcher Rührung erschüttert wie an diesem Tag. Andächtig, mit einem Gefühl, das mehr als Sohnesliebe war, fiel ich ihm an die Brust und küßte seine herabfließenden silbernen Haare. Tränen glänzten in seinen Augen. ›Mein Sohn, erfülle mir meine einzige Bitte‹, sagte er beim Abschied. ›Vielleicht wird es sich fügen, daß du irgendwo das Porträt findest, von dem ich sprach – du wirst es an den ungewöhnlichen Augen und an ihrem natürlichen Ausdruck erkennen – so vernichte es um jeden Preis …‹

Sie können selbst urteilen, ob es mir möglich war, ihm nicht zu schwören, seine Bitte zu erfüllen. Fünfzehn Jahre lang konnte ich nichts finden, was auch entfernt der Beschreibung, die mir mein Vater gab, entsprochen hätte. Aber auf dieser Auktion …«

Der Künstler sprach den Satz nicht zu Ende und richtete seinen Blick auf die Wand, um das Porträt noch einmal zu sehen. Die gleiche Bewegung machten augenblicklich auch alle Zuhörer, und alle Augen suchten das ungewöhnliche Porträt. Zum höchsten Erstaunen aller hing es aber nicht mehr an der Wand. Ein unruhiges Gemurmel lief durch die ganze Menge, und gleich darauf ließ sich deutlich das Wort vernehmen: »Gestohlen!« Jemand hatte sich die Aufmerksamkeit der von der Erzählung hingerissenen Zuhörer zunutze gemacht und das Bild entwendet. Lange noch blieben die Anwesenden bestürzt, und niemand wußte, ob man die ungewöhnlichen Augen tatsächlich gesehen hatte, oder ob es nur ein Traum war, der ihren durch das lange Betrachten alter Bilder ermüdeten Augen vorgeschwebt.

Der Mantel

In einer russischen Ministerialabteilung – – – –

Aber es ist wohl besser, ich sage nicht, in welcher Ministerialabteilung es war. Es gibt in Rußland kein empfindlicheres Menschengeschlecht als das der Ministerial-, Regiments- und Kanzleibeamten – kurz alles dessen, was man unter der Bezeichnung »Beamte« zusammenfaßt. Jeder glaubt, wenn er irgendwie gekränkt wird, die ganze Klasse sei in seiner Person beleidigt.

Kürzlich soll ein Isprawnik – ich weiß nicht mehr, in welcher Stadt – einen Bericht verfaßt haben, der den Zweck hatte zu beweisen, daß die Erlasse der Regierung nicht mehr befolgt würden, daß man es sogar wage, den heiligen Titel Isprawnik in verächtlichem Sinne auszusprechen; und zur Begründung seiner Behauptungen legte er seinem Bericht einen ungeheuren Folianten bei, der eine Art Roman enthielt, in dem auf jeder zehnten Seite ein Isprawnik vorkam – stellenweise sogar in vollständig betrunkenem Zustande.

Um daher von vornherein allen etwaigen Reklamationen einen Riegel vorzuschieben, will ich lieber die Ministerialabteilung, die der Schauplatz meiner Geschichte ist, nicht mit unzweifelhafter Deutlichkeit angeben und vorsichtshalber sagen: »In einer gewissen Kanzlei.«

Also in einer gewissen Kanzlei war »ein gewisser Mann« angestellt, ein Beamter, von, ich kann es nicht verhehlen, von ziemlich unscheinbarem Äußeren. Er war von kleiner Statur, sein Gesicht war ein wenig pockennarbig, das Haar ein wenig rot, an der Stirn ziemlich weit zurückgewachsen, beide Schläfen und Wangen waren von Runzeln durchfurcht – von anderen Unvollkommenheiten zu schweigen … So das äußere Bild unseres Helden, wie es das Petersburger Klima zugerichtet hat.

Was seinen Beamtenrang anging – denn bei uns muß man vor allen Dingen den Beamtenrang angeben – so war er, was man einen ewigen Titularrat zu nennen pflegt, eines jener unglücklichen Wesen, über das, wie männglich bekannt, sich verschiedene Schriftsteller lustig machen, welche die schlechte Gewohnheit haben, Leute anzugreifen, die sich nicht verteidigen können.

Der Name unseres Helden war Baschmatschkin; sein Tauf- und Vatersname Akaki Akakjewitsch.

Vielleicht findet der Leser diese Namen ein wenig seltsam und gesucht, aber er kann versichert sein, daß ich sie durchaus nicht gesucht habe, und daß die Umstände es so gefügt, daß es gar nicht möglich war, ihm andere Namen zu geben.

Das ging folgendermaßen zu:

Akaki Akakjewitsch kam, wenn mein Gedächtnis mich nicht irreführt, in der Nacht auf den dreiundzwanzigsten März zur Welt. Seine selige Mutter, die Frau eines Beamten und zugleich ein sehr gutes Weib, traf, wie sich's gehört, sofort Anstalt, ihr Söhnchen taufen zu lassen. Die Mutter hütete noch das der Tür gegenüber aufgestellte Bett. Zu ihrer Rechten stand der Pate, Iwan Iwanowitsch Jeroschkin, eine sehr bedeutende Persönlichkeit, der beim Senat Registrator war, zu ihrer Linken die Patin, Arina Semenowna Bjellobruschkoff mit Namen, die Frau eines Polizeiinspektors, eine Dame von seltenen Tugenden.

Der Wöchnerin wurden drei Namen zur beliebigen Auswahl für den Täufling vorgeschlagen: Mokius, Kokius und Chosdasatius.

»Nein«, sagte die Wöchnerin, »solche Namen gefallen mir nicht.«

Um ihren Wünschen entgegenzukommen, wurde der Kalender auf einer anderen Seite aufgeschlagen, und zum Vorschein kamen die zwei Namen Trifili und Warachatus.

»Das ist ja wie eine Strafe Gottes«, meinte die Mutter; »was sind das alles für Namen! Niemals in meinem Leben habe ich sie gehört. Wär's noch Waradat oder Waruch; aber Trifili und Warachatus!«

Abermals wurde der Kalender aufgeschlagen – da standen: Pawsikachi und Wachtissi.

»Nun, ich sehe«, sagte die Mutter, »das ist offenbar Schicksal. Wenn's gar nicht anders geht, dann mag er den Namen seines Vaters bekommen. Sein Vater heißt Akaki – mag der Sohn meinetwegen auch Akaki heißen.«

Auf diese Weise kamen die Namen Akaki Akakjewitsch zustande.

Das Kind wurde getauft, wobei es weinte und schrie und allerlei Grimassen machte, als hätte es vorausgefühlt, daß es eines Tages Titularrat werden würde.

Wir haben dies alles so gewissenhaft erzählt, damit der Leser sich selbst überzeugen sollte, daß es gar nicht anders zugehen und der kleine Akaki einen andern Namen gar nicht erhalten konnte.

Zu welcher Zeit Akaki Akakjewitsch in die Kanzlei eintrat, und wer ihm zu seiner Stelle verhalf, dessen vermag sich kein Mensch mehr zu entsinnen. Wie viele Vorgesetzte aller Art sich auch ablösten, alle sahen ihn auf ein und demselben Platze, in derselben Haltung, mit derselben Arbeit beschäftigt, mit demselben Titel, so daß man glauben mußte, er sei ganz so, wie er war, mit den enthaarten Schläfen und seiner Beamtenuniform zur Welt gekommen.

In der Kanzlei, in der er beschäftigt war, wurde ihm keinerlei Rücksicht zuteil. Nicht einmal die Bürodiener standen von ihren Stühlen auf, wenn er eintrat, ja sie sahen ihn nicht einmal an – sie achteten seiner ebensowenig, als wäre eine Fliege durchs Empfangszimmer geflogen. Seine Vorgesetzten behandelten ihn mit kaltem Despotismus. Der Gehilfe des Bürochefs sagte, wenn er ihm einen Berg von Papieren vor die Nase warf, nicht einmal: »Bitte, schreiben Sie das ab«, oder: »Das ist etwas Interessantes – eine recht hübsche Arbeit«, oder sonst ein angenehmes Wort, wie es bei Beamten üblich ist, die eine gute Erziehung genossen haben.

Aber Akaki nahm die Akten; er sah gar nicht darauf, ob man ein Recht hatte, sie ihm zu übergeben oder nicht; er nahm sie und begann sofort mit dem Abschreiben.

Seine jungen Kollegen machten ihn zum Gegenstand ihres Gespötts und ihrer klassischen Witze – soweit man bei Beamten und namentlich bei Kanzleibeamten von Witz überhaupt reden darf. Bald erzählten sie sich in seiner Gegenwart verschiedene erfundene Geschichten über seine Lebensweise und seine Wirtin, eine siebzigjährige Alte; sie behaupteten, sie prügele ihn, und erkundigten sich bei Akaki, wann er mit ihr vor den Traualtar treten würde; bald ließen sie Papierfetzen auf sein Haupt herabregnen und riefen ihm zu, es seien Schneeflocken.

Aber Akaki Akakjewitsch hatte nie ein Wort der Erwiderung auf all diese Attacken; es war, als wäre überhaupt niemand um ihn. Ja selbst auf die Beschaffenheit seiner Arbeit übte das alles keinen Einfluß; trotz all dieser Ablenkungen machte er keinen einzigen Schreibfehler. Nur wenn der Spaß unerträglich wurde, wenn er beim Arm gefaßt und so am Schreiben verhindert wurde, dann sagte er: »Lassen Sie mich doch! Warum wollen Sie mich kränken?«

Und es lag etwas eigentümlich Rührendes in diesen Worten und in der Art, wie er sie aussprach.

Eines Tages begab es sich, daß, als ein erst vor kurzem in der Kanzlei angestellter junger Mensch, von dem Beispiel der andern angestachelt, seinen Witz ebenfalls an ihm üben wollte, dieser plötzlich beim Klang von Akakis Stimme wie angewurzelt dastand und den alten Beamten von diesem Augenblick an mit ganz anderen Augen ansah. Es war ihm, als ob eine übernatürliche Macht ihn von seinen Kollegen, die er hier kennengelernt und die er für wohlerzogene, anständige Leute gehalten, fortziehe und ihm einen Widerwillen gegen sie einflöße. Und noch lange nachher, in glücklichsten Augenblicken, sah er das Bild des armen kleinen Titularrats mit der kahlen Stirn vor sich, und noch immer tönten ihm die Worte im Ohr: »Lassen Sie mich doch! Warum kränken Sie mich?«

Und aus diesen Worten hörte er noch andere heraus – die Worte: »Bin ich nicht euer Bruder?«

Und da verbarg der junge Mann das Gesicht in den Händen, oftmals überkam ihn ein Schauer bei dem Gedanken, wieviel Unbarmherzigkeit im Menschen steckt, wieviel Roheit in der verfeinerten gebildeten Gesellschaft, sogar in solchen Menschen, die in der Welt als edel und ehrenhaft gelten.

Nirgends war ein Beamter zu finden, der so seiner Pflicht lebte wie Akaki Akakjewitsch. Was sage ich – er arbeitete mit Liebe, mit Leidenschaft. Wenn er amtliche Schriftstücke kopierte, so sah er eine schöne bunte Welt vor sich erstehen. Der Genuß, den ihm das Abschreiben gewährte, war auf seinem Gesicht zu lesen. Gewisse Buchstaben malte er mit besonderem Vergnügen; wenn er an die betreffende Stelle kam, so war er ein ganz anderer; er begann zu lächeln, blinzelte mit den Augen, kniff die Lippen zusammen, so daß die Leute, die ihn kannten, auf seinem Gesicht lesen konnten, an welchem Buchstaben er gerade arbeitete.

Wäre er nach seinem Eifer bezahlt worden, so würde er – zu seinem eigenen Erstaunen – vielleicht zum Range eines Staatsrats erhoben worden sein. Allein er durfte, wie seine Kollegen sich ausdrückten, kein Kreuz im Knopfloch tragen und sich durch seinen Diensteifer nur Hämorrhoiden zuziehen.

Übrigens muß ich erwähnen, daß er einmal eine gewisse Aufmerksamkeit auf sich lenkte. Ein Direktor, der ein braver Mensch war und ihn für seine langen Dienste belohnen wollte, befahl, ihm eine Arbeit anzuvertrauen, die wichtiger war als die Aktenstücke, die er gewöhnlich zu kopieren hatte. Diese neue Arbeit bestand darin, irgendeinen Bericht an eine Gerichtsbehörde vorzubereiten, die Titel verschiedener Akten abzuändern und hin und wieder das Fürwort der ersten Person durch das der dritten zu ersetzen.

Akaki unterzog sich seiner Aufgabe. Aber sie verwirrte und ermüdete ihn derart, daß ihm der Schweiß von der Stirn floß und er endlich ausrief: »Nein, gebt mir lieber wieder etwas abzuschreiben.«

Und von diesem Augenblick an ließ man ihn bis an sein Lebensende abschreiben.

Außer seinen Kopien schien es für ihn nichts auf der Welt zu geben. Er dachte nicht einmal an seine Kleidung. Seine Uniform, die ursprünglich grün war, hatte eine rötliche Farbe angenommen. Seine Halsbinde war so eng und so zusammengeschrumpft, daß sein Hals, obgleich er durchaus nicht lang war, weit aus dem Kragen herausragte und ungewöhnlich lang erschien – just wie bei den Gipskatzen mit beweglichen Köpfen, die Händler in den russischen Dörfern umhertragen, um sie an die Bauern abzusetzen.

Und immer heftete sich irgendein Gegenstand an seine Kleidung; bald ein Stückchen Faden, bald das herumflatternde Fragment eines Strohhalms. Zudem hatte er eine eigentümliche Vorliebe dafür, just in dem Augenblick, da irgendein nicht ganz sauberer Gegenstand auf die Straße geworfen wurde, unter den betreffenden Fenstern vorüberzugehen, und darum trug er stets auf seinem Haupte Melonenschalen und ähnliche Abfälle. Niemals in seinem Leben hatte er dem Beachtung geschenkt, was sich täglich auf den Straßen regt und bewegt, und auf das, wie bekannt, seine Kollegen mit so scharfen Blicken achten, daß sie es sofort bemerken, wenn auf dem andern Bürgersteig ein Sterblicher mit zerrissenen Beinkleidern vorüberwandert – ein Schauspiel, das ihnen stets ein besonderes Vergnügen bereitet.

Akaki Akakjewitsch sah immer nur die sauberen, gleichmäßigen Linien seiner Kopien vor sich, und nur wenn er plötzlich an die Schnauze eines Pferdes stieß, das ihm durch die Nüstern seinen geräuschvollen Atem ins Gesicht blies, bemerkte der Wackere erst, daß er sich nicht an seinem Schreibtisch inmitten seiner schönen Abschriften befand, sondern mitten auf der Straße.

Zu Hause angelangt, setzte er sich sofort zu Tisch, verzehrte in aller Eile seine Kohlsuppe und aß dann, ohne irgendwie auf den Geschmack zu achten, ein Stück Rindfleisch mit Knoblauch; er verzehrte es nebst den Fliegen und all den Dingen, womit Gott und der Zufall es bestreut hatten. War sein Hunger gestillt, dann setzte er sich sofort an den Tisch und begann die Akten abzuschreiben, die er mit nach Hause genommen hatte. Waren zufällig keine amtlichen Schriftstücke zu kopieren, so schrieb er zu seinem eigenen Vergnügen die Akten ab, denen er eine besondere Wichtigkeit beilegte – nicht wegen ihrer mehr oder minder schönen Fassung, sondern weil sie an irgendeine hohe Persönlichkeit gerichtet waren.

Wenn der graue Petersburger Himmel in den Schleier der Nacht gehüllt ist und das ganze Beamtenvolk sein Mittagsmahl je nach den gastronomischen Neigungen oder nach der Schwere der Börse beendet hat – wenn alles sich erholt von dem Gekritzel der bürokratischen Federn, von all den Sorgen und Geschäften, die der Mensch sich oft unnützerweise auferlegt, so will ein jeder den Rest des Tages seinem persönlichen Vergnügen widmen. Dieser geht ins Theater, jener wandert auf den Straßen umher und macht sich ein Vergnügen daraus, die Toiletten zu betrachten; wieder ein anderer girrt einem jungen Mädchen, das wie ein Stern in seinem bescheidenen Beamtenkreise auftaucht, ein paar schmeichelhafte gefühlvolle Worte zu. Da und dort macht auch einer einem Kollegen einen Besuch, im dritten oder vierten Stock, in dessen einfacher, aus zwei Stuben nebst Vorraum und Küche bestehenden Wohnung, die mit einer anspruchsvollen Ausstattung geschmückt ist, zum Beispiel einer Lampe und irgendeinem anderen, nach langen Entbehrungen gekauften Gegenstande.

Kurz, um diese Zeit widmet sich jeder Beamte auf diese oder jene Weise dem Vergnügen; hier wird Whist gespielt, dort Tee mit billigem Backwerk genossen oder Tabak aus langen Pfeifen geraucht. Die einen erzählen sich Skandalgeschichten aus den vornehmen Kreisen, denn in welchen Lebenslagen der Russe sich auch befinden mag, von der vornehmen Welt vermag er seine Gedanken nie abzulenken; andere geben uralte, aber immer noch beliebte Anekdoten zum besten, wie zum Beispiel die von dem Kommandanten, dem gemeldet wird, ein Übeltäter habe dem Pferde auf dem Denkmale Peters des Großen den Schwanz abgeschnitten.

Also auch in diesen Stunden der Erholung und der Vergnügungen blieb Akaki Akakjewitsch seinen Gewohnheiten treu. Niemand vermochte zu sagen, daß er ihn irgendeinmal in einer Abendgesellschaft gesehen habe. Wenn er sich satt geschrieben, legte er sich zu Bett und dachte an die Freuden des folgenden Tages, an die schönen Kopien, die der liebe Gott ihm morgen anvertrauen würde.

So floß das friedliche Dasein eines Menschen dahin, der bei seinen vierhundert Rubeln Gehalt mit seinem Geschick vollkommen zufrieden war; und er hätte vielleicht ein hohes Alter erreichen können, wenn ihn nicht einer jener unglücklichen Zwischenfälle betroffen hätte, die nicht bloß die Titular-, sondern auch die Geheimen, Wirklichen, Hof- und andern Räte bedrohen, selbst diejenigen nicht ausgeschlossen, die niemals einen Rat erteilen oder empfangen.

In Petersburg haben alle, die nur ein Jahresgehalt von vierhundert Rubeln oder da herum beziehen, einen furchtbaren Feind; und dieser furchtbare Feind ist unsere nordische Kälte, wenn auch behauptet wird, sie sei der Gesundheit sehr zuträglich.

Gegen neun Uhr morgens, wenn die Beamten der verschiedenen Abteilungen sich in ihre Büros begeben, zwickt ihnen die Kälte so lebhaft die Nase, daß die meisten von ihnen sich nicht zu helfen wissen. Wenn in diesem Augenblick die hohen Würdenträger in eigner Person derart unter der Strenge der Kälte leiden, daß ihnen die Tränen in die Augen treten – wie müssen erst die Titularräte leiden, denen es ihre Mittel nicht erlauben, sich gegen den strengen Winter zu schützen. Haben sie sich in ihre leichten Mäntel gehüllt, so gilt es, in aller Hast fünf, sechs Straßen zu durcheilen, dann bei dem Portier haltzumachen, um sich zu erwärmen und zu warten, bis ihre bürokratischen Fähigkeiten wieder auftauen.

Seit einiger Zeit empfand Akaki im Rücken und an den Schultern sehr scharfe Stiche, obgleich er den Weg von seiner Wohnung bis zu seinem Büro mit aller Macht laufend zurücklegte. Nachdem er die Sache wohl überlegt, gelangte er endlich zu dem Resultat, daß sein Mantel an einer gewissen Unvollkommenheit leiden müsse. Wieder in seinem Zimmer angekommen, untersuchte er ihn sorgfältig und bemerkte, daß der geliebte Stoff an zwei drei Stellen sich so sehr verdünnt hatte, daß er geradezu durchsichtig geworden und daß das Futter zerrissen war.

Dieser Mantel war seit langer Zeit der beständige Gegenstand von Stichelreden für die unerbittlichen Kollegen Akakis. Sie hatten ihm sogar den edlen Namen Mantel geraubt und ihn Kapuze getauft. Allerdings sah dies Kleidungsstück seltsam genug aus. Jahr für Jahr war der Kragen verkleinert worden, denn Jahr für Jahr hatte der arme Titularrat ein Stück davon abgenommen, um den Mantel an einer andern Stelle damit auszubessern; und diese Ausbesserungen verrieten nicht die geübte

Hand eines Schneiders; sie waren in sehr plumper Weise gemacht und nahmen sich überaus häßlich aus.

Nachdem Akaki Akakjewitsch seine betrübende Untersuchung beendet, sagte er sich, daß er seinen Mantel unbedingt zu Petrowitsch, dem Schneider, bringen müßte, der hoch oben im vierten Stock, in einer finstern Klause wohnte.

Mit seinem schielenden Blick und dem pockennarbigen Gesicht sah Petrowitsch durchaus nicht danach aus, als hätte er die Ehre, Fracks und Beinkleider für hohe Beamte zu machen, wenn er sich in nüchternem Zustande befand und sich nicht süßeren Beschäftigungen hingab.

Ich könnte es mir versagen, hier von diesem Schneider zu reden. Allein, da es einmal so Brauch ist, daß jede in einer Erzählung vorkommende Persönlichkeit mit der ihr eigenen Physiognomie vorgestellt wird, so muß ich wohl oder übel Petrowitsch schildern. Ehedem, als er noch in dem Hause seines Herrn als Leibeigener fungierte, hieß er einfach Gregor. Als er frei wurde, glaubte er sich mit einem neuen Namen schmücken zu müssen; zugleich begann er tapfer zu trinken, anfangs nur an den hohen Festtagen, dann allmählich an allen Festtagen, die im Kalender durch ein Kreuz bezeichnet sind. Durch diese feierliche Begehung der von der Kirche geweihten Tage glaubte er den Sitten seiner Kindheit treu zu bleiben; und wenn er seine Frau auszankte, so schrie er, sie sei ein weltliches Geschöpf und eine Deutsche. Von dieser Frau haben wir weiter nichts zu berichten, als daß sie des Petrowitsch Frau war, und daß sie kein Tuch, sondern eine Haube auf dem Kopfe trug. Im übrigen war sie nicht hübsch, nur die Soldaten sahen sie im Vorübergehen an, und dann drehten sie sich den Schnurrbart und gingen lachend weiter.

Akaki Akakjewitsch wandte sich also der Dachstube des Schneiders zu. Er erreichte sie über eine schwarze, schmutzige, feuchte Treppe, die wie alle von dem gewöhnlichen Volk in Petersburg bewohnten Häuser jene Spiritusdünste ausströmte, die zugleich die Nase und die Augen verletzen.

Während der Titularrat die glitschigen Stufen hinaufkletterte, berechnete er sich, was Petrowitsch für die Reparatur seines Mantels verlangen könnte, und nahm sich vor, ihm nur einen Rubel zu geben.

Die Wohnungstür des Handwerkers stand offen, um den Rauchwirbeln einen Ausgang zu verschaffen, die aus der Küche drangen, wo des Petrowitsch Frau Fische briet. Akaki schritt, die Blicke von dem Rauch getrübt, durch die Küche, ohne daß die Frau ihn sah, und trat in das Zimmer, in dem der Schneider auf einem großen hölzernen, roh zugehauenen Tische saß, die Beine wie ein türkischer Pascha gekreuzt und, wie das bei den meisten Schneidern üblich, mit nackten Füßen.

Was zunächst die Aufmerksamkeit erregte, wenn man sich ihm näherte, war der Nagel des Daumens, der ein wenig verstümmelt, aber hart und starr wie eine Schildkrötenschale war. Um den Hals trug er mehrere Fitzen Seide und Zwirn, und auf den Knien hatte er einen zerlumpten Rock. Seit einigen Minuten mühte er sich ab, eine Nadel einzufädeln, was ihm jedoch nicht glücken wollte. Erst war er auf die Dunkelheit wütend geworden, dann auf den Faden.

»Willst du denn gar nicht hinein, du langweilst mich!« rief er.

Akaki bemerkte sofort, daß er zu ungelegener Zeit gekommen. Gern hätte er sich Petrowitsch in einem günstigen Augenblick vorgestellt, wenn er sich eine neue Erfrischung gönnte – wenn er, wie seine Frau es nannte, sich eine solide Ration Branntwein nahm. Dann ging der Schneider mit außerordentlicher Herablassung auf die Vorschläge seines Kunden ein, verbeugte sich vor ihm und dankte ihm noch. Manchmal allerdings mischte sich die Frau in die Verhandlung und schrie, er sei betrunken und verspreche, die Arbeit zu einem viel zu niedrigen Preise zu machen. Aber wurde dann eine Kleinigkeit zugelegt, so war die Sache erledigt.

Zu des Titularrats Unglück hatte Petrowitsch in diesem Augenblick die Flasche noch nicht angerührt, und in solchen Momenten war er hart, querköpfig und fähig, einen erschreckenden Preis zu verlangen.

Akaki sah diese Gefahr voraus und wäre gerne wieder umgekehrt; allein es war bereits zu spät, das Auge des Schneiders – sein einziges Auge, denn er war einäugig – hatte ihn schon bemerkt, und Akaki Akakjewitsch murmelte unwillkürlich:

»Guten Tag, Petrowitsch.«

»Willkommen, Herr«, antwortete der Schneider und richtete den Blick auf des Titularrats Hand, um zu sehen, was er darin hätte.

»Ich komme eben … bloß … um … ich möchte –«

Wir müssen hier bemerken, daß der schüchterne Titularrat in der Regel, um seine Gedanken auszudrücken, nur Präpositionen, Adverbien oder Partikeln gebrauchte, die niemals einen bestimmten Sinn ergaben.

War die Angelegenheit, um die es sich handelte, schwieriger Natur, dann konnte er den begonnenen Satz niemals beenden. So begegnete es ihm, daß er sich bei seinen Verhandlungen in die Formeln verstrickte: ja – es ist zwar wahr, daß –

Dabei blieb er stecken und vergaß, was er sagen wollte, oder glaubte, es gesagt zu haben.

»Was wünschen Sie, Herr?« fragte Petrowitsch, ihn mit einem forschenden Blick von oben bis unten messend, und Kragen, Ärmel, Taille, Knöpfe, kurz Akakis ganze Uniform betrachtend, obgleich er sie sehr wohl kannte, da er sie selbst gemacht hatte. Die Schneider haben nun einmal die Gewohnheit, fremde Kleidungsstücke in dieser Weise zu betrachten. Das ist ihr erster Gedanke, wenn sie einem Bekannten begegnen.

Da antwortete Akaki, wie gewöhnlich stotternd:

»Ich möchte ... Petrowitsch ... dieser Mantel ... sehen Sie ... aber übrigens ist er noch ganz gut, nur daß er ein wenig staubig ... und darum sieht er ein wenig alt aus. Er ist jedoch noch ganz neu ... nur da so ein wenig abgeschlissen ... da im Rücken und dann hier an der Schulter ... zwei, drei ganz kleine Risse. Du siehst, gar nicht der Rede wert, in ein paar Minuten hast du das vollständig wieder ausgebessert.«

Petrowitsch nahm den unglücklichen Mantel, breitete ihn über den Tisch, betrachtete ihn schweigend und schüttelte das Haupt. Dann streckte er die Hand zum Fenster aus nach seiner Tabaksdose, einer runden, mit dem Bildnis eines Generals geschmückten Tabaksdose – ich weiß übrigens nicht, welches Generals, denn die Stelle, wo das Gesicht gewesen, war mit dem Finger durchbohrt und danach mit einem viereckigen Stückchen Papier verklebt worden.

Nachdem Petrowitsch eine Prise genommen, betrachtete er die Kapuze von neuem, hielt sie ans Licht und schüttelte abermals den Kopf. Dann untersuchte er das Futter, hob zum zweitenmal den Deckel seiner ehedem mit dem Antlitz des Generals geschmückten Tabaksdose auf, nahm eine zweite Prise und rief endlich aus: »Nein, daran ist gar nichts mehr auszubessern. Ein ganz miserabler Lappen!«

Bei diesen Worten sank Akaki der Mut.

»Wieso denn?« fragte er in dem klagenden Ton eines Kindes, »ist denn dieses Loch gar nicht mehr auszubessern? Schau doch nur, Petrowitsch; du siehst ja, nur ein paar Risse, und du hast doch Lappen genug, um das wieder zuzunähen.«

»Ja, Lappen genug habe ich schon, aber wie soll ich sie draufnähen? Das Tuch ist abgetragen, es hält keinen Stich mehr.«

»Na, wo der Stich nicht hält, da setzest du einen neuen Lappen auf.«

»Da hilft gar kein Lappen mehr; Tuch ist doch schließlich Tuch, und in diesem Zustande vermag schon ein Windstoß diesen jämmerlichen Mantel in Fetzen zu reißen.«

»Aber wenn du ihn etwas dauerhafter machtest, siehst du – – wirklich – –«

»Nein«, antwortete Petrowitsch in bestimmtem Ton, »da ist nichts mehr zu machen, der Stoff ist vollständig abgenutzt. Da wär's schon besser, Sie machten sich im Winter Fußlappen daraus; die halten wärmer als Strümpfe. Die Deutschen haben die Strümpfe nur erfunden, um viel Geld zu verdienen.«

Petrowitsch ließ nie eine Gelegenheit vorübergehen, ohne den Deutschen einen Hieb zu versetzen.

»Sie müssen sich unbedingt einen neuen Mantel anschaffen«, fügte er hinzu.

»Einen neuen Mantel?«

Akaki Akakjewitsch wurde es schwarz vor den Augen. Es war ihm, als ob sich die Schneiderwerkstatt um ihn herum drehe, und der einzige Gegenstand, den er klar unterscheiden konnte, war das mit Papier beklebte Porträt des Generals auf der Tabaksdose des Schneiders.

»Einen neuen Mantel«, murmelte er wie halb bewußtlos. »Aber ich habe ja kein Geld.«

»Jawohl, einen neuen Mantel«, wiederholte Petrowitsch mit grausamer Gelassenheit.

»Ja, selbst wenn ich einen solchen Entschluß faßte - wieviel –«

»Sie meinen, wieviel er kostet?«

»Ja.«

»Etwa hundertfünfzig Papierrubel«, antwortete der Schneider und kniff die Lippen zusammen.

Diesem verwünschten Schneider machte es ein besonderes Vergnügen, seine Kunden in Verlegenheit zu setzen und den Ausdruck ihrer Gesichter mit seinem schielenden einzigen Auge zu beobachten.

»Hundertfünfzig Rubel für einen Mantel?« wiederholte Akaki Akakjewitsch in einem Tone, der wie ein Aufschrei klang - vermutlich der erste Schrei, den er seit seiner Geburt ausgestoßen, denn er sprach sonst immer nur in ganz schüchternem Tone.

»Ja«, versetzte Petrowitsch, »und dann der Marderkragen und seidenes Futter für die Kapuze - das macht zusammen zweihundert Rubel.«

»Petrowitsch, ich beschwöre dich«, sagte Akaki Akakjewitsch mit flehender Stimme, da er die Worte des Schneiders nicht mehr hörte noch hören wollte, »versuche, mir diesen Mantel auszubessern, damit er noch eine Zeitlang vorhält.«

»Nein, das wäre ganz verlorne Arbeit und unnütze Verschwendung.«

Nach dieser Antwort ging Akaki ganz vernichtet wieder fort, während Petrowitsch mit zusammengebissenen Lippen, müßig und sehr zufrieden, daß er sich so fest gezeigt und die Schneiderwissenschaft so tapfer verteidigt hatte, auf dem Tische zurückblieb.

Ohne Ziel; aufs Geratewohl, wanderte Akaki wie ein Traumwandler in den Straßen umher … »Welch eine Verlegenheit!« sprach er in einem fort vor sich hin … »Wahrlich, das hätte ich nie geglaubt, daß es ein solches Ende nehmen würde. Nein«, fuhr er nach kurzem Schweigen fort, »das konnte ich nicht ahnen, daß es dahin kommen könnte … da befinde ich mich nun in einer vollständig unerwarteten Lage … in einer Bedrängnis, daß –«

Und sein Selbstgespräch in dieser Weise fortsetzend, ging er, statt sich seiner Wohnung zu nähern, in einer ganz verkehrten Richtung, ohne es auch nur zu merken. Ein Schornsteinfeger schwärzte ihm im Vorübergehen den Rücken. Aus einem Hause, an dem gebaut wurde, schüttete ihm ein Korb eine Ladung Gipsbrei auf den Kopf. Aber er sah und hörte nichts. Nur als er gegen einen Wachtposten anprallte, der, nachdem er seine Hellebarde neben sich gestellt, aus einer Dose Tabak in seine knochige Hand schüttete, wurde Akaki aus seiner Träumerei aufgerüttelt.

»Was suchst du hier?« schrie ihn der rohe Hüter der städtischen Ordnung an; »kannst du nicht ordentlich da über den Bürgersteig gehen?«

Diese plötzliche Anrede weckte Akaki endlich vollständig aus seinem dumpfen Zustande. Er sammelte seine Gedanken, betrachtete seine Lage mit ungetrübtem Blick und ging ernst, freimütig, wie mit einem Freunde, dem man seine Herzensgeheimnisse vertraut, mit sich zu Rate.

»Nein«, sprach er endlich, »heute erlange ich nichts von Petrowitsch … heute ist er in schlechter Laune … vielleicht hat ihn seine Frau geprügelt … ich will ihn nächsten Sonntag wieder aufsuchen. Sonnabends hat er sich einen Rausch angetrunken, dann muß er sich am folgenden Tage erholen … seine Frau gibt ihm kein Geld … ich drücke ihm einen

Griwenik in die Hand, dann ist er gefügiger, und wir können weiter von dem Mantel reden.«

Durch diese Betrachtungen ermutigt, wartete Akaki geduldig bis zum Sonntag. Als er an diesem Tage von fern Petrowitschs Frau aus dem Hause gehen sah, begab er sich zu dem Schneider und fand ihn, wie er erwartet hatte, infolge des Samstagsvergnügens in sehr niedergeschlagener Stimmung. Aber kaum ließ Akaki ein Wort von dem Mantel fallen, da erwachte der diabolische Schneider urplötzlich aus seinem dumpfen Zustande und rief: »Nein, daraus wird nichts! Sie müssen sich unbedingt einen neuen Mantel kaufen!«

Der Titularrat drückte ihm einen Griwenik in die Hand.

»Danke, Verehrtester«, sagte Petrowitsch, »das wird mich wieder ein bißchen zu Kräften bringen, und ich will's auf Eure Gesundheit vertrinken. Aber was Ihren alten Mantel anlangt, sehen Sie, wozu darüber reden? Der ist keinen roten Heller mehr wert. Lassen Sie mich nur machen, ich baue Ihnen einen prachtvollen Mantel, dafür stehe ich Ihnen ein.«

Der arme Akaki Akakjewitsch drang noch immer in den Schneider, ihm den alten auszubessern.

»Nein und nochmals nein«, versetzte Petrowitsch; »ganz unmöglich! Verlassen Sie sich auf mich, ich übervorteile Sie nicht. Und ich werde sogar, wie das jetzt Brauch ist, silberne Haken und Ösen an den Kragen ansetzen.«

Diesmal sah Akaki ein, daß er sich dem Willen des Schneiders fügen müsse, und wiederum sank ihm aller Mut. Er mußte sich einen neuen Mantel machen lassen. Aber wovon ihn bezahlen? Freilich hatte er eine amtliche Gratifikation zu erwarten. Aber dafür hatte er bereits eine Verwendung gefunden. Er mußte sich Beinkleider kaufen und seinen Schuhmacher bezahlen, der ihm zwei Paar Stiefel ausgebessert hatte, und neue Wäsche kaufen, kurz, alles war schon im voraus ausgegeben. Wenn – was ein ganz unerwarteter Glücksfall wäre – der Direktor die übliche Gratifikation selbst von vierzig auf fünfzig Rubel erhöhte, was war ein so winziger Betrag gegenüber der ungeheuren Summe, die Petrowitsch forderte. Ein Tropfen Wasser ins Meer.

Allerdings stand zu erwarten, daß Petrowitsch, wenn er guter Laune war, den Preis bedeutend herabsetzte, so daß seine Frau zu ihm sagen würde: »Bist du verrückt? Manchmal arbeitest du ganz umsonst, und ein andermal forderst du ganz unmenschliche Preise!«

Er meinte also, daß er Petrowitsch wohl dazu bestimmen würde, ihm seinen Mantel für achtzig Rubel zu liefern; aber diese achtzig Rubel – wo sie finden? Vielleicht könnte es ihm gelingen, wenn er alle Hebel in Bewegung setzte, sich die Hälfte zu verschaffen. Aber die andere Hälfte – er sah keinen Ausweg. Wir sind dem Leser Rechenschaft darüber schuldig, wie der wackere Titularrat sich diese Hälfte herbeizuschaffen gedachte. Er hatte die Gewohnheit, so oft er einen Rubel erhielt, eine Kopeke davon in eine geschlossene Büchse zu legen. Am Ende eines halben Jahres nahm er diese Kupferstücke und wechselte sie gegen Silber ein. Dieses Sparsystem hatte er schon seit langer Zeit betrieben, und in diesem Augenblick beliefen sich seine Ersparnisse auf vierzig Rubel. Auf diese Weise befand er sich im Besitz der Hälfte der erforderlichen Summe. Aber die andere Hälfte! Akaki stellte lange Berechnungen an; dann endlich sagte er sich, daß er mindestens ein ganzes Jahr hindurch verschiedene seiner täglichen Ausgaben beschränken, sich abends den Tee versagen und, wenn er eine Arbeit zu machen habe, sich mit seinen Akten in das Zimmer der Wirtin setzen müßte, um in seinem eigenen die Feuerung zu sparen. Auch nahm er sich vor, auf der Straße das spitzige Pflaster zu meiden, um so seine Fußbekleidung zu schonen, und dann auch noch die Ausgaben für Wäsche herabzusetzen.

Anfangs fielen ihm diese Entbehrungen etwas schwer. Allmählich jedoch gewöhnte er sich daran, und schließlich begab er sich ganz ohne Abendessen zu Bett. Während sein Körper unter dieser Abtötung litt, sog sein Geist aus dem stetigen Gedanken an seinen Mantel um so reichlichere Nahrung. Seit dieser Zeit schien es, als ob seine Natur sich vervollständigt, als ob er geheiratet hätte, als besäße er eine Genossin, die ihn auf seinem Lebenswege begleitete – und diese Genossin war das Bild seines Mantels, den er, ordentlich wattiert und gefüttert, vor sich sah.

Von jetzt an trat er lebhafter und fester auf, wie ein Mann, der sich sein Ziel gesetzt hat, das er unbedingt erreichen will. Seine schlaffen Züge, der haltlose Gang, die unsichern Bewegungen – das alles war verschwunden. Bisweilen strahlte ein ganz neuer Glanz aus seinen Augen, und in seinen kühnen Träumen legte er sich sogar die Frage vor, ob er sich nicht einen Marderkragen an seinen Mantel sollte machen lassen.

Durch solche und ähnliche Gedanken wurde er manchmal eigentümlich zerstreut. Als er eines Tages Akten kopierte, bemerkte er mit einemmal, daß er einen Fehler gemacht hatte … »O, o!« rief er aus, und machte hastig das Zeichen des Kreuzes.

Wenigstens einmal monatlich begab er sich zu Petrowitsch, um sich mit ihm über den kostbaren Mantel zu unterhalten und mehrere wichtige Fragen mit ihm zu besprechen, nämlich wo und zu welchem Preise er das Tuch kaufen und welche Farbe er am besten wählen sollte.

Jeder dieser Besuche gab Anlaß zu neuen Betrachtungen, und Akaki kehrte stets glücklicher in seine Wohnung zurück, da ja nun endlich der Tag kommen mußte, wo alles gekauft war, wo der Mantel fix und fertig bereitlag.

Dieses große Ereignis trat früher ein, als er gehofft hatte. Der Direktor gab ihm eine Gratifikation nicht von vierzig, auch nicht von fünfzig, sondern von fünfundsechzig Rubeln. Dieser würdige Beamte hatte gemerkt, daß unser Freund Akaki eines Mantels bedurfte – oder hatte er diese Ausnahme nur einem glücklichen Zufall zu danken?

Wie dem auch sei, Akaki war um fünfundzwanzig Rubel reicher. Eine solche Vermehrung seiner Hilfsquellen mußte notwendigerweise sein denkwürdiges Unternehmen beschleunigen.

Nur noch zwei bis drei Hungermonate, und Akaki hatte seine achtzig Rubel beieinander. Sein sonst so ruhiges Herz begann heftig zu pochen. Sobald er die ungeheure Summe von achtzig Rubeln vollständig zusammen hatte, suchte er Petrowitsch auf, und beide begaben sich in einen Tuchladen.

Ohne Zaudern kauften sie ein sehr gutes Stück Tuch. Seit länger als einem halben Jahr hatten sie unaufhörlich darüber nachgedacht und debattiert, und allmonatlich waren sie in den Läden umhergegangen, um sich nach dem Preise zu erkundigen. Petrowitsch klopfte auf den Stoff und erklärte, ein besserer sei gar nicht zu finden. Zum Futter nahmen sie festen und dicht gewebten Leinwandstoff, der nach der Behauptung des Schneiders besser war als Seide; und dann glänzte er so hell! Marderpelz kauften sie nicht, weil er zu teuer war; sie entschieden sich für den besten Katzenbalg, der im Laden war, einen Pelz, den man ganz, gut für Marder halten konnte.

Zur Anfertigung des Kleidungsstückes gebrauchte Petrowitsch volle vierzehn Tage; er machte eine unzählbare Menge von Stichen, sonst wäre er schneller damit fertig gewesen. Er taxierte seine Arbeit auf zwölf Rubel; weniger konnte er nicht fordern; alles war fein mit Seide genäht, und der Schneider bügelte die Nähte mit den Zähnen, daß die Spuren davon noch zu sehen waren.

Endlich kam er, der so heißersehnte Mantel ...

Ich kann den Tag nicht ganz genau angeben, aber ganz gewiß war es der feierlichste in Akakis Leben. Der Schneider brachte also den Mantel. Er brachte ihn frühmorgens, bevor der Titularrat sich in sein Büro begeben mußte. In einem passenderen Augenblick hätte er nicht kommen können, denn die Kälte begann sich sehr lebhaft fühlbar zu machen.

Petrowitsch nahte mit der würdevollen Miene eines bedeutenden Schneiders. Sein Gesicht hatte einen eigentümlich ernsten Ausdruck – so hatte ihn der Titularrat noch nie gesehen. Er war sich seines Wertes voll bewußt und maß in Gedanken mit Stolz den Abgrund, der den Handwerker, der nur alte Kleider ausbessert, von dem Künstler scheidet, der neue anfertigt.

Der Mantel war in ein erst vor kurzem gewaschenes Tuch gewickelt, das der Schneider sorgfältig aufknüpfte und wieder zusammenlegte, um es dann in die Tasche zu stecken. Hierauf nahm er stolz den Mantel zwischen beide Hände und legte ihn Akaki Akakjewitsch auf die Schultern. Dann zog er ihn hinten zurecht, um zu sehen, wie er majestätisch in seiner ganzen Länge herabwallte. Endlich wollte er den Eindruck beurteilen, den er in nicht zugeknöpftem Zustande machte. Akaki jedoch wünschte die Ärmel zu probieren, und diese Ärmel saßen wundervoll. Mit einem Wort, der Mantel war tadellos, und der Schnitt ließ nichts zu wünschen übrig.

Indem der Schneider sein Werk betrachtete, verfehlte er nicht zu sagen, daß, wenn er den Mantel für einen so niedrigen Preis gemacht habe, das nur deshalb geschehen sei, weil er bloß eine bescheidene Miete zu bezahlen habe und er Akaki Akakjewitsch seit langer Zeit kenne; dann hob er stolz hervor, daß ein auf dem Newskiprospekt wohnender Schneider mindestens fünfundsechzig Rubel für die Anfertigung eines solchen Mantels gefordert haben würde. Der Titularrat wollte sich über diesen Gegenstand nicht in eine Debatte mit ihm einlassen. Er bezahlte, dankte ihm und ging dann fort, um sich in sein Büro zu verfügen.

Petrowitsch ging mit ihm hinaus und blieb unten auf der Straße stehen, um ihn so lange wie möglich mit seinem Mantel gehen zu sehen, worauf er dann in aller Hast durch ein Quergäßchen eilte, um den Titularrat noch einmal ins Auge zu fassen.

Mit den angenehmsten Gedanken beschäftigt, begab sich Akaki in sein Büro. Jeden Augenblick fühlte er, daß er ein neues Kleidungsstück auf den Schultern hatte, und lächelte mit süßer Genugtuung in sich hinein.

Zwei Gedanken gingen ihm durch den Kopf: zunächst, daß der Mantel warm, und zweitens, daß er schön war. Ohne auf dem Wege, den er zurücklegte, irgend etwas zu bemerken, schritt er in gerader Linie auf die Kanzlei zu, legte seinen Schatz im Vorzimmer ab, betrachtete ihn von allen Seiten und sah dann den Portier mit einer ganz besonderen Miene an.

Ich weiß nicht, ob sich das Gerücht in den Büros verbreitet hatte, die alte Kapuze habe aufgehört zu existieren. Sämtliche Kollegen eilten herbei, um Akakis prachtvollen Mantel zu prüfen, und begannen ihn in einer Weise zu beglückwünschen, daß er anfangs mit einem Gefühl der Genugtuung lächeln mußte, dann aber in eine gewisse Verlegenheit geriet.

Wie groß war aber seine Überraschung, als seine grausamen Kollegen die Bemerkung machten, Akaki müsse seinen Mantel in feierlicher Weise einweihen und ihnen einen Schmaus geben. Der arme Akaki war so verdutzt und bestürzt, daß er nicht wußte, was er antworten, wie er sich entschuldigen sollte. Errötend stotterte er, das Kleidungsstück sei nicht so neu, wie man vielleicht glaube, es sei ein ganz alter Stoff verwendet.

Da nahm einer seiner Vorgesetzten, der wahrscheinlich beweisen wollte, daß er auf seinen Rang und Titel nicht allzu stolz sei und es keineswegs verschmähe, mit seinen Unterbeamten zu verkehren, das Wort und sagte: »Meine Herren! Statt unseres Akaki Akakjewitsch werde ich Sie zu einem kleinen Mahl vereinen; ich lade Sie hiermit ein, heut abend bei mir den Tee zu trinken. Es ist heute grade mein Geburtstag.«

Sämtliche Beamten dankten ihrem Vorgesetzten für sein Wohlwollen und nahmen die Einladung freudig an. Akaki wollte ablehnen; aber es wurde ihm gesagt, das wäre eine grobe Unhöflichkeit, ein unverzeihliches Benehmen, und so fügte er sich denn endlich in das Unvermeidliche.

Übrigens empfand er eine gewisse Freude bei dem Gedanken, daß sich ihm auf diese Weise Gelegenheit bot, mit seinem neuen Mantel über die Straße zu gehen. Dieser ganze Tag war für ihn ein Festtag. In der glücklichsten Stimmung kehrte er in seine Wohnung zurück, nahm seinen Mantel ab und hängte ihn, nachdem er das Tuch und Futter noch einmal untersucht hatte, an die Wand. Dann suchte er seine alte Kapuze hervor, um sie mit Petrowitschs Meisterwerk zu vergleichen. Seine Blicke schweiften von dem einen Kleidungsstück zum andern, und lächelnd dachte er: »Welch ein Unterschied!«

Fröhlich nahm er sein Mittagessen zu sich, und nach beendeter Mahlzeit setzte er sich nicht hin, um Kopien anzufertigen – nein, er setzte sich wie ein Sybarit auf das Sofa und erwartete den Abend. Dann machte er Toilette, nahm seinen Mantel und ging aus.

Wo der Vorgesetzte wohnte, der in so liberaler Weise seine Unterbeamten zu sich eingeladen, vermag ich nicht zu sagen. Mein Gedächtnis beginnt etwas schwach zu werden, und die unzähligen Straßen und Häuser Petersburgs gehen mir so wirr im Kopf herum, daß ich Mühe habe, mich darin zurechtzufinden. Nur so viel steht fest, daß der ehrenwerte Beamte in einem schönen Viertel unserer Hauptstadt und also sehr weit von Akaki Akakjewitsch wohnte.

Anfangs durchschritt der Titularrat mehrere schlecht beleuchtete Straßen, die ganz leer erschienen. Aber je mehr er sich der Wohnung seines Vorgesetzten näherte, um so glänzender, belebter wurden die Straßen; es begegneten ihm unzählige Passanten und elegant gekleidete schöne Damen und Männer mit Biberkragen. Die Bauernschlitten mit ihren Holzbänken und ihren Bronzeköpfen zeigten sich immer seltener, während er jeden Augenblick gewandte Kutscher mit Samtmützen gewahrte, die lackierte und mit Bärenfellen ausgelegte Schlitten und prachtvolle Wagen lenkten.

Unserm Akaki war ein solches Schauspiel ganz neu. Schon seit vielen Jahren war er abends niemals ausgegangen. Neugierig blieb er vor dem Schaufenster eines Kunsthändlers stehen. Namentlich eines der Bilder zog seine Aufmerksamkeit auf sich. Es stellte eine Frau dar, die ihren Schuh auszog und einen hübschen Fuß zeigte, während ein junger Mann durch eine halbgeöffnete Tür sie beobachtete – ein junger Mann mit großem Schnurr- und Backenbart.

Nachdem Akaki Akakjewitsch dieses französische Bild angesehen hatte, schüttelte er den Kopf und ging lächelnd weiter. Warum lächelte er denn? Weil er ein ihm ganz neues Bild gesehen? Oder glaubte er wie die meisten seiner Kollegen, die Franzosen hätten doch merkwürdige

Einfälle? Vielleicht dachte er gar nichts, und kann man dem Menschen ins Herz sehen, um zu entdecken, was er denkt?

Da ist er endlich an dem Hause angekommen, in das man ihn eingeladen. Sein Vorgesetzter wohnt ganz prachtvoll; an seiner Tür befindet sich eine Laterne, und er hat den ganzen zweiten Stock inne. Als Akaki in das Vorzimmer trat, bemerkte er eine lange Reihe von Galoschen; auf einem Tisch rauchte und pfiff eine Teemaschine; an der Wand hingen die Mäntel, von denen mehrere mit Samt- oder Pelzkragen geziert waren. In dem anstoßenden Zimmer hörte er ein wirres Geräusch, das einen etwas bestimmteren Charakter annahm, als ein Diener die Tür öffnete und mit einem Brett voll leerer Tassen, einem Milchtopf und einem Biskuitkörbchen herauskam. Augenscheinlich waren die Gäste schon lange anwesend und hatten bereits ihre erste Tasse Tee geleert.

Nachdem Akaki seinen Mantel an einen Haken gehängt, trat er auf das Zimmer zu, in dem seine mit langen Pfeifen bewaffneten Kollegen sich um Spieltische gruppiert hatten und ziemlich viel Lärm machten.

Er trat also ein, blieb jedoch unmittelbar an der Tür stehen, da er nicht wußte, was er anfangen sollte; aber seine Kollegen begrüßten ihn mit lauten Zurufen und eilten in das Vorzimmer, um seinem Mantel zu huldigen. Den wackern Titularrat brachte dieser Auftritt ganz aus der Fassung. Doch freute er sich in seiner Herzenseinfalt über die Lobsprüche, die seinem kostbaren Kleidungsstück gespendet wurden. Bald darauf gaben die Kollegen ihm seine Freiheit wieder und setzten ihre Whistpartien fort.

Die Bewegung, die Aufregung, die lebhafte Unterhaltung beunruhigten das schüchterne Gemüt Akakis im höchsten Grade. Er wußte nicht einmal, was er mit seinen Händen anfangen, wo er sie hinlegen oder -stecken sollte; endlich setzte er sich zu den Spielern, betrachtete bald ihre Gesichter, bald die Karten, bald gähnte er, denn er fühlte, daß der Zeitpunkt schon längst vorüber sei, wo er sich täglich zu Bett legte. Er wollte nach Hause gehen, aber man hielt ihn zurück und erklärte ihm, er könne sich nicht entfernen, ohne wenigstens an diesem für ihn so denkwürdigen Tage ein Glas Champagner getrunken zu haben.

Bald wurde das Abendessen aufgetragen. Es bestand aus kalter Fleischbrühe, kaltem Kalbfleisch, Kuchen und verschiedenem Gebäck, dies alles begleitet von mehreren Flaschen Champagner. Akaki sah sich genötigt, zwei große Gläser dieser prickelnden Flüssigkeit auszutrinken, worauf sich alles um ihn her in einer freundlicheren Gestalt zeigte.

Doch konnte er nicht vergessen, daß es schon zwölf Uhr nachts war und daß er sich eigentlich bereits mehrere Stunden in seinem Bett befinden müßte.

Aus Furcht, noch einmal zurückgehalten zu werden, schlüpfte er verstohlen in das Vorzimmer, wo er mit Schmerz seinen Mantel am Boden liegen sah. Sorgfältig schüttelte er ihn, zog ihn an und ging fort.

Draußen brannten noch Lichter. Die kleinen, von Dienern und dem untern Volk besuchten Schenken waren teils noch offen, teils eben erst geschlossen worden. Aber an dem hellen Licht, das an ihren Türen brannte, war leicht zu ersehen, daß sich dort noch Leute befanden – wahrscheinlich sogar Diener und Dienstmädchen, die sich wenig Sorge um ihre Herrschaft machten.

In fröhlicher Gemütsstimmung schlug Akaki Akakjewitsch die Richtung nach Hause ein. Plötzlich bemerkte er, daß er sich in einer langen Straße befand, in der es am Tage und noch mehr des Nachts ganz still war. Alles um ihn herum hatte ein finsteres Aussehen. Nur da und dort eine Laterne, die aus Mangel an Öl zu erlöschen drohte, hölzerne Häuser, Bretterzäune, aber nirgends eine lebende Seele. Bei dem fahlen Scheine dieser halb erloschenen Laternen schimmerte nur noch der Schnee auf der Straße, und trübselig nahmen sich die in Dunkel gehüllten, kleinen Gebäude aus. Er ging auf eine Stelle zu, wo die Straße auf einen ungeheuren Platz mündete, an dessen anderer Seite die Häuser kaum zu sehen waren und der sich wie eine schreckliche Wüste ausnahm.

In der Ferne, Gott weiß wo, schimmerte die Laterne eines Schilderhauses, das ihm am Ende der Welt zu stehen schien. In demselben Augenblick verließ den Titularrat seine freudige Stimmung. Er ging mit beklommener Brust auf die Stelle zu; es war ihm, als drohte ihm ein Unheil. Unterwegs blickte er beständig voll Schrecken um sich. Der trübselige Platz sah ihm aus wie ein wilder Ozean. Nein, dachte er, ich will lieber nicht hinsehen; und nun setzte er seinen Weg gesenkten Blickes fort; als er seine Augen wieder erhob, sah er plötzlich mehrere Männer mit langen Schnurrbärten vor sich, deren Gesichter er nicht zu unterscheiden vermochte. Es ward ihm dunkel vor den Augen, das Herz schnürte sich ihm zusammen.

»Da ist mein Mantel!« schreit einer der Männer und packt Akaki am Kragen.

Akaki will um Hilfe rufen. Ein anderer drückt ihm eine große knochige Faust auf den Mund und sagt zu ihm: »Versuch's nur zu schreien!«

In demselben Augenblick fühlte der unglückliche Titularrat, daß ihm der Mantel fortgenommen wurde, und zugleich erhielt er einen Fußtritt, daß er bewußtlos in den Schnee fiel.

Einige Augenblicke später kam er wieder zu sich und stand auf; aber kein Mensch war mehr zu sehen. Seines Kleidungsstückes beraubt und ganz durchfroren, begann er aus aller Macht zu schreien, aber sein Rufen vermochte nicht ans Ende des Platzes zu dringen. In einemfort schreiend lief er mit der Wut der Verzweiflung nach dem Schilderhaus zu dem Wachtsoldaten, der, die Arme auf seine Hellebarde gestützt, ihn schon von weitem fragte, warum zum Teufel er denn einen solchen Höllenlärm mache und so schnell herangelaufen komme.

Als Akaki ihn erreicht hatte, beschuldigte er den Soldaten, er sei betrunken, da er nicht gesehen habe, daß in kurzer Entfernung von seinem Posten die Vorübergehenden geplündert würden.

»Ich habe Sie sehr wohl gesehen«, antwortete der Mann, »mitten auf dem Platz mit zwei Männern, ich glaubte, ihr wäret Freunde. Es hat keinen Zweck, sich so aufzuregen. Gehen Sie morgen zu dem Polizeiinspektor, der wird dann die Sache in die Hand nehmen, nach den Dieben forschen und eine Untersuchung einleiten.«

Was beginnen?

Der unglückliche Titularrat langte in schrecklicher Unordnung in seiner Wohnung wieder an; das Haar hing ihm wirr über die Stirn. Seine Kleider waren mit Schnee bedeckt. Als seine alte Wirtin so ungestüm an die Tür pochen hörte, sprang sie schnell auf und eilte, nur halb angekleidet, herbei, fuhr aber bei Akakis Anblick erschreckt zurück.

Als er ihr erzählt hatte, was geschehen war, schlug sie die Hände zusammen und rief aus: »Nicht an den Polizeiinspektor müssen Sie sich wenden, sondern an den Reviervorstand. Der Inspektor wird Sie mit schönen Worten abspeisen und nichts in der Sache tun. Aber der Reviervorstand – den kenne ich seit langer Zeit. Meine frühere Köchin Anna ist jetzt in seinem Dienst, und ich sehe ihn oft unter unseren Fenstern vorübergehen. Er geht alle Festtage in die Kirche, und man sieht es ihm sofort an, daß er ein braver Mann ist.«

Nach dieser beredten Erzählung zog sich Akaki traurig in sein Zimmer zurück. Wer sich eine solche Lage vorzustellen vermag, wird begreifen, was für eine Nacht er verlebte.

Gleich am andern Morgen begab er sich zu dem Reviervorstand. Es wurde ihm der Bescheid, der Beamte schlafe noch. Gegen zehn Uhr kam er wieder. Der ehrenwerte Beamte schlief immer noch. Gegen zwölf Uhr war er ausgegangen. Um die Essenszeit stellte sich der Titularrat noch einmal vor; aber die Schreiber fragten ihn streng, was für eine Angelegenheit ihn denn zu ihrem Vorgesetzten führe. Da, zum ersten Male in seinem Leben, zeigte Akaki einen energischen Charakter. Er erklärte, er müsse unbedingt den Reviervorstand sprechen, und man möge nur ja nicht versuchen, ihn daran zu verhindern, denn es handle sich um eine offizielle Angelegenheit, und wer sich erkühnen wolle, ihm die geringste Schwierigkeit in den Weg zu legen, dem würde es teuer zu stehen kommen.

Auf eine solche Sprache war nichts zu erwidern. Einer der Schreiber entfernte sich, um ihn seinem Vorgesetzten zu melden. Dieser hörte Akakis Erzählung in etwas seltsamer Weise an. Statt sich an die Hauptsache, das heißt an den Diebstahl, der begangen worden, zu halten, fragte er den Titularrat, wie er dazu komme, sich so spät auf der Straße zu befinden, und ob er nicht in einem verdächtigen Hause gewesen sei.

Durch solche Fragen verblüfft, wußte der Titularrat nicht, was er antworten sollte, und zog sich wieder zurück, ohne zu wissen, ob in seiner Sache etwas getan würde oder nicht.

Den ganzen Tag war er nicht in seinem Büro gewesen – ein völlig unerhörtes Ereignis in seinem Leben. Am folgenden Tage erschien er dort wieder mit bleichem Gesicht, unruhig in seinem alten Rock, der erbärmlicher denn je aussah. Als seine Kollegen von dem Unglück hörten, das ihn betroffen, waren einige noch grausam genug, darüber zu lachen; die meisten jedoch fühlten ein aufrichtiges Bedauern und veranstalteten eine Subskription zu seinen Gunsten. Allein dieses löbliche Unternehmen hatte nur einen ganz unbedeutenden Erfolg, weil dieselben Beamten erst vor kurzem zu zwei anderen Subskriptionen beigesteuert hatten. In dem einen Fall, um das Porträt ihres Direktors anzuschaffen, und in dem andern, um ein Werk zu erwerben, das ein Freund ihres Chefs veröffentlicht hatte.

Einer von ihnen, der für Akaki aufrichtiges Mitleid empfand, wollte ihm dann in Ermangelung von etwas Besserem einen guten Rat geben. Er sagte ihm, es wäre verlorene Mühe, noch einmal zu dem Reviervorstand *zu* gehen, weil selbst in dem Falle, daß dieser Beamte so glücklich sein sollte, den Mantel wiederzuerlangen, die Polizei ihn so lange behalten würde, bis der Titularrat unzweideutig bewiesen habe, daß er der wirkliche Eigentümer sei. Er forderte ihn auf, sich an eine gewisse hochstehende Persönlichkeit zu wenden, welche hochstehende Persönlichkeit durch ihre guten Beziehungen die Sache bei den Behörden schneller betreiben könnte.

In seiner Verwirrung entschloß sich Akaki, diesen Rat zu befolgen. Welche Stellung diese Persönlichkeit bekleidete, und wie hoch sie eigentlich stehe, wußte man nicht. Es war weiter nichts bekannt, als daß die Persönlichkeit erst ganz vor kurzem zu ihrem hohen Amte gelangt sei. Soviel stehe ferner fest, daß es noch höhere Persönlichkeiten gebe, da dieser Beamte alle möglichen Hebel in Bewegung setze, um noch höher emporzukommen. So nötigte er andere Beamte, wenn er sich in sein Kabinett begab, unten an der Treppe auf ihn zu warten, und niemand konnte direkt zu ihm gelangen. Der Kollegiensekretär teilte das Gesuch dem Regierungssekretär mit, der es einem höheren Beamten zustellte, und dieser endlich übergab es der hohen Persönlichkeit selbst.

Das ist der Geschäftsgang in unserem heiligen Rußland. In dem Bestreben, es dem höheren Beamten gleichzutun, äfft jeder die Manieren seiner Vorgesetzten nach. Vor kurzem setzte ein Titularrat, der zum Vorsteher eines kleinen Büros ernannt worden war, sofort über eines seiner Stübchen die Aufschrift: Beratungssaal. Dort befanden sich Diener mit roten Kragen und Stickereien an den Kleidern, um die Bittsteller anzumelden und in den Saal zu führen, der so eng war, daß kaum ein Stuhl darin stehen konnte.

Aber kehren wir zu der hochstehenden Persönlichkeit zurück. Ihr Verfahren war würdevoll imponierend, aber ein wenig verwickelt. Das System ließ sich in ein einziges Wort zusammenfassen: Strenge, Strenge, Strenge. Dieses klangvolle Wort wiederholte er dreimal nacheinander, und das letztemal sah er den, mit dem er's zu tun hatte, durchdringend an. Er hätte es sich vollkommen sparen können, soviel Energie an den Tag zu legen, denn die zehn Beamten, die seinem Befehl zu gehorchen hatten, fürchteten ihn ohnehin schon genug. Sowie sie ihn von fern kommen sahen, beeilten sie sich, ihre Federn hinzulegen, und sprangen herbei, um sich respektvoll dort, wo er vorüberkam, aufzustellen. In den Gesprächen mit seinen Untergebenen beobachtete er eine stolze, erhabene Haltung und sagte kaum etwas anderes als die Worte: »Was wollen Sie? Wissen Sie auch, mit wem Sie reden? Bedenken Sie auch, wer vor Ihnen steht?«

Im übrigen war er ein gutmütiger Mensch, freundlich und liebenswürdig gegen seine Freunde. Nur hatte ihm der Generalstitel den Kopf verdreht. Seit dem Tage, da er ihm beigelegt worden, lebte er den größten Teil des Tages in einer Art Schwindel; bei seinesgleichen jedoch gewann er wieder das Gleichgewicht, und dann ließ sich nicht verkennen, daß es ihm in mehr als einer Beziehung nicht an Liebenswürdigkeit fehlte. Aber sobald er sich in einer Gesellschaft mit einer Persönlichkeit zusammenfand, die einen geringeren Rang bekleidete als er, verschanzte er sich hinter eine strenge Schweigsamkeit, und diese Lage war ihm um so peinlicher, als er sehr wohl fühlte, daß er seine Zeit eigentlich angenehmer verleben konnte.

Allen, die ihn in einem solchen Augenblick beobachteten, war es unzweifelhaft, daß er vor Verlangen brannte, sich an einer interessanten Unterhaltung zu beteiligen, aber die Furcht, irgendwelche unvorsichtige Zuvorkommenheit an den Tag zu legen, zu vertraulich zu erscheinen und dadurch seine Würde schwer zu schädigen, hielt ihn zurück. Um sich einer solchen Gefahr zu entziehen, bewahrte er eine außerordentliche Zurückhaltung und sprach nur von Zeit zu Zeit irgendein einsilbiges Wort. Kurz, er hatte es so weit gebracht, daß man ihn den Langweiligen nannte, und diesen Titel hatte er durchaus verdient.

So war die Persönlichkeit, deren Hilfe der bescheidene Akaki in Anspruch nehmen sollte. Der Augenblick, in dem er seinen Schritt unternahm, schien ganz besonders dazu ausersehen, der Eitelkeit des Generals zu schmeicheln, und mußte doch zugleich der Sache des Titularrats günstig sein.

Die hohe Persönlichkeit befand sich in ihrem Kabinett und plauderte fröhlich mit einem alten Freunde, den er seit mehreren Jahren nicht gesehen hatte, als ihm gemeldet wurde, daß ein Herr Baschmatschkin um die Ehre bitte, bei Seiner Exzellenz vorgelassen zu werden.

»Wer ist der Mann?« fragte die hohe Persönlichkeit in verächtlichem Tone.

»Ein Beamter«, antwortete der Bote.

»Soll warten! Habe jetzt keine Zeit, ihn zu empfangen.«

Der edle Beamte log, es hinderte ihn gar nichts, die verlangte Audienz zu gewähren. Sein Freund und er hatten bereits verschiedene Gesprächsstoffe völlig erschöpft. Schon mehr als einmal waren lange Gesprächspausen eingetreten, in denen sie sich leicht auf die Schultern geklopft mit den Worten: »So also war es, mein Lieber.« – »Jawohl, Stephan.«

Aber der General weigerte sich, den Bittsteller zu empfangen, um seinem Freunde, der den Dienst quittiert hatte und auf dem Lande lebte, seine Bedeutung als General zu beweisen und um ihm zu zeigen, daß die Beamten im Vorzimmer warten müßten, bis es ihm beliebe, sie zu empfangen.

Endlich, nachdem sie noch verschiedene andere Dialoge geführt und noch einige weitere Pausen überstanden hatten, während derer die beiden Freunde sich in ihren Sesseln zurückgelehnt und den Zigarrenrauch in die Luft geblasen hatten, schien der General sich plötzlich zu erinnern, daß man ihn um eine Audienz ersucht habe. Er rief den Sekretär, der mit verschiedenen Papieren an der Tür stand, herbei und befahl ihm, den Bittsteller eintreten zu lassen.

Als er Akaki mit seinem demütigen Gesicht und seiner alten Uniform sich nähern sah, wandte er sich plötzlich nach ihm um und sagte:

»Was wollen Sie?« – und zwar mit sehr strenger Stimme, der er noch einen vibrierenden Klang zu geben suchte, den er sich acht Tage, bevor er seinen pomphaften Generalstitel erhielt, vor seinem Spiegel einexerziert hatte.

Durch diese rauhe Anrede wurde der schüchterne Akaki völlig verblüfft. Doch machte er eine Anstrengung, um wieder einige Haltung zu gewinnen und zu erzählen, wie ihm sein Mantel gestohlen worden, nicht ohne seinen Bericht mit einer Menge Einzelheiten zu überladen. Er fügte hinzu, er wende sich an Seine Exzellenz, in der Hoffnung, daß durch deren wohlwollende Fürsprache bei dem Polizeipräsidenten oder irgendeiner andern hohen Persönlichkeit der Mantel wieder zum Vorschein kommen würde.

Der General fand dieses Verfahren ein wenig unbürokratisch.

»He, mein Herr!« sagte er, »wissen Sie nicht, welche Schritte Sie in einem solchen Falle zu tun haben? Woher kommen Sie denn? Wissen Sie nicht, welchen Geschäftsgang die Dinge nehmen? Sie hätten in der Kanzlei einen Antrag einreichen müssen; der wäre dann in die Hände des Bürovorstehers und hierauf in die des Bürodirektors gelangt, worauf er dann durch meinen Sekretär vorgetragen worden wäre, und mein Sekretär würde Ihnen dann« – – »Gestatten Sie mir«, versetzte Akaki, eine ungeheure Anstrengung machend, um das Wenige an Geistesgegenwart, das er noch besaß, zu bewahren, denn er fühlte, daß der Schweiß ihm über die Stirn floß, »gestatten mir Ew. Exzellenz die Bemerkung, daß, wenn ich gewagt habe, Sie in dieser Angelegenheit zu belästigen, daß – daß die Sekretäre – – die Sekretäre Leute sind, von denen nichts zu hoffen ist.«

»Was, wie! Ist es möglich!« rief der General. »Wie können Sie eine solche Sprache führen? Wo haben Sie sich solche Vorstellungen angeeignet? Das ist schändlich, junge Leute sich so gegen ihre Vorgesetzten empören zu sehen!«

In seinem Amtseifer bemerkte der General nicht, daß der Titularrat hoch in den Fünfzigern stand und daß ihm das Beiwort jung nur bedingungsweise, das heißt im Vergleich mit einem Manne von etwa siebzig Jahren, zukam. »Wissen Sie auch«, fuhr er fort, »mit wem Sie reden? Bedenken Sie, vor wem Sie hier stehen? Bedenken Sie das? Ich frage Sie, bedenken Sie das?«

Und indem er diese Worte sprach, stampfte er mit dem Fuße, und seine Stimme nahm eine furchtbare Klangfülle an.

Akaki war ganz bestürzt, ja geradezu entsetzt; er zitterte und bebte und vermochte sich kaum aufrechtzuhalten; ohne einen Bürodiener, der ihm zu Hilfe eilte, wäre er zu Boden gefallen, und fast bewußtlos wurde er fortgeschleppt.

Der General jedoch war ganz entzückt über die Wirkung, die er erzielt – sie übertraf alle seine Erwartungen; und voll Genugtuung darüber, daß seine Worte auf einen schon bejahrten Mann einen solchen Eindruck zu machen vermochten, daß er das Bewußtsein verlor, warf er einen Seitenblick auf seinen Freund, um zu sehen, welche Wirkung der Auftritt auf ihn gemacht hatte. Welche Genugtuung empfand er, als er bemerkte, daß sogar sein Freund bewegt war und ihn schüchtern anblickte.

Wie Akaki die Treppe hinuntergelangte und wie er über die Straße schritt, darüber vermochte er sich selbst keine Rechenschaft zu geben, denn er fühlte sich mehr tot als lebendig. In seinem ganzen Leben war er noch, nicht von einem General getadelt worden, und noch dazu von einem fremden General.

Er wanderte in dem Sturm, der draußen wütete, dahin, ohne die mindeste Vorsicht zu beobachten, ohne sich auf dem Bürgersteige irgendwie gegen die Unbilden des Wetters zu schützen. Der Wind, der von allen Seiten und aus allen Gäßchen herausblies, entzündete ihm die Kehle. Zu Hause angelangt, war er außerstande, ein Wort zu sprechen. Er legte sich zu Bett. Eine solche Wirkung hatte die Lektion des Generals hervorgebracht.

Am folgenden Tage hatte Akaki ein heftiges Fieber. Dank dem Petersburger Klima entwickelte sich seine Krankheit mit furchtbarer Schnelligkeit. Als der Arzt kam, waren schon alle Heilmittel vergeblich. Nachdem der ehrenwerte Doktor ihm den Puls gefühlt, verordnete er einige Breiumschläge, und zwar lediglich, um ihn nicht ohne die Mitwirkung der Medizin sterben zu lassen, und erklärte zugleich, der Patient habe nur noch zwei Tage zu leben.

Nach diesem Ausspruch sagte er zu Akakis Wirtin:

»Sie haben keine Zeit mehr zu verlieren, bemühen Sie sich um einen Fichtensarg, denn für diesen armen Mann würde ein Sarg aus Eichenholz zu kostspielig werden.«

Ob der Titularrat diese Worte vernahm, ob sie ihn in eine heftige Erregung versetzten, und ob er sein unglückseliges Dasein beklagte, das hat niemals ein Mensch erfahren, denn er phantasierte beständig. Seltsame Erscheinungen gingen ihm unaufhörlich durch das geschwächte Hirn. Bald sah er sich Petrowitsch gegenüber, und er bat ihn, ihm einen Mantel mit Schlingen für die Diebe zu machen, die ihn in seinem Bette verfolgten; und er bat seine alte Wirtin, die Räuber zu verjagen, die sich unter seiner Decke versteckten. Bald stand er vor dem General, hörte seine strenge Strafrede an und bat seine Exzellenz um Vergebung. Dann wieder verstrickte er sich in so seltsame Reden, daß die brave alte Frau sich entsetzt bekreuzigte. Nie im Leben hatte sie so etwas gehört, und die ungeheuerlichen Phantasien setzten sie um so mehr in Erstaunen, als beständig der Titel Exzellenz darin vorkam. Dann murmelte er wirre zusammenhanglose Worte, nur daß die Phantasien des armen Kranken sich beständig um einen Mantel drehten.

Endlich hauchte Akaki seinen letzten Seufzer aus. Weder sein Zimmer noch sein Schrank wurden versiegelt, aus dem einfachen Grunde, weil er keinen Erben hatte und nichts anderes zurückließ als ein Bündel Gänsefedern, ein Heft mit weißem Papier, drei Paar Strümpfe, einige Hosenknöpfe und den alten Rock. Wem fiel diese Hinterlassenschaft zu? Gott mag's wissen. Der Verfasser dieser Geschichte hat nie danach geforscht.

Akaki wurde in ein Leichentuch gehüllt und auf dem Friedhofe beigesetzt. Die große Stadt Petersburg lebte ganz in der alten Weise weiter, als hätte er niemals existiert. So verschwand ein menschliches Wesen, das weder Beschützer noch Freunde gehabt, das niemand eine wirkliche herzliche Teilnahme eingeflößt, das nicht einmal die Neugier der Naturforscher erregt hatte, die doch so eifrig bemüht sind, ein seltenes Insekt auf die Nadel zu spießen, um es mikroskopisch zu untersuchen. Ohne einen Klageton hatte dieses Wesen den Hohn und Spott seiner Kollegen ertragen. Ohne daß ihm ein außerordentliches Ereignis zugestoßen war, war es seinen Weg zum Grabe gewandelt; nur gegen sein Lebensende hatte ein Mantel es in jugendliche Aufregung versetzt, dann hatte das Unglück es zu Boden geschleudert.

Einige Tage nach seiner Unterredung mit dem General schickte sein Vorgesetzter, da niemand in der Kanzlei wußte, was aus ihm geworden, einen Bürobedienten zu ihm mit dem Befehl, sich sofort auf seinen Posten zu begeben. Der Bürobediente kam mit der Nachricht zurück, man würde den Titularrat nie wieder zu sehen bekommen.

»Warum denn nicht?« fragten alle.

»Weil er vor vier Tagen begraben ist.«

Auf diese Weise erfuhren Akakis Kollegen seinen Tod. Am folgenden Tage war seine Stelle mit einem Beamten von einer etwas robusteren Natur besetzt, mit einem Manne, der sich nicht so viel Mühe gab, schöne Abschriften von den Akten zu fertigen ...

*

Es hat den Anschein, als sei Akakis Geschichte hier zu Ende und als hätten wir nichts mehr von ihm zu berichten. Allein der bescheidene Titularrat war dazu ausersehen, nach seinem Tode mehr Aufsehen zu machen als während seines Lebens, und jetzt nimmt unsere Erzählung eine phantastische Wendung.

Eines Tages verbreitete sich in Petersburg die Nachricht, in der Nähe der Katinkabrücke erscheine allnächtlich ein Toter in einer Uniform, wie sie die Beamten der Kanzleien trügen, und dieser Tote suche einen gestohlenen Mantel und nähme ohne alle Rücksicht auf Rang und Titel allen Vorübergehenden die Mäntel ab, mit Watte, Nerz, Katzen-, Ottern-, Bären- und Biberfellen gefütterte, kurz alle, deren er habhaft werden könnte. Einer der früheren Kollegen des Titularrats hatte das Gespenst gesehen und Akaki ganz deutlich erkannt. Mit allen Kräften laufend, war es ihm geglückt zu entkommen; aber noch von ferne hatte er ihn mit der Faust drohen sehen. Überall hörte man, daß Räte, und zwar nicht bloß Titularräte, sondern auch Staatsräte, sich eine bedenkliche

Erkältung zugezogen hätten, infolge des an ihren ehrenwerten Schultern begangenen Raubes.

Die Polizei traf alle möglichen Maßregeln, um das Gespenst tot oder lebendig in ihre Gewalt zu bekommen und ihm eine exemplarische Strafe aufzuerlegen; aber alle Versuche waren vergebens.

Eines Abends jedoch glückte es einem Wachtsoldaten, sich des Übeltäters in dem Augenblick zu bemächtigen, da er einem Musikanten den Mantel wegnehmen wollte. Der Posten ruft sofort zwei Kameraden herbei, denen er den Gefangenen anvertraut, während er seine Tabaks-dose sucht, um ihm die halberfrorene Nase wieder zu beleben. Wahr-scheinlich war sein Tabak so stark, daß selbst ein Toter den Geruch nicht zu ertragen vermochte. Kaum hatte er seinen Nüstern einige Körnchen anvertraut, als der Gefangene mit solcher Macht zu niesen begann, daß eine Art Nebel die Augen der Wachtsoldaten verhüllte. Während die drei sich die Augenlider rieben, verschwand der Gefangene. Seit diesem Tage hatten alle Wachtsoldaten einen solchen Schrecken vor dem Toten, daß sie nicht einmal mehr die Lebenden zu arretieren wagten und ihnen schon von weitem zuschrien: Geht weiter, weiter!

Das Gespenst ging bis jenseits der Katinkabrücke, um seine nächtli-chen Räubereien fortzusetzen, und verbreitete in dem ganzen Viertel Schrecken und Entsetzen.

Allein jetzt müssen wir zu dem General zurückkehren, der die ur-sprüngliche Veranlassung unserer phantastischen und doch so wahrhaf-tigen Geschichte ist. Zunächst müssen wir ihm die Gerechtigkeit wider-fahren lassen, daß ihn nach Akakis Fortgehen ein gewisses Mitleid überkam. Das Gerechtigkeitsgefühl war seinem Herzen keineswegs fremd – nein, er hatte sogar verschiedene gute Eigenschaften, nur daß die Vernarrtheit in seinen Titel ihn verhinderte, sich von seiner guten Seite zu zeigen. Als sein Freund ihn verlassen, beschäftigten sich seine Gedan-ken mit dem unglücklichen Titularrat, und von diesem Augenblick an sah er ihn fortwährend, niedergebeugt durch den strengen Verweis, den er ihm erteilt hatte. Dieses Bild verfolgte ihn derart, daß er endlich eines Tags einen seiner Beamten beauftragte, sich zu erkundigen, was aus Akaki geworden und ob man noch etwas für ihn tun könne.

Als der Bote mit der Meldung zurückkehrte, der arme Beamte sei fast unmittelbar nach seiner Audienz gestorben, da empfand der General den Stachel der Gewissensbisse, und den ganzen Tag blieb er in finstere Grübelei versunken.

Um seine unangenehmen Empfindungen loszuwerden, begab er sich gegen Abend in das Haus eines Freundes, wo er eine angenehme Gesellschaft und, was die Hauptsache war, auch einige andere Personen als nur Beamte seines Ranges zu finden hoffte, so daß er sich nicht geniert zu fühlen brauchte.

Und in der Tat fühlte er sich dort bald von allen melancholischen Gedanken befreit; er wurde lebhaft, er taute auf, mischte sich ohne weiteres in die Unterhaltung und verbrachte einen sehr schönen Abend.

Beim Essen trank er zwei Glas Champagner, was, wie jedermann weiß, ein ziemlich wirksames Mittel ist, um wieder in heitere Stimmung zu kommen. Unter dem Einfluß des prickelnden Getränks kam ihm der Gedanke, nicht sofort nach Hause zurückzukehren, sondern einer Dame von deutscher Herkunft, namens Karoline Bengel, zu der er zärtliche Beziehungen unterhielt, einen Besuch zu machen.

Ich muß hier hervorheben, daß der imponierende General nicht mehr jung war, ja daß man ihn sogar als einen musterhaften Gatten und ehrenwerten Familienvater betrachtete. Zwei Söhne, von denen der eine bereits in einem Ministerialbüro arbeitete, und eine Tochter von sechzehn Jahren mit einem hakenförmigen Näschen, im übrigen jedoch recht hübsch, kamen jeden Morgen zu ihm in sein Zimmer, um ihm die Hand zu küssen und ihm einen guten Morgen zu wünschen.

Seine Frau, die noch eine schöne glänzende Erscheinung war, reichte ihm erst ihre Hand zum Kuß, dann ergriff sie die seine, um sie an ihre Lippen zu drücken. Obwohl er sich in seinen häuslichen Banden sehr glücklich fühlte, glaubte er doch noch in einem anderen Stadtviertel ein zweites zärtliches Band unterhalten zu müssen. Die Frau, der er seinen Überfluß an Zärtlichkeit anbot, war weder liebenswürdiger noch jünger als seine eigene; aber so sind die Rätsel dieses Lebens ... Wir wollen hier nicht den Versuch machen, sie zu lösen.

Der General schritt also die Treppe hinab, warf sich in seinen Schlitten und sagte zu dem Diener:

»Zu Karoline Bengel.«

Sorgfältig in seinen Mantel gehüllt, machte er seinen Besuch in der besten Stimmung, in die ein Russe sich hineinzudenken vermag – in jener Stimmung, in der der Geist sich leicht in einem Kreise von Gedanken bewegt, von denen der eine immer angenehmer ist als der andere und die sich alle ganz ungesucht von selbst bieten. Er dachte an die Abendgesellschaft, in der er einige Stunden so angenehm verlebt, an all die treffenden Worte, durch die er die Gesellschaft in Lachen versetzt hatte. Einige davon wiederholte er sich mit halblauter Stimme und lachte noch einmal darüber.

Von Zeit zu Zeit jedoch ward er in seiner glücklichen Stimmung durch einen heftigen Windstoß gestört, der ihn plötzlich aus irgendeiner Ecke her überfiel und ihm einen Haufen Schneeflocken ins Gesicht schleuderte, ihm in die Falten seines Mantels drang und diesen wie ein Segel aufblähte, so daß er genötigt war, alle Kräfte anzuwenden, um ihn auf den Schultern festzuhalten.

Plötzlich fühlt er, wie eine mächtige Faust ihn kräftig am Kragen packt. Er wendet sich um, gewahrt ein kleines Männchen in einer alten Uniform und erkennt mit Entsetzen Akakis Gesicht – und dieses Gesicht war so bleich und eingefallen wie das eines Toten.

Der Titularrat öffnet den Mund und haucht eine Art Leichengeruch aus; und in demselben Augenblick hört der General mit unaussprechlichem Schaudern die Worte:

»Endlich habe ich dich! … So kann ich dich denn am Kragen packen … ich muß deinen Mantel haben … du hast dich nicht um mich gekümmert, da ich in Not war, ja du glaubtest mir noch Verweise geben zu müssen … Jetzt gib mir mal deinen Mantel her.«

Das versetzte dem hohen Würdenträger den Atem. In seinen Büros und namentlich seinen Untergebenen gegenüber war er ein Mann von imposanter Erscheinung – er brauchte nur die Augen auf einen Subalternbeamten zu heften, und alles um ihn herum rief: »Welch ein hoher, vornehmer Beamter!«

Aber wie viele hochmütige Beamte, hatte er vom Helden nur den äußeren Schein, und in diesem Augenblick befand er sich in solcher Aufregung, daß er ernstlich für seine Gesundheit fürchtete.

Mit fieberhafter zitternder Hand nahm er in eigner Person seinen Mantel ab und rief seinem Kutscher zu: »Nach Hause – schnell nach Hause!«

Als der Kutscher die Stimme hörte, die gar nicht klang wie sonst und die sehr oft von Peitschenhieben begleitet war, neigte er vorsichtig den Kopf und ließ seinen Schlitten wie einen Pfeil dahinfliegen. Kurz darauf befand sich der General in seinem Hausflur. Statt sich zu Karoline Bengel zu begeben, zog er sich in sein Zimmer zurück, ohne Mantel, mit bleichem Gesicht, wilden Blicken, und hatte eine so aufgeregte

Nacht, daß am folgenden Morgen seine Tochter ausrief: »Aber Papa, bist du denn krank?«

Allein er sagte kein Wort, weder von dem, was er gesehen, noch von dem Hause, das er hatte besuchen wollen. Das Ereignis machte einen sehr starken Eindruck auf ihn. Von diesem Tage an richtete er an seine Beamten nicht mehr die heftige Anrede:

»Wissen Sie auch, mit wem Sie sprechen? Wissen Sie auch, wer vor Ihnen steht?«

Oder wenn es ihm doch einmal begegnete, in gebieterischem Tone mit ihnen zu sprechen, geschah es doch wenigstens erst, nachdem er ihre Bitte ganz angehört hatte. –

Und seltsam! Von diesem Tage an ließ sich das Gespenst nicht mehr sehen. Vermutlich war es nur der Mantel des Generals, den es so eifrig gesucht hatte; nun hatte es ihn, und es verlangte weiter nichts. Verschiedene Personen behaupteten jedoch, dieser schreckliche Tote lasse sich auch noch in anderen Stadtvierteln sehen ... Ein Wachtposten hatte mit eigenen Augen das Gespenst aus einem Hause hervortreten sehen. Allein dieser Wachtposten war eine so ängstliche Natur, daß die Leute sich wegen seiner Furcht schon mehr als einmal über ihn lustig gemacht hatten. Da er es nicht wagte, den fliehenden Schatten, den er an sich vorüberhuschen sah, festzuhalten, glitt er selbst in der Dunkelheit hinter ihm her. Plötzlich wandte der Schatten sich um und schrie ihn an: Was willst du? wobei er ihm eine Faust zeigte, wie kein lebender Mensch je eine solche besessen hat.

»Ich will nichts!« antwortete der Wachtposten und zog sich schleunigst zurück.

Dieser Schatten jedoch war größer als der des Titularrats und trug einen ungeheuren Schnurrbart. Er ging mit großen Schritten auf die Obuchoffsche Brücke zu und verschwand dann in der nächtlichen Dunkelheit.

Der Newski-Prospekt

Es gibt nichts schöneres als den Newskij-Prospekt, wenigstens in Petersburg nicht: für Petersburg bedeutet er alles. Welcher Glanz fehlt noch dieser schönsten Straße unserer Hauptstadt? Ich weiß, daß keiner von den blassen und beamteten Einwohnern Petersburgs diese Straße gegen alle Kostbarkeiten der Welt eintauschen würde. Nicht nur der Fünfundzwanzigjährige, der einen wundervollen Schnurrbart und einen prachtvoll genähten Rock besitzt, sondern auch der, auf dessen Kinn weiße Stoppeln sprießen und dessen Kopf so kahl ist wie ein silbernes Tablett, ist vom Newskij-Prospekt entzückt. Und erst die Damen! Oh, den Damen ist der Newskij-Prospekt noch angenehmer! Und wem ist er nicht angenehm? Kaum hat man den Newskij-Prospekt betreten, so atmet man nichts als müßiges Herumschlendern. Wenn man sogar ein wichtiges, unaufschiebbares Geschäft vorhat, so vergißt man es, sobald man auf dem Newskij ist. Dies ist der einzige Ort, wo die Menschen nicht von irgendeiner Notwendigkeit getrieben erscheinen, nicht vom Geschäftsinteresse, von dem das ganze Petersburg ergriffen ist. Der Mensch, dem man auf dem Newskij-Prospekt begegnet, scheint weniger Egoist zu sein, als einer, den man in der Morskaja-, Gorochowaja-, Litejnaja-, Mjeschtschanskaja- und in jeder anderen Straße trifft, wo Gier und Habsucht auf allen Gesichtern ausgeprägt sind, die vorbeigehen und in Equipagen und in Droschken vorbeijagen. Der Newskij-Prospekt ist die wichtigste Verkehrsader von ganz Petersburg. Ein Bewohner des Petersburger oder des Wyborger Stadtteils, der seinen Freund, welcher im Peski-Stadtteil oder am Moskauer Tor wohnt, schon seit mehreren Jahren nicht besucht hat, kann sicher darauf rechnen, daß er ihm auf dem Newskij-Prospekt begegnet. Kein Adreßbuch und keine Auskunftsstelle können so zuverlässige Nachrichten geben wie der Newskij-Prospekt. Der Newskij-Prospekt ist allmächtig! Er ist die einzige Zerstreuung für das an Spaziergängen so arme Petersburg! Wie sauber sind seine Bürgersteige gekehrt, und, mein Gott, wieviel Füße hinterlassen auf ihm ihre Spuren! Der plumpe schmutzige Stiefel des gedienten Soldaten, unter dem selbst das Granitpflaster zu bersten scheint, das winzige, wie Rauch leichte Schuhchen der jungen Dame, die ihr Köpfchen den glänzenden Schaufenstern zuwendet, wie die Sonnenblume der Sonne, der rasselnde Säbel des von Hoffnungen erfüllten Fähnrichs, der in ihn eine scharfe Spur kratzt, – alles läßt ihn die Macht der Kraft und die Macht der Schwäche fühlen. Wie schnell wechseln hier die phantastischen Bilder im Laufe eines einzigen Tages ab! Wieviel Veränderungen muß er in vierundzwanzig Stunden erleiden! Fangen wir mit dem frühen Morgen an, wo ganz Petersburg nach heißen, frischgebackenen Broten riecht und von alten Weibern in zerrissenen Kleidern und Mänteln wimmelt, die die Kirchen und die mitleidigen Passanten überfallen. Um diese Stunde ist der Newskij-Prospekt leer: die dicken Ladenbesitzer und ihre Kommis schlafen noch in ihren holländischen Hemden, oder seifen sich ihre edlen Wangen ein, oder trinken Kaffee; die Bettler versammeln sich vor den Türen der Konditorei, wo der verschlafene Ganymed, der gestern mit den Tassen Schokolade wie eine Fliege herumgeflogen ist, ohne Halsbinde, mit einem Besen in der Hand erscheint und ihnen ausgetrocknete Kuchen- und Speisereste hinwirft.

Durch die Straßen zieht arbeitendes Volk; manchmal sieht man hier auch einfache russische Bauern, die in kalkbeschmierten Stiefeln, die selbst der Katharinen-Kanal, der wegen seiner Sauberkeit berühmt ist, nicht abwaschen könnte, zur Arbeit eilen. Um diese Stunde sollen sich Damen hier lieber nicht zeigen, denn das russische Volk wendet gerne so kräftige Ausdrücke an, die sie wohl auch nicht im Theater zu hören bekommen. Manchmal sieht man hier auch einen verschlafenen Beamten mit einer Aktentasche unter dem Arm, den der Weg nach seinem Departement zufällig über den Newskij führt. Man kann mit Bestimmtheit sagen, daß um diese Tageszeit, das heißt bis zur Mittagsstunde, der Newskij-Prospekt für niemand ein Ziel bildet; er ist für alle nur ein Mittel: er füllt sich allmählich mit Menschen, die ihre Beschäftigungen, ihre Sorgen und ihren Ärger haben und an ihn gar nicht denken. Der russische Bauer spricht von zehn Kopeken oder von sieben Kupfergroschen, die alten Männer oder Frauen schwingen die Arme oder sprechen mit sich selbst, manchmal mit recht ausdrucksvollen Gebärden, aber niemand hört ihnen zu und niemand lacht über sie, höchstens einige Jungen in bunten Hausröcken, die mit leeren Schnapsflaschen oder fertigen Stiefeln in den Händen wie der Blitz über den Newskij-Prospekt schießen. Um diese Zeit darf man nach Belieben gekleidet sein, – wenn man sogar statt eines Hutes eine Tellermütze aufhat, auch wenn der Kragen zu weit aus der Halsbinde hervorsteht, – niemand wird es merken.

Um zwölf Uhr wird der Newskij-Prospekt von den Hofmeistern aller Nationen mit ihren Zöglingen in Batistkragen überfallen. Die englischen Johns und die französischen Coqs gehen Arm in Arm mit den ihrer väterlichen Obhut anvertrauten Zöglingen und erklären ihnen mit gebührender Würde, daß die Schilder über den Kaufläden zu dem Zwecke angebracht seien, damit man erfahren könne, was in den Kaufläden selbst vorhanden sei. Die Gouvernanten, die blassen Misses und die rosigen Mademoiselles schreiten majestätisch hinter den leichtbeschwingten, koketten kleinen Mädchen einher und befehlen ihnen, die linke Schulter etwas höher zu ziehen und sich besser zu halten; kurz, der Newskij-Prospekt ist um diese Stunde ein pädagogischer Newskij-Prospekt. Aber gegen zwei Uhr nimmt die Zahl der Gouvernanten, der Pädagogen und der Kinder ab; sie werden allmählich von den zärtlichen Vätern der letzteren verdrängt, die Arm in Arm mit ihren buntgekleideten, nervenschwachen Lebensgefährtinnen gehen. Allmählich gesellen sich zu ihnen alle, die mit ihren wichtigen häuslichen Angelegenheiten fertig geworden sind: sie haben mit ihrem Hausarzt über das Wetter und über den kleinen Pickel gesprochen, der sich auf der Nase gebildet hat, haben sich nach dem Befinden ihrer Pferde und ihrer Kinder, die übrigens gute Fähigkeiten an den Tag legen, erkundigt, haben den Theaterzettel und eine wichtige Meldung in der Zeitung über die neueingetroffenen und die abgereisten Personen gelesen und schließlich eine Tasse Kaffee oder Tee getrunken; zu ihnen gesellen sich diejenigen, denen das beneidenswerte Los zugefallen ist, den gesegneten Posten eines Beamten für besondere Aufträge zu bekleiden. Zu ihnen gesellen sich auch diejenigen, die im Auswärtigen Amte dienen und sich durch ihre vornehmen Beschäftigungen und Angewohnheiten auszeichnen. Mein Gott, was gibt es doch für schöne Ämter und Posten! Wie erheben und erquicken sie das Herz! Ich aber stehe leider nicht im Staatsdienste und bin des Vergnügens beraubt, die feine, edle Behandlung durch die Vorgesetzten zu fühlen. Alles, was Sie auf dem Newskij-Prospekt sehen, ist von Wohlanständigkeit erfüllt: die Herren tragen lange Röcke und halten die Hände in den rückwärtigen Taschen, die Damen – rosa, weiße und blaßblaue Atlasmäntel und elegante Hüte. Hier können Sie Backenbärte sehen, die einzigen Backenbärte, die mit ungewöhnlicher und erstaunlicher Kunst hinter die Halsbinden gekämmt sind, samtweiche, atlassene Backenbärte, schwarz wie Zobel oder wie Kohle, die aber leider nur das Privileg des Auswärtigen Amtes allein bilden. Den Beamten der anderen Departements hat die Vorsehung die schwarzen Backenbärte versagt; sie müssen zu ihrem größten Ärger rötliche Backenbärte tragen. Hier sehen Sie Schnurrbärte, so herrlich, wie man sie mit keiner Feder beschreiben, mit keinem Pinsel darstellen kann; Schnurrbärte, denen die bessere Hälfte des Lebens geweiht ist, die den Gegenstand der größten Sorgfalt bei Tag und bei Nacht bilden; Schnurrbärte, mit den herrlichsten Parfüms begossen, mit den kostbarsten und seltensten Pomaden gesalbt; Schnurrbärte, die für die Nacht in das feinste Velinpapier gewickelt werden; Schnurrbärte, die von der rührendsten Anhänglichkeit ihrer Besitzer betreut werden und auf die alle Vorübergehenden neidisch sind. Tausende Sorten von bunten, leichten Hüten, Kleidern, Tüchern, an denen ihre Besitzerinnen zuweilen ganze zwei Tage lang hängen, blenden jeden, der durch den Newskij-Prospekt geht. Es ist, als hätte sich eine ganze Wolke von Schmetterlingen plötzlich von den Blumenstengeln erhoben und schwärme über den schwarzen Käfern des männlichen Geschlechts. Hier kann man solchen Taillen begegnen, wie man sie nicht mal im Traume gesehen hat: es sind feine, dünne Taillen, nicht stärker als ein Flaschenhals, – wenn man ihnen begegnet, tritt man respektvoll auf die Seite, um sie nicht irgendwie unvorsichtig mit dem unhöflichen Ellenbogen anzustoßen; Angst und Scheu übermannen einen, daß man nicht mit einem unvorsichtigen Atemzug dieses herrliche Produkt der Natur und der Kunst zerbreche. Und was für Damenärmeln kann man auf dem Newskij-Prospekt begegnen! Ach, diese Herrlichkeit! Sie haben einige Ähnlichkeit mit zwei Luftballons, so daß die Dame plötzlich in die Luft steigen könnte, wenn der Herr sie nicht festhielte; denn es ist ebenso leicht und angenehm, eine Dame in die Höhe zu heben, wie ein mit Champagner gefülltes Glas an die Lippen zu führen. Nirgends begrüßt man sich bei einer Begegnung so vornehm und so ungezwungen wie auf dem Newskij-Prospekt. Hier kann man das einzige Lächeln sehen, das Lächeln, das der Gipfel der Kunst ist, ein Lächeln, vor dem man zuweilen vor Vergnügen schmelzen kann, vor dem man sich plötzlich so winzig wie ein Grashalm fühlt und die Augen niederschlägt, zuweilen aber auch ein Lächeln, vor dem man sich höher als die Spitze des Admiralitäts-Turmes dünkt und den Kopf hebt. Hier begegnet man Menschen, die über ein Konzert oder über das Wetter mit ungewöhnlichem Anstand und einem ungewöhnlichen Gefühl für eigene Würde sprechen. Hier begegnet man Tausenden von unfaßbaren Charakteren und Erscheinungen. Du lieber

Gott, was für seltsame Charaktere trifft man auf dem Newskij-Prospekt! Es gibt hier eine Menge von solchen Menschen, die bei einer Begegnung mit Ihnen unbedingt auf Ihre Stiefel schauen, und, wenn Sie vorbeigegangen sind, sich umwenden, um sich Ihre Rockfalten anzusehen. Ich kann bis jetzt nicht begreifen, woher das kommt. Ich hatte anfangs geglaubt, es seien lauter Schuhmacher, aber das entspricht durchaus nicht den Tatsachen: sie sind zum größten Teil an allerlei Departements angestellt, viele von ihnen sind imstande, ein amtliches Schreiben von einer Amtsstelle an eine andere bestens abzufassen; oder es sind Menschen, die sich mit Spazierengehen und mit dem Lesen von Zeitungen in Konditoreien beschäftigen, – mit einem Worte, es sind zum größten Teil anständige Menschen. In dieser gesegneten Zeit zwischen zwei und drei Uhr nachmittags, die man die Zeit der Bewegung der ganzen Hauptstadt nennen kann, findet die Hauptausstellung der besten menschlichen Erzeugnisse statt: der eine zeigt einen eleganten Überrock mit dem schönsten Biberkragen; der andere eine herrliche griechische Nase; der dritte trägt einen wunderbaren Backenbart zur Schau; die vierte ein Paar schöne Augen und einen wunderbaren Hut; der fünfte – einen Ring mit einem Talisman auf dem gepflegten kleinen Finger; die sechste – ein Füßchen in einem entzückenden Schuh; der siebente – eine staunenswerte Krawatte; der achte – einen verblüffenden Schnurrbart. Aber es schlägt drei, die Ausstellung ist zu Ende, die Menge verzieht sich … Um drei Uhr ist eine neue Veränderung. Auf dem Newskij-Prospekt bricht plötzlich der Frühling an: er wimmelt auf einmal ganz von Beamten in grünen Uniformröcken. Die hungrigen Titular-, Hof- und sonstigen Räte bemühen sich, ihre Schritte zu beschleunigen. Die jungen Kollegien-Registratoren, die Gouvernements- und Kollegien-Sekretäre beeilen sich, die Zeit auszunützen und einmal durch den Newskij-Prospekt mit einer Miene zu gehen, als hätten sie beileibe nicht sechs Stunden in der Kanzlei gesessen. Aber die alten Kollegien-Sekretäre, Titular- und Hofräte gehen schnell mit gesenkten Köpfen: sie haben andere Dinge im Sinn, als die Spaziergänger zu mustern; sie haben sich von ihren Sorgen noch nicht ganz losgerissen; in ihren Köpfen ist ein Wirrwarr, ein ganzes Archiv begonnener und nicht beendeter Amtsgeschäfte; statt der Ladenschilder sehen sie lange Zeit nur Aktenschachteln oder das runde Gesicht des Kanzleivorstandes vor sich.

Von vier Uhr ab ist der Newskij-Prospekt leer, und man kann auf ihm kaum noch einem Beamten begegnen. Man sieht höchstens eine Näherin aus dem Wäschegeschäft, die mit einem Karton in den Händen über den Newskij-Prospekt läuft; irgendein unglückliches Opfer eines menschenfreundlichen Winkeladvokaten, das nun in seinem Friesmantel betteln gehen kann; irgendeinen zugereisten Sonderling, dem alle Stunden gleich sind; irgendeine lange Engländerin mit einem Strickbeutel und einem Buch in der Hand; einen Geschäftsdiener, einen Russen im baumwollenen Rock, mit hoher Taille und einem dünnen Bärtchen, der immer auf dem Sprung lebt und an dem sich alles bewegt: der Rücken, die Arme, die Beine und der Kopf, wenn er bescheiden über das Trottoir geht; manchmal auch einen armen Handwerker ... sonst begegnet man um diese Stunde auf dem Newskij-Prospekt niemand.

Sobald sich aber die Dämmerung auf die Häuser und die Straßen senkt, wenn der in eine Bastmatte gehüllte Nachtwächter auf die Leiter steigt, um die Laternen anzuzünden und in den niederen Ladenfenstern solche Stiche erscheinen, die sich am Tage nicht zu zeigen trauen, – dann wird der Newskij-Prospekt wieder lebendig und beginnt sich zu regen. Dann bricht jene geheimnisvolle Stunde an, wo die Lampen allen Dingen ein verlockendes, wunderbares Licht verleihen. Man begegnet vielen jungen Leuten, zum größten Teil Junggesellen, in warmen Röcken und Mänteln. Um diese Zeit läßt sich ein gewisses Ziel vermuten, oder, besser gesagt, etwas, was einem Ziele ähnlich sieht, etwas außerordentlich Unbewußtes; alle Schritte werden beschleunigt und werden überhaupt ungleichmäßig; lange Schatten gleiten über die Mauern und das Pflaster und erreichen mit ihren Köpfen beinahe die Polizeibrücke. Die jungen Kollegien-Registratoren, Gouvernements- und Kollegien-Sekretäre gehen sehr lange auf und ab; aber die alten Kollegien-Registratoren, Titular- und Hofräte sitzen zum größten Teil zu Hause, denn sie sind verheiratete Leute oder haben bei sich deutsche Köchinnen, die ihnen die Speisen sehr schmackhaft zubereiten. Jetzt begegnet man hier wieder den ehrenwerten Greisen, die mit solcher Würde und so wunderbarem Anstand um zwei Uhr auf dem Newskij-Prospekt spazierengegangen sind. Sie rennen ebensoschnell wie die jungen Kollegien-Registratoren, um einer Dame, die sie schon aus der Ferne bemerkt haben, unter den Hut zu sehen, einer Dame, deren dicke Lippen und dick bemalte Wangen vielen Spaziergängern so sehr gefallen, am meisten aber den Ladenkommis, den Geschäftsdienern und den Kaufleuten, die in deutschen Röcken in einem ganzen Rudel, gewöhnlich Arm in Arm, spazierengehen.

»Halt!« rief um diese Zeit der Leutnant Pirogow und zupfte den neben ihm gehenden, mit einem Frack und einem Mantel bekleideten jungen Mann am Ärmel. »Hast du sie gesehen?«

»Ich habe sie gesehen: herrlich, ganz wie Peruginos Bianca.«

»Von welcher sprichst du?«

»Von ihr, von der mit den dunklen Haaren … Was für Augen! Gott, was für Augen! Die ganze Figur, der Umriß, das Oval des Gesichts – ein wahres Wunder!«

»Ich spreche aber von der Blondine, die hinter ihr nach jener Seite ging. Warum folgst du dann nicht der Brünetten, wenn sie dir so gut gefällt?«

»Was denkst du dir!« rief der junge Mann im Frack errötend. »Sie ist doch nicht eine von jenen, die jeden Abend auf dem Newskij-Prospekt herumspazieren; sie muß eine sehr vornehme Dame sein«, fuhr er mit einem Seufzer fort: »der Mantel allein wird seine achtzig Rubel gekostet haben!«

»Einfaltspinsel!« rief Pirogow und stieß ihn gewaltsam nach jener Richtung, wo ihr leuchtender Mantel wehte. »Geh, du Narr, sonst verpaßt du sie! Ich gehe aber der Blondine nach.« Die beiden Freunde trennten sich.

… Wir kennen euch alle! – dachte bei sich Pirogow mit einem selbstgefälligen und selbstbewußten Lächeln, überzeugt, daß es keine Schönheit gäbe, die ihm widerstehen könnte.

Der junge Mann im Frack und Mantel ging mit schüchternen und bebenden Schritten nach der Seite, wo der bunte Mantel wehte, bald in grellen Farben leuchtend, wenn sie sich einer Laterne näherte, bald im Dunkel verschwindend, wenn sie sich von der Laterne entfernte. Sein Herz klopfte, und er beschleunigte unwillkürlich seine Schritte. Er wagte nicht einmal daran zu denken, daß er irgendein Recht auf die Aufmerksamkeit der sich entfernenden Schönen erlangen könne, noch viel weniger konnte er den schwarzen Gedanken zulassen, auf den der Leutnant Pirogow angespielt hatte; er wollte nur das Haus sehen, sich merken, wo dieses herrliche Wesen wohnte, das auf den Newskij-Prospekt vom Himmel herabgeflogen schien und das wohl gleich wieder, unbekannt wohin, entschweben wird. Er lief so schnell, daß er unaufhörlich solide Herren mit grauen Backenbärten vom Trottoir stieß.

Dieser junge Mann gehörte zu der Klasse, die bei uns eine ziemlich seltene Erscheinung bildet und zu den Bürgern Petersburgs nur im gleichen Maße zählt, in dem eine uns im Traume erscheinende Person zu der Welt der Wirklichkeit gehört. Dieser exklusive Stand ist sehr ungewöhnlich in dieser Stadt, wo fast alle Einwohner entweder Beamte, oder Kaufleute, oder deutsche Handwerker sind. Er war Künstler. Nicht wahr, eine seltsame Erscheinung – ein Petersburger Künstler? Ein Künstler im Lande des Schnees, im Lande der Finnen, wo alles naß, glatt, flach, bleich, grau und neblig ist! Diese Künstler gleichen gar nicht den italienischen Künstlern, die so stolz und heißblütig sind wie Italien und sein Himmel; sie sind vielmehr zum größten Teil ein gutmütiges, sanftes Völkchen, schüchtern und sorglos. So ein Künstler hängt mit einer stillen Liebe an seiner Kunst, trinkt in seinem kleinen Zimmer mit zwei Freunden Tee, spricht bescheiden über den geliebten Gegenstand und denkt niemals an einen Überfluß. So ein Künstler lädt irgendeine alte Bettlerin zu sich ein und zwingt sie, geschlagene sechs Stunden zu sitzen, um ihre elende, ausdruckslose Miene auf die Leinwand zu bannen. Er zeichnet die perspektivische Ansicht seines Zimmers, in dem allerhand künstlerisches Gerümpel herumliegt: Hände und Füße aus Gips, die durch die Zeit und den Staub kaffeebraun geworden sind, zerbrochene Staffeleien, eine umgeworfene Palette; einen Freund, der die Gitarre spielt, mit Farben beschmierte Wände und ein offenes Fenster, durch das man die blasse Newa und arme Fischer in roten Hemden sieht. Sie haben fast alle ein graues, trübes Kolorit – den unauslöschlichen Stempel des Nordens. Dabei hängen sie mit aufrichtigem Entzücken an ihrer Arbeit. Sie haben oft ein wahres Talent, das, wenn es nur in die frische Luft Italiens käme, sich sicher ebenso frei, groß und grell entfalten würde wie eine Pflanze, die man aus dem Zimmer endlich in die frische Luft bringt. Sie sind im allgemeinen schüchtern: ein Ordensstern und eine dicke Epaulette verwirren sie dermaßen, daß sie unwillkürlich den Preis ihrer Werke herabsetzen. Sie tragen sich zuweilen elegant, aber diese Eleganz erscheint bei ihnen zu auffallend und hat einige Ähnlichkeit mit einem Flicken auf einem alten Anzug. Man sieht sie manchmal in einem vorzüglichen Frack und einem schmutzigen Mantel, in einer kostbaren Samtweste und in einem mit Farben beschmierten Rock – so sieht man auch auf ihren unvollendeten Landschaften zuweilen eine mit dem Kopf nach unten gezeichnete Nymphe, die der Künstler, mangels eines anderen Platzes, auf den schmierigen

Grund eines früheren Werkes hingeworfen, an dem er einst mit solchem Genuß gearbeitet hatte. Er sieht einem niemals gerade in die Augen; tut er es doch, so blickt er trüb und nichtssagend; es ist niemals der Habichtblick eines Beobachters oder der Falkenblick eines Kavallerieoffiziers. Das kommt daher, weil er zur gleichen Zeit ihre Züge und die Züge irgendeines gipsernen Herkules sieht, der in seinem Zimmer steht, oder weil ihm ein Bild vorschwebt, das er zu malen beabsichtigt. Darum beantwortet er die Fragen oft unzusammenhängend, manchmal falsch, und die sich in seinem Kopf vermischenden Gegenstände vergrößern noch mehr seine Schüchternheit. Zu diesem Schlage gehörte auch der von uns geschilderte junge Mann, der Maler Piskarjow, ein schüchterner und scheuer Mensch, in dessen Seele aber Funken eines Gefühls glommen, die bei einer günstigen Gelegenheit zu einer Flamme auflodern konnten. Mit heimlichem Beben eilte er dem Gegenstande seiner Bewunderung nach, der ihn so tief erschüttert hatte, und er schien selbst über seine Kühnheit zu staunen. Das unbekannte Geschöpf, das seine Augen, Gedanken und Gefühle so mächtig anzog, wandte plötzlich den Kopf und sah ihn an. Mein Gott, was für göttliche Züge! Die blendend weiße entzückende Stirne war von achatgleichen Haaren beschattet. Sie bildeten wunderbare Locken, fielen zum Teil unter dem Hute hervor und berührten die Wangen, die von der abendlichen Kälte leicht gerötet waren. Die Lippen schienen von einem ganzen Schwarm entzückender Träume versiegelt. Alles, was von den Erinnerungen der Kindheit zurückbleibt, was beim Scheine der stillen Lampe Träume und eine stille Begeisterung weckt – alles schien in ihren harmonischen Lippen vereinigt, floß in ihnen zusammen und spiegelte sich in ihnen. Sie blickte Piskarjow an, und unter diesem Blicke erbebte sein Herz; ihr Blick war streng: ihre Züge drückten Entrüstung aus angesichts dieser frechen Verfolgung; aber auf diesem schönen Gesicht war sogar der Zorn berückend. Von Scham und Scheu ergriffen, blieb er stehen und schlug die Augen nieder; wie kann man aber diese Gottheit verlieren, ohne das Heiligtum gefunden zu haben, in dem sie sich niedergelassen hat? Solche Gedanken kamen dem jungen Träumer in den Sinn, und er entschloß sich, sie weiter zu verfolgen. Damit sie es aber nicht merke, blieb er weit hinter ihr zurück, blickte sorglos nach allen Seiten und betrachtete die Ladenschilder, ließ aber dabei keinen Schritt der Unbekannten aus den Augen. Es kamen immer weniger Passanten vorbei, die Straße wurde stiller, die Schöne sah sich um, und es kam ihm vor, als leuchte ein leichtes Lächeln auf ihren Lippen. Er erzitterte am ganzen Leibe und traute seinen Augen nicht. Nein, es war das trügerische Laternenlicht, das auf ihrem Gesicht eine Art Lächeln hervorgezaubert hatte; es waren seine eigenen Gedanken, die sich über ihn lustig machten. Aber ihm stockte der Atem, alles in ihm wurde zu einem einzigen Zittern, alle seine Gefühle glühten, und alles vor ihm war von einem Nebel umfangen; das Trottoir enteilte unter seinen Füßen, die Equipagen mit den galoppierenden Pferden schienen unbeweglich, die Brücke zog sich in die Länge und brach in ihrer Wölbung, das Haus stand auf dem Dache, ein Schilderhäuschen fiel auf ihn nieder, und die Hellebarde des Schutzmanns schien zugleich mit den goldenen Lettern des Ladenschildes und der gemalten Schere auf der Wimper seines Auges zu glänzen. Dies alles hatte ein einziger Blick, eine einzige Wendung des hübschen Köpfchens bewirkt. Ohne etwas zu hören, zu sehen und zu verstehen, folgte er den leichten Spuren der schönen Füßchen und bemühte sich, die Schnelligkeit seiner Schritte zu hemmen, die sich im gleichen Takte wie sein Herz bewegten. Zuweilen packte ihn ein Zweifel, ob ihr Gesichtsausdruck in der Tat so wohlwollend gewesen sei, und dann blieb er für einen Augenblick stehen; aber das Herzklopfen, eine unüberwindliche Gewalt und die Aufregung aller seiner Gefühle trieben ihn vorwärts. Er bemerkte sogar nicht, wie vor ihm plötzlich ein vierstöckiges Haus auftauchte, wie alle vier erleuchteten Fensterreihen ihn zugleich anblickten und wie das Geländer vor der Einfahrt ihn eisern abwehrte. Er sah, wie die Unbekannte die Treppe hinauflog, wie sie sich umwandte, den Finger auf die Lippen legte und ihm bedeutete, ihr zu folgen. Seine Knie zitterten, seine Gedanken glühten; ein Blitz der Freude durchzuckte sein Herz: nein, es war kein Traum mehr! Gott, wieviel Freude in einem einzigen Augenblick! Ein so herrliches Leben in diesen zwei Minuten!

Aber war das alles kein Traum? War denn sie, für deren himmlischen Blick allein er sein ganzes Leben hingeben könnte, in der Nähe deren Wohnung zu sein er schon für eine unsagbare Seligkeit hielt, war sie denn ihm soeben wirklich so wohl gewogen? Er flog die Treppe hinauf. Er empfand keinen einzigen irdischen Gedanken, er war nicht von der Flamme einer irdischen Leidenschaft entzündet, – nein, er war in diesem Augenblick rein und sündlos wie ein keuscher Jüngling, der noch das ungewisse, geistige Bedürfnis nach Liebe atmet. Das, was in einem verdorbenen Menschen kühne Wünsche geweckt haben würde, das heiligte seine Gedanken noch mehr. Dieses Vertrauen, das ihm dieses schwache, schöne Geschöpf entgegenbrachte, dieses Vertrauen hatte ihm das Gebot einer strengen Ritterlichkeit auferlegt, das Gelübde, alle ihre Befehle sklavisch zu befolgen. Er wollte nur, daß diese Befehle möglichst schwer und unerfüllbar seien, damit er sie mit einer noch größeren Anspannung seiner Kräfte befolgen könnte. Er zweifelte nicht daran, daß irgendein geheimes und zugleich wichtiges Ereignis die Unbekannte bewogen hatte, sich ihm anzuvertrauen; daß sie von ihm irgendwelche wichtigen Dienste verlangen würde, und er fühlte schon in sich eine Kraft und eine Entschlossenheit, alles zu wagen.

Die Treppe wand sich hinauf, und zugleich mit ihr wanden sich seine schnellen Gedanken. »Vorsichtiger!« erklang wie eine Harfe ihre Stimme und erfüllte alle seine Adern mit einem neuen Beben. In der dunklen Höhe des vierten Stockes klopfte die Unbekannte an die Tür; die Tür öffnete sich, und sie traten zusammen ein. Eine Frau von gar nicht üblem Aussehen empfing sie mit der Kerze in der Hand und sah Piskarjow so sonderbar und so frech an, daß er unwillkürlich seine Augen niederschlug. Sie traten in ein Zimmer. Drei weibliche Gestalten in drei verschiedenen Ecken boten sich seinen Blicken. Die eine legte Karten; die andere saß am Pianino und spielte mit zwei Fingern eine Art alte Polonäse; die dritte saß vor einem Spiegel, kämmte mit einem Kamme ihr langes Haar und dachte gar nicht daran, beim Eintritt eines Unbekannten diese Beschäftigung zu unterbrechen. Eine eigentümliche, unangenehme Unordnung, wie man sie sonst nur im Zimmer eines gleichgültigen Junggesellen trifft, herrschte hier überall. Die recht guten Möbelstücke waren von Staub bedeckt; die Spinne hatte die Stuckverzierungen des Plafonds mit ihrem Gewebe überzogen; durch die halbgeöffnete Tür sah man im Nebenzimmer einen mit einem Sporn versehenen Stiefel und den roten Vorstoß einer Uniform leuchten; eine laute Männerstimme und weibliches Lachen klangen ganz ungezwungen.

Mein Gott, wo war er hingeraten! Anfangs wollte er seinen Wahrnehmungen nicht trauen und musterte aufmerksamer die Gegenstände, die das Zimmer füllten; aber die kahlen Wände und die Fenster ohne Vorhänge wiesen auf das Fehlen einer sorgenden Hausfrau hin; die abgelebten Gesichter dieser elenden Geschöpfe, von denen sich das eine dicht vor seiner Nase hinsetzte und ihn ebenso ruhig betrachtete, wie einen Fleck auf einem fremden Kleide, – dies alles gab ihm die Überzeugung, daß er in eine ekelhafte Spelunke geraten war, wo das von der oberflächlichen Bildung und der schrecklichen Übervölkerung der

Hauptstadt gezeugte elende Laster nistete, in eine Behausung, wo der Mensch alles Reine und Heilige, was das Leben schmückt, gotteslästerlich erdrückt und verspottet hat, wo die Frau, diese Zierde der Welt, diese Krone der Schöpfung sich in ein seltsames, doppelsinniges Geschöpf verwandelt, wo sie zugleich mit der Reinheit der Seele alles Weibliche eingebüßt und sich alle ekelhaften Manieren und die Frechheit des Mannes angeeignet und schon aufgehört hat, jenes schwache, jenes herrliche, und von uns so verschiedene Wesen zu sein. Piskarjow maß sie vom Kopf bis zu den Füßen mit seinen erstaunten Blicken, als wolle er sich überzeugen, ob es dieselbe sei, die ihn auf dem Newskij-Prospekt bezaubert und hingerissen hatte. Aber sie stand vor ihm noch ebenso schön; ebenso schön waren noch ihre Haare und ebenso himmlisch schienen ihre Augen. Sie war noch recht frisch; sie war erst siebzehn Jahre alt; man konnte ihr ansehen, daß sie erst vor kurzer Zeit von dem schrecklichen Laster ergriffen worden war: es wagte noch nicht an ihren Wangen zu rühren, sie waren noch frisch und leicht gerötet; sie war schön.

Er stand unbeweglich vor ihr und war schon bereit, sich ebenso einfältigen Träumereien hinzugeben wie früher. Aber dieses lange Schweigen langweilte die Schöne, und sie lächelte vielsagend, ihm gerade in die Augen blickend. Doch dieses Lächeln war von einer eigenen, elenden Frechheit erfüllt: es war so seltsam und paßte ebenso zu ihrem Gesicht, wie der Ausdruck von Frömmigkeit zu der Fratze eines Wucherers oder ein Kontobuch zu einem Dichter. Er erbebte. Sie öffnete ihren hübschen Mund und begann etwas zu sprechen, aber es war so dumm, so abgeschmackt … Es war, als ob zugleich mit der Unschuld auch der Verstand den Menschen verließe! Er wollte nichts hören. Er war außerordentlich komisch und einfältig wie ein Kind. Statt dieses Wohlwollen auszunützen, statt sich über diesen Zufall zu freuen, wie sich an seiner Stelle wohl jeder andere gefreut haben würde, stürzte er wie eine Gazelle aus dem Zimmer und lief auf die Straße.

Mit gesenktem Kopf und herabhängenden Armen saß er in seinem Zimmer wie ein Bettler, der eine kostbare Perle gefunden und sie gleich wieder ins Meer hat fallen lassen. »Eine solche Schönheit, so göttliche Züge! Und wo? An welchem Ort? …« Das war alles, was er sagen konnte.

In der Tat, nie empfinden wir schmerzvolleres Mitleid als beim Anblick einer Schönheit, die vom verderblichen Odem des Lasters berührt worden ist. Wenn sich zum Laster noch die Häßlichkeit gesellt; aber die Schönheit, eine zarte Schönheit ... Wir können sie in unseren Gedanken doch nur mit Sündlosigkeit und Reinheit verbinden. Die Schöne, die den armen Piskarjow so bezaubert hatte, war in der Tat eine wunderbare, ungewöhnliche Erscheinung. Ihre Anwesenheit in dieser verächtlichen Gesellschaft schien um so ungewöhnlicher. Alle ihre Züge waren so rein geformt, der ganze Ausdruck des schönen Gesichts war von solchem Adel gezeichnet, daß man sich unmöglich denken konnte, das Laster hätte schon seine schrecklichen Krallen in sie geschlagen. Sie hätte für einen leidenschaftlichen Gatten eine kostbare Perle, eine ganze Welt, ein ganzes Paradies, ein ganzer Reichtum sein können; sie wäre ein herrlicher, stiller Stern in einem bescheidenen Familienkreise, wo sie mit einer einzigen Bewegung ihrer herrlichen Lippen süße Befehle erteilen würde. Sie könnte eine Gottheit in einem überfüllten Saale sein, auf dem strahlenden Parkett, im Scheine der Kerzen, unter der stummen Andacht der zu ihren Füßen liegenden Schar von Verehrern. Aber ach! Der schreckliche Wille eines Höllengeistes, der danach strebt, die Harmonie des Lebens zu stören, hatte sie mit Hohngelächter in diesen schrecklichen Abgrund geworfen.

Von einem herzzerreißenden Mitleid erfüllt, saß er vor der heruntergebrannten Kerze. Die Mitternacht war längst vorüber, die Turmuhr schlug halb eins, er aber saß unbeweglich, schlaflos, untätig. Der Schlummer benützte seine Unbeweglichkeit und fing schon an, sich seiner langsam zu bemächtigen, das Zimmer fing an zu verschwinden, nur noch die Kerzenflamme allein leuchtete durch die Visionen, als plötzlich ein Klopfen an der Tür ihn auffahren und zu sich kommen ließ. Die Tür ging auf, und ein Lakai in reicher Livree trat ein. In sein einsames Zimmer hatte noch niemals eine reiche Livree hineingeblickt, zudem zu einer so ungewöhnlichen Stunde ... Er konnte nichts begreifen und starrte mit Ungeduld und Neugierde den Lakai an.

»Die Dame«, sagte der Lakai mit einer höflichen Verbeugung, »bei der Sie vor einigen Stunden gewesen sind, läßt Sie zu sich bitten und schickt einen Wagen nach Ihnen.«

Piskarjow stand in stummem Erstaunen da: einen Wagen, ein livrierter Lakai! ... Nein, es ist wohl ein Mißverständnis ...

»Hören Sie einmal, mein Lieber«, sagte er schüchtern, »Sie haben sich wohl in der Adresse geirrt. Die Dame hat sie zweifellos nach jemand anders geschickt und nicht nach mir.«

»Nein, mein Herr, ich habe mich nicht geirrt. Sie haben doch geruht, die Dame zu Fuß zum Hause in der Litejnaja, ins Zimmer im vierten Stocke zu begleiten?«

»Ja, ich.«

»Nun, dann kommen Sie bitte schnell mit. Die Gnädige will Sie unbedingt sehen und bittet Sie, zu ihr ins Haus zu kommen.«

Piskarjow lief die Treppe hinunter. Draußen wartete wirklich ein Wagen. Er stieg ein, der Schlag wurde zugeklappt, die Pflastersteine dröhnten unter den Rädern und Hufen, und die erleuchtete Perspektive der Häuser mit den Laternen und den Ladenschildern flog an den Wagenfenstern vorbei. Piskarjow dachte während der ganzen Fahrt nach und wußte nicht, wie sich dieses Abenteuer zu erklären. Ein eigenes Haus, ein Wagen, ein Lakai in einer reichen Livree ... Dies alles reimte sich gar nicht mit dem Zimmer im vierten Stock, mit den staubigen Fenstern und dem verstimmten Pianino zusammen. Die Equipage hielt vor einer hell erleuchteten Einfahrt, und er war ganz erstaunt über die Reihe von Equipagen, das Stimmengewirr der vielen Kutscher, die hellerleuchteten Fenster und die Töne der Musik. Der Lakai in der reichen Livree half ihm aus dem Wagen und führte ihn respektvoll in einen Flur mit Marmorsäulen, in dem ein goldstrotzender Portier stand, überall Mäntel und Pelze herumlagen und eine helle Lampe brannte. Eine luftige Treppe mit glänzendem Geländer führte inmitten von Wohlgerüchen hinauf. Schon war er auf der Treppe, schon trat er in den ersten Saal und erschrak und taumelte vor den vielen Leuten zurück. Die ungewöhnliche Buntheit der Gäste verwirrte ihn; es war ihm, als hätte irgendein Dämon die ganze Welt in eine Menge verschiedener Stücke zerbröckelt und diese Stücke ohne jeden Sinn und Plan vermischt. Strahlende Damenschultern und schwarze Fräcke, Lüster, Lampen, luftige, schwebende Tüllgewebe, ätherleichte Bänder und die dicke Baßgeige, die hinter dem Geländer des wundervollen Chors hervorschaute, – alles blendete ihn. Er sah auf einmal eine solche Menge ehrenwerter Greise und Halbgreise mit Ordenssternen auf den Fräcken, von Damen, die so leicht, stolz und graziös über das Parkett glitten, oder in Reihen nebeneinander saßen; er hörte so viele französische und englische Worte; außerdem waren die jungen Männer in den schwarzen Fräcken von einem solchen Anstand erfüllt, sprachen und schwiegen mit solcher Würde, verstanden so ausgezeichnet, nichts Überflüssiges zu sagen, scherzten so majestätisch, lächelten so ehrfurchtsvoll, trugen so wunderbare Backenbärte zur Schau und verstanden so kunstvoll ihre schönen Hände zu zeigen, indem sie ihre Halsbinden zurechtzupften; die Damen waren so luftig, so tief in vollkommene Zufriedenheit und Wonne versunken, schlugen so entzückend die Augen nieder, – daß … aber schon das demütige Aussehen Piskarjows, der sich ängstlich an eine Säule lehnte, zeigte, daß er ganz die Fassung verloren hatte. In diesem Augenblick drängte sich die Menge um eine tanzende Gruppe. Die Tänzerinnen waren in durchsichtige Schöpfungen von Paris gehüllt, in Kleider, die aus Luft gewebt schienen; flüchtig berührten sie mit ihren funkelnden Füßchen das Parkett und schienen noch ätherischer, als wenn sie es überhaupt nicht berührten. Aber eine von ihnen war schöner als alle, prachtvoller und glänzender als alle gekleidet. Ein unsagbarer feiner Geschmack spiegelte sich in ihrem ganzen Aufputz, und dabei hatte man den Eindruck, als kümmere sie sich gar nicht um ihn, als sei alles ganz von selbst entstanden. Sie sah und sah zugleich auch nicht auf die Zuschauer, die sich um sie drängten, sie hielt ihre langen Wimpern gleichgültig gesenkt, und das blendende Weiß ihres Gesichtes erschien noch blendender, wenn sich bei einer Senkung des Kopfes ein leichter Schatten auf ihre entzückende Stirn legte.

Piskarjow wandte alle Mühe an, um sich durch die Menge zu schieben und die Schöne näher zu sehen; aber irgendein großer Kopf mit dunklem Kraushaar verdeckte sie zu seinem größten Ärger immer wieder vor ihm; außerdem hatte ihn die Menge so eingezwängt, daß er weder sich vorwärtszudrängen, noch zurückzuweichen wagte, aus Furcht, irgendeinen Geheimrat anzustoßen. Da hat er sich aber doch vorgedrängt und einen Blick auf seine Kleidung geworfen, um sie etwas in Ordnung zu bringen. Du lieber Himmel, was ist denn das?! Er hat ja einen über und über mit Farben beschmierten Rock an: in der Eile hatte er ganz vergessen, sich vor dem Aufbruch anständig umzuziehen. Er errötete bis über die Ohren, senkte den Kopf und wollte in die Erde versinken; aber auch das war ganz unmöglich: hinter ihm stand eine ganze Mauer von Kammerjunkern in glänzenden Uniformen. Er wünschte sich weit fort von der Schönen mit der herrlichen Stirne und den schönen Wimpern. Voller Angst hob er die Augen, um festzustellen, ob sie ihn nicht ansehe. Mein Gott, sie stand ja vor ihm! … Aber was ist das, was ist das? »Das ist sie!« rief er plötzlich ganz laut. Es war in der Tat sie, dieselbe, der er auf dem Newskij begegnet war und die er bis zu ihrer Wohnung begleitet hatte.

Sie hob indessen ihre Wimpern und sah alle mit ihrem heiteren Blick an. »Ach, wie schön! ...« das war alles, was er mit stockendem Atem sagen konnte. Sie ließ ihre Blicke im Kreise schweifen, – ein jeder wollte ihre Aufmerksamkeit auf sich lenken, aber sie wandte mit einer eigentümlichen Ermüdung und Gleichgültigkeit die Blicke von allen ab und richtete sie auf Piskarjow. Oh, welch ein Himmel! Welch ein Paradies! Schöpfer, gib mir die Kraft, es zu ertragen! Das Leben kann es nicht fassen, dieser Blick muß es zerstören und die Seele entführen! Sie gab ihm ein Zeichen, aber nicht mit der Hand und nicht durch ein Nicken des Kopfes, nein, in ihren alles zermalmenden Augen kam dieses Zeichen so leise, so unmerklich zum Ausdruck, daß niemand es wahrnehmen konnte; er aber sah und verstand es. Der Tanz dauerte lange; die müde Musik schien allmählich zu ersterben und zu erlöschen, schwang sich dann wieder auf, kreischte und dröhnte; endlich war der Tanz zu Ende. Sie setzte sich; ihre ermüdete Brust hob sich unter den zarten Tüllwolken; ihre Hand (Schöpfer, was für eine wundervolle Hand!) sank auf ihre Knie, fiel auf ihr luftiges Gewand, und ihr Kleid schien unter der Last dieser Hand Musik zu atmen, und seine zarte Fliederfarbe unterstrich noch mehr das blendende Weiß dieser herrlichen Hand. Nur einmal diese Hand berühren, – und nichts mehr! Keine anderen Wünsche, – alle anderen Wünsche sind zu kühn ... Er stand hinter ihrem Stuhl und wagte nicht, zu sprechen, wagte nicht, zu atmen. »Sie haben sich wohl gelangweilt?« sagte sie. »Auch ich habe mich gelangweilt. Ich merke, daß Sie mich hassen ...« fügte sie hinzu, indem sie ihre langen Wimpern senkte.

»Sie hassen? Ich? ... Ich? ...« wollte der ganz fassungslose Piskarjow sagen; er hätte auch gewiß eine Menge unzusammenhängender Worte gesagt, aber in diesem Augenblick nahte ihr ein Kammerherr mit einem schön frisierten Toupet und machte einige witzige und angenehme Bemerkungen. Er zeigte nicht ohne Anmut eine Reihe recht schöner Zähne und trieb mit jedem Witz einen spitzen Nagel in Piskarjows Herz. Endlich wandte sich zum Glück jemand an den Kammerherrn mit irgendeiner Frage.

»Wie unerträglich!« sagte sie und richtete auf ihn ihre himmlischen Augen. »Ich werde mich am anderen Ende des Saales hinsetzen: finden Sie sich dort ein!« Sie glitt durch die Menge und verschwand. Er bahnte sich wie wahnsinnig den Weg durch das Gedränge und stand schon neben ihr.

Sie war es wirklich! Sie saß wie eine Königin, schöner und herrlicher als alle, und suchte ihn mit den Augen.

»Sie sind hier?« sagte sie leise. »Ich will mit Ihnen aufrichtig sein: die Umstände unserer Begegnung sind Ihnen wohl merkwürdig vorgekommen. Glauben Sie denn, daß ich zu den verächtlichen Geschöpfen gehören könne, unter denen Sie mich trafen? Ihnen erscheinen meine Handlungen wohl sonderbar, aber ich will Ihnen das Geheimnis enthüllen. Sind Sie imstande«, sagte sie, indem sie auf ihn ihre Augen richtete, »es niemand zu verraten?«

»Oh, gewiß, gewiß, gewiß! ...«

In diesem Augenblick trat aber an sie ein älterer Herr heran; er begann mit ihr in einer Sprache zu reden, die Piskarjow unverständlich war, und reichte ihr den Arm. Sie warf einen flehenden Blick auf Piskarjow und bedeutete ihm durch ein Zeichen, auf seinem Platze zu bleiben und auf sie zu warten; aber er war in seiner Ungeduld nicht imstande, irgendwelche Befehle, selbst solche aus ihrem Munde, zu befolgen. Er ging ihr nach, aber die Menge drängte sich zwischen sie. Er konnte ihr fliederfarbenes Kleid nicht mehr sehen; von Unruhe ergriffen, drängte er sich von einem Zimmer ins andere und stieß alle unbarmherzig zur Seite; aber in allen Zimmern saßen lauter große Tiere beim Whist, in vollkommenes Schweigen gehüllt. In der Ecke eines Zimmers stritten einige ältere Herren über die Vorzüge des Militärdienstes gegenüber dem Zivildienste; in einer anderen Ecke machten einige junge Männer in gutsitzenden Fräcken flüchtige Bemerkungen über das mehrbändige Werk eines ernsten Dichters. Piskarjow fühlte, wie ein älterer Herr von respektgebietendem Aussehen ihn am Knopfe seines Fracks festhielt und sein Urteil über eine recht treffende Bemerkung, die er gemacht, hören wollte; er stieß ihn aber roh zur Seite und merkte sogar nicht, daß jener einen ziemlich hohen Orden am Halse hatte. Er lief in ein anderes Zimmer, – sie war dort nicht, in ein drittes, – auch dort war sie nicht. »Wo ist sie denn? Gebt sie mir! Oh, ich kann nicht leben, ohne sie zu sehen! Ich will hören, was sie mir sagen wollte!« Aber all sein Suchen war vergeblich. Unruhig, ermüdet drückte er sich in eine Ecke und blickte in die Menge; seine gespannten Augen sahen aber alles getrübt. Endlich sah er um sich deutlich die Wände seines eigenen Zimmers. Er hob die Augen: vor ihm stand der Leuchter mit fast erloschener Flamme; die ganze Kerze war geschmolzen; der Talg hatte sich auf seinen alten Tisch ergossen ...

Er hatte also nur geschlafen! Mein Gott, welch ein herrlicher Traum! Wozu mußte er auch erwachen? Warum hatte es nicht noch eine Minute gedauert? Sie wäre doch sicher wieder erschienen! Das Morgengrauen blickte mit seinem unangenehmen, trüben Scheine zu ihm ins Zimmer und ärgerte ihn. Das Zimmer lag so grau und unordentlich vor ihm … O wie abstoßend ist doch die Wirklichkeit! Was ist sie im Vergleich zu einem Traume. Er entkleidete sich schnell, legte sich ins Bett und hüllte sich in die Decke: er wollte unbedingt das entschwundene Traumbild zurückrufen. Ihn überkam wieder der Schlaf, er träumte aber von Dingen, die er gar nicht sehen wollte: bald erschien ihm der Leutnant Pirogow mit einer Pfeife, bald ein Diener der Kunstakademie, bald ein wirklicher Staatsrat, bald der Kopf einer Finnin, deren Bildnis er einmal gemalt hatte, und ähnlicher Unsinn.

Er lag bis zur Mittagstunde im Bett und bemühte sich, wieder einzuschlafen, sie erschien aber nicht. Wenn sie doch nur für einen Augenblick ihre herrlichen Züge zeigen wollte, wenn er doch nur einen Augenblick ihre leichten Schritte hören, ihre bloße, wie der Schnee auf den höchsten Bergesgipfeln leuchtende Hand sehen könnte!

Er hatte alles von sich geworfen, alles vergessen, und saß mit bestürzter, hoffnungsloser Miene, nur von dem einen Traumbilde erfüllt. Er wollte nichts anrühren; seine Augen blickten teilnahmslos und leblos durchs Fenster auf den Hof, wo ein schmutziger Wasserführer Wasser ausschenkte, das in der Luft einfror, und die Stimme eines Hausierers meckerte: »Alte Kleider zu verkaufen!« Alles Alltägliche und Wirkliche berührte seltsam sein Ohr. So saß er bis zum Abend und warf sich dann voller Sehnsucht ins Bett. Lange kämpfte er gegen die Schlaflosigkeit, und schließlich überwand er sie. Wieder hatte er einen Traum, einen gemeinen, häßlichen Traum. »Gott, erbarme dich meiner, zeig sie mir, wenn auch nur für einen Augenblick.« Er wartete wieder auf den Abend, er schlief wieder ein, und träumte wieder von irgendeinem Beamten, der ein Beamter und zugleich ein Fagott war. Oh, das war unerträglich! Endlich erschien sie! Er sah ihren Kopf, ihre Locken … sie sah ihn an … Oh, wie kurz! Und wieder versank alles in einem Nebel und wurde von einem dummen Traumgesicht verdeckt.

Endlich wurden diese Traumgesichte zu seinem eigentlichen Leben, und sein ganzes Leben nahm von nun an eine merkwürdige Form an: er schlief, sozusagen, im Wachen und wachte im Schlafen. Hätte ihn jemand stumm vor seinem leeren Tische sitzen oder durch die Straßen gehen sehen, so mußte er ihn für einen Nachtwandler halten oder für einen vom Alkohol vergifteten Menschen: so ausdruckslos war sein Blick. Seine angeborene Zerstreutheit entwickelte sich noch mehr und verjagte von seinem Gesicht gewaltsam alle Gefühle und Regungen. Nur beim Anbruch der Nacht wurde er wieder lebendig.

Dieser Zustand zerrüttete seine Kräfte, und seine schrecklichste Qual war, daß der Schlaf anfing, ihn ganz zu fliehen. Um seinen einzigen Reichtum zu erhalten, wandte er alle Mittel an, um den Schlaf wiederzuerlangen. Er hatte gehört, es gäbe wohl ein Mittel, den Schlaf wiederzuerlangen – man brauche nur Opium einzunehmen. Wo verschafft man sich aber Opium? Er erinnerte sich eines persischen Kaufmanns, der mit Schals handelte und der ihn bei fast jeder Begegnung bat, ihm eine junge Schöne zu malen. Er beschloß, zu diesem Perser zu gehen, in der Annahme, daß jener wohl sicher Opium habe.

Der Perser empfing ihn, mit untergeschlagenen Beinen auf einem Sofa sitzend. »Wozu brauchst du denn Opium?« fragte er ihn.

Piskarjow erzählte ihm von seiner Schlaflosigkeit.

»Gut, ich will dir Opium geben, du mußt mir aber eine junge Schöne malen. Sie muß sehr schön sein! Die Brauen schwarz, und die Augen groß wie Oliven; ich selbst soll aber neben ihr liegen und eine Pfeife rauchen! Hörst du, sie muß schön sein, sehr schön!«

Piskarjow versprach ihm alles. Der Perser ging für einen Augenblick hinaus und brachte ein Glas mit einer dunklen Flüssigkeit. Er goß einen Teil davon in ein Fläschchen und gab es Piskarjow mit der Weisung, nicht mehr als sieben Tropfen in Wasser zu nehmen. Piskarjow ergriff gierig das Gläschen, das er auch nicht für einen Haufen Goldes wieder hergegeben hätte, und stürzte nach Hause.

Zu Hause angelangt, goß er einige Tropfen in ein Glas Wasser, nahm es ein und warf sich aufs Bett.

Gott, diese Freude! Sie! Wieder sie, aber schon in einer ganz anderen Welt! Wie schön sitzt sie am Fenster eines freundlichen Landhäuschens! Ihre Kleidung atmet solche Schlichtheit, wie sie nur ein Dichter ersinnen kann. Das Haar auf ihrem Kopfe … Gott, wie einfach ist ihre Haartracht und wie gut steht sie zu ihrem Gesicht! Ein knappes Tüchlein liegt ganz lose auf ihrem schlanken Halse; alles an ihr ist so bescheiden, alles von einem geheimnisvollen, unbeschreiblichen Geschmack erfüllt. Wie lieblich ist ihr graziöser Gang! Wie musikalisch der Tritt ihrer Füße und das Rascheln ihres einfachen Kleides! Wie schön ihre Hand mit dem aus Haaren geflochtenen Armband. Sie spricht zu ihm mit Tränen in den Augen: »Verachten Sie mich nicht: ich bin gar nicht die, für die Sie mich halten. Sehen Sie mich doch aufmerksamer an und sagen Sie mir: bin ich denn dessen fähig, was Sie von mir denken?« – »Oh, nein, nein, soll jeder, der solches zu denken wagt ...«

Er erwachte aber gerührt, zerquält, mit Tränen in den Augen. – Es wäre besser, wenn du gar nicht existiertest, wenn du in dieser Welt nicht lebtest, sondern nur die Schöpfung eines begeisterten Künstlers wärest! Ich würde dann niemals von der Leinwand weichen, ich würde dich ewig anschauen und dich küssen, ich würde nur durch dich leben und atmen wie in einem schönen Traum, und dann wäre ich glücklich; andere Wünsche hätte ich nicht. Ich würde dich vor dem Einschlafen und vor dem Erwachen wie meinen Schutzengel anrufen, ich würde auf dich warten, wenn ich etwas Göttliches und Heiliges darzustellen hätte. Aber jetzt ... welch ein schreckliches Leben! Was nützt es mir, daß sie lebt? Ist denn das Leben eines Wahnsinnigen seinen Verwandten und Freunden, die ihn einst geliebt haben, angenehm! Gott, was ist unser Leben! Ein ewiger Kampf zwischen Traum und Wirklichkeit! –

Beiläufig solche Gedanken beschäftigten ihn ununterbrochen. Er dachte sonst an nichts, er nahm fast keine Speise zu sich und wartete mit der Ungeduld und der Leidenschaftlichkeit eines Liebhabers auf den Abend und auf das ersehnte Traumgesicht. Die ständige Richtung seiner Gedanken auf ein Ziel erlangte schließlich eine solche Gewalt über sein ganzes Sein und seine Phantasie, daß das ersehnte Bild ihm fast jeden Tag erschien, und zwar immer in einer, der Wirklichkeit gerade entgegengesetzten Lage, denn seine Gedanken waren vollkommen rein wie die Gedanken eines Kindes. Durch diese Träume wurde der Gegenstand seiner Sehnsucht selbst geläutert und verklärt.

Das Opium erhitzte seine Gedanken noch mehr, und wenn es je einen bis zum höchsten Grade des Wahnsinns, ungestüm, schrecklich, allverzehrend und stürmisch Liebenden gegeben hat, so war dieser Unglückliche er.

Von allen seinen Traumgesichten freute ihn eines mehr als alle anderen: er sah sein Atelier vor sich. Er war so heiter und saß so frohgemut mit der Palette in der Hand! Und auch sie war dabei. Sie war schon seine Frau. Sie saß an seiner Seite, den reizenden Ellenbogen auf die Stuhllehne gestützt, und sah seiner Arbeit zu. In ihren schmachtenden, müden Augen lag eine Last von Glück; alles im Zimmer atmete paradiesische Seligkeit; es war so hell, so schön aufgeräumt. Gott, sie lehnte ihr reizendes Köpfchen an seine Brust … Einen schöneren Traum hatte er noch nie gehabt. Er erwachte diesmal irgendwie frischer und weniger zerstreut als sonst. In seinem Kopfe schwirrten seltsame Gedanken. – Vielleicht ist sie durch einen unverschuldeten, schrecklichen Zufall in das Laster hineingezogen –, dachte er sich. – Vielleicht sehnt sich ihre Seele nach Reue; vielleicht möchte sie sich selbst aus ihrem schrecklichen Zustande befreien. Darf ich denn gleichgültig ihrem Untergange zusehen, während ich ihr doch bloß die Hand zu reichen brauche, um sie vor dem Ertrinken zu retten? –

Seine Gedanken gingen noch weiter. – Mich kennt niemand –, sagte er zu sich selbst, – niemand kümmert sich um mich, und auch ich kümmere mich um niemand. Wenn sie aufrichtige Reue äußert und ihren Lebenswandel ändert, werde ich sie heiraten. Ich muß sie heiraten und werde sicher viel besser tun, als viele, die ihre Haushälterinnen und oft sogar die verächtlichsten Geschöpfe heiraten. Meine Tat wird aber uneigennützig und vielleicht sogar groß sein; ich werde der Welt ihre schönste Zierde wiedergeben! –

Als er einen so leichtsinnigen Plan gefaßt, fühlte er, wie ihm das Blut ins Gesicht schoß; er trat vor den Spiegel und erschrak selbst vor seinen eingefallenen Wangen und seinem blassen Gesicht. Er kleidete sich sorgfältig an, wusch sich, kämmte sich das Haar, zog einen neuen Frack und eine elegante Weste an, warf sich den Mantel um und trat auf die Straße. Er atmete die frische Luft und fühlte sein Herz erfrischt wie ein Genesender, der zum erstenmal nach einer langen Krankheit ins Freie tritt. Sein Herz klopfte, als er sich der Straße näherte, die sein Fuß seit jener verhängnisvollen Begegnung nicht mehr betreten hatte.

Lange suchte er das Haus; sein Gedächtnis schien ihn im Stich zu lassen. Er ging zweimal durch die Straße und wußte nicht, vor welchem Haus sollte er stehenbleiben. Endlich kam ihm eines bekannt vor. Er lief schnell die Treppe hinauf und wer trat ihm entgegen? Sein Ideal, das geheimnisvolle Bild, das Original seiner Traumgesichte, diejenige, die sein Leben, sein schreckliches, qualvolles, süßes Leben ausgemacht hatte, – sie, sie selbst stand vor ihm. Er erzitterte; er war von Freude ergriffen und konnte sich vor Schwäche kaum auf den Füßen halten. Sie stand vor ihm noch ebenso schön da, obwohl ihre Augen verschlafen waren, obwohl ihr nicht mehr ganz frisches Gesicht blaß war; aber sie war immer noch herrlich.

»Ach!« rief sie, als sie Piskarjow erblickte, und rieb sich ihre verschlafenen Augen (es war aber schon zwei Uhr): »Warum sind Sie damals von uns weggelaufen?«

Er setzte sich erschöpft auf einen Stuhl und sah sie an.

»Ich bin eben aufgewacht; man hat mich erst um sieben Uhr früh heimgebracht. Ich war ganz betrunken«, fügte sie mit einem Lächeln hinzu.

Ach, wäre sie doch lieber stumm und der Sprache beraubt, statt solche Reden zu führen! Sie hatte ihm plötzlich wie in einem Panorama ihr ganzes Leben gezeigt. Aber er faßte sich dennoch ein Herz und entschloß sich, zu versuchen, auf sie durch Ermahnungen einzuwirken. Er nahm sich zusammen und hielt ihr mit zitternder und zugleich leidenschaftlicher Stimme das Schreckliche ihrer Lage vor. Sie hörte ihm mit aufmerksamem Gesicht und mit jenem Erstaunen zu, das wir bei einem unerwarteten und seltsamen Anblick zeigen. Sie blickte mit einem leisen Lächeln auf ihre Freundin, die, in einer Ecke sitzend, in ihrer Beschäftigung – sie reinigte einen Kamm – innehielt und ebenso aufmerksam dem neuen Prediger zuhörte.

»Ich bin allerdings arm«, sagte Piskarjow nach einer langen, belehrenden Ermahnung, »wir werden aber arbeiten, wir werden uns bemühen, unser Leben zu verbessern. Es gibt nichts Angenehmeres, als alles nur sich selbst zu verdanken. Ich werde an meinen Bildern arbeiten, du wirst, an meiner Seite sitzend, mich zur Arbeit begeistern und dabei sticken oder irgendeine andere Handarbeit machen – so werden wir keinen Mangel leiden.«

»Unmöglich!« unterbrach sie ihn mit einem Ausdruck von Verachtung. »Ich bin keine Wäscherin und keine Näherin, daß ich arbeiten sollte.«

Gott, in diesen Worten kam ihr ganzes gemeines, verächtliches Wesen zum Ausdruck, das Leben voller Leere und Müßiggang, diesen beiden getreuen Begleitern des Lasters.

»Heiraten Sie doch mich!« rief mit frecher Miene ihre Freundin, die bisher in der Ecke geschwiegen hatte. »Wenn ich Ihre Frau geworden bin, so werde ich so sitzen!« Bei diesen Worten verzerrte sie ihr elendes Gesicht zu einer dummen Grimasse, die die Schöne zum Lachen brachte.

Ach, das war schon zu viel! Das ging über seine Kraft! Er stürzte hinaus, als hätte er alle Gefühle und Gedanken verloren. Sein Verstand hatte sich getrübt: er irrte den ganzen Tag durch die Straßen, ohne Ziel, ohne etwas zu sehen, zu hören oder zu fühlen. Niemand wußte, ob er irgendwo übernachtet hatte oder nicht; von einem niedrigen Instinkt getrieben, kam er erst am nächsten Tag, blaß, in schrecklichem Zustande, mit zerzaustem Haar und mit dem Ausdruck von Wahnsinn im Gesicht in seine Wohnung zurück. Er schloß sich in sein Zimmer ein, ließ niemand herein und verlangte nichts.

Es vergingen vier Tage, und die Türe seines Zimmers wurde noch immer nicht geöffnet; schließlich war eine ganze Woche vergangen, – das Zimmer blieb immer noch verschlossen. Man stürzte zu seiner Türe, man rief ihn, er gab aber keine Antwort; endlich brach man die Türe auf und fand seinen leblosen Körper mit durchschnittener Kehle. Ein blutiges Rasiermesser lag auf dem Boden. An den krampfhaft ausgestreckten Armen und dem schrecklich verzerrten Gesichtsausdruck konnte man erkennen, daß seine Hand gezittert und daß er sich noch lange gequält hatte, ehe seine sündige Seele seinen Leib verlassen.

So ging das Opfer einer wahnsinnigen Leidenschaft, der arme Piskarjow zugrunde, der stille, schüchterne, bescheidene, kindlich einfältige Mensch, der in sich einen Funken von Talent trug, das sich vielleicht mit der Zeit zu einer großen und hellen Flamme entwickelt haben würde. Niemand beweinte ihn; niemand zeigte sich bei seiner entseelten Leiche, außer der gewöhnlichen Figur des Revieraufsehers und des gleichgültigen Polizeiarztes. Sein Sarg wurde in aller Stille, sogar ohne irgendwelche Riten, auf die Ochta geschafft. Hinter ihm folgend, weinte nur ein einziger Mensch, ein alter Soldat, und das auch nur, weil er ein Glas Branntwein zuviel getrunken hatte. Sogar der Leutnant Pirogow kam nicht, um die Leiche des Unglücklichen zu sehen, dem er bei Lebzeiten hohe Gunst erwiesen hatte. Übrigens hatte er ganz andere Dinge im Sinn: ihn beschäftigte ein außerordentliches Erlebnis. Wollen wir uns aber ihm zuwenden.

Ich mag keine Leichen, und es ist mir immer unangenehm, wenn ich einem langen Leichenzuge begegne und ein alter, als eine Art Kapuziner verkleideter Soldat sich mit der linken Hand eine Prise nimmt, weil die Rechte die Fackel halten muß. Ich fühle immer Ärger, wenn ich einen reichen Katafalk und einen mit Samt überzogenen Sarg sehe; aber mein Ärger vermischt sich mit Trauer, wenn ich sehe, wie auf einem Lastfuhrwerke ein gewöhnlicher, ungestrichener und unbedeckter Sarg eines armen Mannes geführt wird, dem nur irgendein armes Bettelweib, das ihm an einer Wegkreuzung begegnet, folgt, weil sie nichts anderes zu tun hat.

Ich glaube, wir haben den Leutnant Pirogow in dem Augenblick verlassen, als er sich von dem armen Piskarjow trennte und der Blondine vor ihnen nacheilte. Diese Blondine war ein zierliches und recht interessantes kleines Geschöpf. Sie blieb vor jedem Laden stehen und betrachtete die ausgestellten Gürtel, Halstücher, Ohrringe, Handschuhe und andere Bagatellen, sie drehte sich ununterbrochen hin und her, blickte nach allen Seiten und auch zurück. »Du meine Liebe!« sagte Pirogow, seiner selbst sicher, indem er die Verfolgung fortsetzte und das Gesicht mit dem Mantelkragen verdeckte, um nicht von einem seiner Bekannten gesehen zu werden. Aber es ist wohl nicht überflüssig, dem Leser zu melden, was für ein Mensch der Leutnant Pirogow war.

Bevor wir erklären, was für ein Mensch der Leutnant Pirogow war, wollen wir einiges über die Gesellschaft sagen, zu der Pirogow gehörte.

Es gibt Offiziere, die in Petersburg eine eigene, mittlere Gesellschaftsschicht darstellen. Bei einer Abendunterhaltung oder einem Diner im Hause eines Staatsrats oder Wirklichen Staatsrats, der diesen Dienstrang nach vierzigjähriger Mühe erlangt hat, kann man immer einen von ihnen treffen. Einige Töchter, so bleich und farblos wie Petersburg selbst, von denen einige schon überreif sind, ein Teetisch, ein Klavier und eine häusliche Tanzunterhaltung sind undenkbar ohne ein leuchtendes Epaulett, das beim Lampenlicht zwischen einer wohlerzogenen Blondine und dem schwarzen Frack eines Bruders oder eines Hausfreundes glänzt. Es ist außerordentlich schwer, so ein kaltblütiges junges Mädchen in Stimmung und zum Lachen zu bringen; es gehört eine große Kunst dazu, oder richtiger, gar keine Kunst. Man muß so sprechen, daß es weder allzu klug, noch allzu komisch sei, und dabei stets an die Bagatellen denken, die die Frauen so lieben. Das muß man den erwähnten Herren lassen: sie haben ein besonderes Talent, diese farblosen Schönen zum Lachen und zum Zuhören zu zwingen. Die vom Lachen erstickten Ausrufe: »Ach, hören Sie auf! Schämen Sie sich doch, einen so zum Lachen zu bringen!« sind oft ihr bester Lohn. In der höheren Gesellschaft kommen sie nur selten vor, oder richtiger gesagt, nie. Hier sind sie ganz von den Menschen verdrängt, die man in dieser Gesellschaft Aristokraten nennt. Im übrigen gelten sie als gebildete und wohlerzogene Menschen. Sie sprechen gerne über die Literatur, loben Bulgarin, Puschkin und Gretsch und fertigen Orlow mit Verachtung und geistreichen Sticheleien ab. Sie versäumen keinen einzigen öffentlichen Vortrag, und wenn er auch nur von der Buchhaltung oder sogar vom Forstwesen handelt. Im Theater begegnet man ihnen bei jedem Stück, höchstens solche Stücke ausgenommen, die wie »Filatka« ihren wählerischen Geschmack verletzen.

Im Theater sind sie immer anwesend. Für die Theaterdirektion sind sie die nützlichsten Menschen. Sie schätzen in den Stücken hauptsächlich schöne Verse, und lieben es, die Schauspieler laut vor die Rampe zu rufen; viele von ihnen, die in staatlichen Lehranstalten unterrichten oder junge Leute zum Eintritt in diese Lehranstalten vorbereiten, schaffen sich zuletzt ein Kabriolett und ein Paar Pferde an. Dann wird ihr Wirkungskreis noch weiter; schließlich bringen sie es so weit, daß sie eine Kaufmannstochter heiraten, die Klavier zu spielen versteht, an die hunderttausend Rubel mitbekommt und eine Menge bärtiger Verwandter hat. Diese Ehre können sie jedoch nicht früher erlangen, als bis sie es wenigstens zum Obersten gebracht haben, denn die russischen Kaufleute, deren Bärte immer noch etwas nach Sauerkohl riechen, wollen ihre Töchter unbedingt mit Generälen oder wenigstens Obersten verheiratet sehen.

Das sind die wichtigsten Charakterzüge der jungen Leute dieser Art. Der Leutnant Pirogow verfügte aber außerdem noch über eine Menge anderer Talente, die nur ihm allein eigen waren. Er deklamierte vorzüglich Verse aus dem »Dmitrij Donskoi« und aus »Verstand schadet« und verstand ausgezeichnet, Rauchringe aus seiner Pfeife steigen zu lassen, von denen er zuweilen ganze zehn Stück aufeinanderreihen konnte. Er verstand auch sehr angenehm den bekannten Witz zu erzählen, daß »die Kanone ein Ding für sich und auch das Einhorn ein Ding für sich sei«.

Es ist übrigens ziemlich schwer, alle Talente aufzuzählen, mit denen das Schicksal den Leutnant Pirogow ausgestattet hatte. Er liebte es, über eine Schauspielerin oder Tänzerin zu sprechen, drückte sich aber dabei viel weniger scharf aus, als über dieses Thema junge Fähnriche gewöhnlich zu sprechen pflegen. Er war mit seinem Dienstrang, den er erst vor kurzem bekommen hatte, sehr zufrieden; er pflegte zwar manchmal, wenn er sich aufs Sofa legte, zu sagen: »Ach, ach, ach! Alles ist eitel, was ist denn dabei, daß ich Leutnant bin?«, aber in seinem Inneren schmeichelte ihm doch seine neue Würde; beim Gespräch versuchte er oft wie nebenbei darauf anzuspielen, und als er einmal auf der Straße einem Regimentsschreiber begegnete, der ihm nicht höflich genug erschien, hielt er ihn sofort an und gab ihm in wenigen, aber eindringlichen Worten zu verstehen, daß er einen Leutnant und nicht etwa einen anderen Offizier vor sich habe. Er bemühte sich, dies besonders schön auszudrücken, da in diesem Augenblick gerade zwei gar nicht üble Damen vorbeigingen. Pirogow hatte überhaupt eine Leidenschaft für alles Schöne und erwies dem Maler Piskarjow seine Gunst; dies kam vielleicht auch daher, weil er zu gerne sein männliches Antlitz auf einem Bilde abkonterfeit gesehen hätte. Aber genug von den Eigenschaften Pirogows. Der Mensch ist ein so merkwürdiges Geschöpf, daß es ganz unmöglich ist, alle seine Vorzüge auf einmal darzulegen; je genauer man ihn betrachtet, um so mehr neue Eigenschaften entdeckt man an ihm, so daß man mit der Aufzählung nie zu Ende käme. Pirogow verfolgte also unausgesetzt die Unbekannte und unterhielt sie ab und zu mit Fragen, die sie nur selten, kurz und mit unartikulierten Lauten beantwortete. Sie gelangten durch das nasse Kasan-Tor in die Mjeschtschanskaja-Straße – die Straße der Tabak- und Kramläden, der deutschen Handwerker und der finnischen Nymphen. Die Blondine beschleunigte ihre Schritte und schlüpfte in das Tor eines ziemlich schmierigen Hauses. Pirogow folgte ihr. Sie lief eine enge, dunkle Treppe hinauf und trat in eine Tür, durch die ihr auch Pirogow kühn folgte. Er sah sich in einem großen Zimmer mit schwarzen Wänden und verräucherter Decke. Auf dem Tische lag ein Haufen eiserner Schrauben, Schlosserwerkzeuge, glänzender Kaffeekannen und Leuchter; der Fußboden war mit Messing- und Eisenspänen bedeckt. Pirogow merkte sofort, daß es die Wohnung eines Handwerkers war. Die Unbekannte flatterte graziös wie ein Vogel in eine Seitentüre. Pirogow besann sich einen Augenblick, entschloß sich aber dann, der russischen Regel zu folgen und weiter vorzudringen. Er kam in ein anderes Zimmer, das dem ersten gar nicht glich: es war sauber und ordentlich, was darauf hinwies, daß der Wirt ein Deutscher war. Pirogow sah vor sich ein Bild, das ihn in Erstaunen versetzte. Vor ihm saß Schiller – nicht der Schiller, der den »Wilhelm Tell« und die »Geschichte des Dreißigjährigen Krieges« geschrieben hatte, sondern der bekannte Klempnermeister Schiller aus der Mjeschtschanskaja-Straße. Neben Schiller stand Hoffmann, nicht der Dichter Hoffmann, sondern der recht tüchtige Schuhmachermeister aus der Offiziersstraße, ein großer Freund Schillers. Schiller saß betrunken auf einem Stuhle, stampfte mit dem Fuß und sprach etwas mit großem Eifer. Dies alles hätte Pirogow noch nicht so sehr in Erstaunen gesetzt, wie die außerordentlich seltsame Stellung dieser beiden Personen. Schiller saß da mit erhobenem Kopf, die ziemlich dicke Nase vorgestreckt, und Hoffmann hielt diese Nase mit zwei Fingern fest und bewegte die Schneide seines Schuhmachermessers auf der Oberfläche der Nase. Die beiden Herren sprachen deutsch, und darum konnte der Leutnant Pirogow, der von der deutschen Sprache nur »guten Morgen« verstand, von der ganzen Sache nichts verstehen. Schiller sagte übrigens, heftig gestikulierend, folgendes: »Ich will sie nicht, ich brauche die Nase nicht! Die Nase allein kostet mich drei Pfund Tabak im Monat. Ich zahle im schlechten russischen Laden, denn im deutschen Laden gibt es keinen russischen Tabak –, ich zahle im schlechten russischen Laden für jedes Pfund vierzig Kopeken; das macht im Monat einen Rubel und zwanzig Kopeken; zwölf mal ein Rubel zwanzig Kopeken macht vierzehn Rubel vierzig Kopeken. Hörst du, mein Freund Hoffmann? Für die Nase allein vierzehn Rubel vierzig Kopeken! An Feiertagen schnupfe ich aber Rapé, denn ich will nicht an Feiertagen schlechten russischen Tabak schnupfen. Im Jahre verschnupfe ich drei Pfund Rapé, zu zwei Rubel das Pfund. Sechs Rubel und vierzehn Rubel vierzig Kopeken macht zwanzig Rubel vierzig Kopeken für den Tabak allein! Das ist ja Raub am hellichten Tag! Ich frage dich, mein Freund Hoffmann, habe ich nicht recht?« Hoffmann, der auch selbst betrunken war, antwortete bejahend. – »Zwanzig Rubel vierzig Kopeken! Ich bin ein Schwabe; ich habe in Deutschland einen König. Ich will die Nase nicht! Schneide mir die Nase ab! Hier ist meine Nase!«

Wäre nicht das plötzliche Erscheinen des Leutnants Pirogow gewesen, hätte Hoffmann seinem Freund Schiller zweifellos so mir nichts, dir nichts die Nase abgeschnitten, denn er hielt das Messer schon so in der Hand, als wolle er eine Sohle zuschneiden.

Schiller ärgerte sich sehr darüber, daß eine unbekannte, ungebetene Person so ungelegen dazwischenkam. Obwohl er sich im angenehmen Zustande des Bier- und Weinrausches befand, fühlte er doch, daß die Anwesenheit eines fremden Zeugen in dieser Situation und bei dieser Beschäftigung etwas unpassend sei. Pirogow machte indessen eine leichte Verbeugung und sagte mit dem ihm eigenen Anstand: »Entschuldigen Sie bitte …«

»Marsch hinaus!« antwortete Schiller gedehnt.

Dies verdutzte den Leutnant Pirogow. Eine solche Behandlung war ihm ganz neu. Das Lächeln, das auf seinem Gesicht gespielt hatte, war plötzlich verschwunden. Er sagte mit dem Gefühl gekränkter Würde: »Es kommt mir so merkwürdig vor, mein Herr ... Sie haben es wohl nicht bemerkt ... ich bin Offizier ...«

»Was ist ein Offizier! Ich bin ein deutscher Schwabe. Ich selbst« – Schiller schlug hierbei mit der Faust auf den Tisch – »ich selbst werde Offizier sein: anderthalb Jahre Junker, zwei Jahre Leutnant, und ich bin gleich morgen Offizier. Aber ich will nicht dienen! Mit einem Offizier mache ich es so: pfff!« Schiller hielt sich bei diesen Worten die Hand vor den Mund und blies darauf.

Der Leutnant Pirogow merkte, daß ihm nichts anderes übrig blieb, als sich zu entfernen; aber diese Behandlung, die für seinen Dienstgrad so beleidigend war, berührte ihn unangenehm. Er blieb auf der Treppe einige Male stehen, als wolle er Mut fassen und sich überlegen, auf welche Weise er Schiller seine Frechheit heimzahlen könne. Schließlich sagte er sich, daß er Schiller entschuldigen könne, da sein Kopf so von Bier- und Weindämpfen angefüllt sei; zudem erinnerte er sich der hübschen Blondine, und er entschloß sich, die Angelegenheit zu vergessen. Am nächsten Tage erschien der Leutnant Pirogow früh des Morgens in der Klempnerwerkstätte Schillers. Im Vorzimmer empfing ihn die hübsche Blondine und fragte mit ziemlich strenger Stimme, die zu ihrem Gesichtchen so gut paßte: »Was wünschen Sie?«

»Ah, guten Morgen, meine Schöne! Haben Sie mich nicht erkannt? Dieser Schelm, diese hübschen Äuglein!«

Bei diesen Worten versuchte Pirogow mit artiger Gebärde ihr Kinn zu fassen; aber die Blondine schrie erschrocken auf und fragte ebenso streng: »Was wünschen Sie?«

»Nur Sie zu sehen, sonst wünsche ich nichts«, sagte der Leutnant Pirogow mit einem recht liebenswürdigen Lächeln und ging auf sie zu; als er aber merkte, daß die scheue Blondine durch die Türe schlüpfen wollte, fügte er hinzu: »Meine Liebe, ich muß mir Sporen machen lassen. Können Sie mir Sporen anfertigen?

Um Sie zu lieben, braucht man übrigens keine Sporen, sondern eher einen Zaum. Was für hübsche Händchen!«

Der Leutnant Pirogow war bei Erklärungen dieser Art immer außergewöhnlich liebenswürdig.

»Ich will gleich meinen Mann rufen«, rief die Deutsche und ging hinaus. Nach einigen Minuten erblickte Pirogow Schiller, der mit verschlafenen Augen vor ihn trat; er schien den gestrigen Rausch noch nicht ganz ausgeschlafen zu haben.

Als er den Offizier erblickte, erinnerte er sich an die Vorgänge von gestern wie an einen Traum. Seine Erinnerungen entsprachen zwar in keiner Weise der Wirklichkeit, aber er fühlte, daß er irgendeine Dummheit begangen hatte, und trat daher dem Offizier mit sehr strenger Miene entgegen. »Ich kann für die Sporen nicht weniger als fünfzehn Rubel verlangen«, sagte er, um Pirogow loszuwerden, denn es war ihm, als einem ordentlichen Deutschen sehr unangenehm, einen Menschen vor sich zu haben, der ihn in einer unanständigen Verfassung gesehen hatte. Schiller liebte es, ganz ohne Zeugen, mit nur zwei oder drei Freunden zu trinken und schloß sich sogar von seinen Gesellen ab.

»Warum denn so teuer?« fragte Pirogow freundlich.

»Es ist eben deutsche Arbeit«, versetzte Schiller kaltblütig, sich das Kinn streichelnd. »Ein Russe wird es wohl für zwei Rubel machen.«

»Schön, um Ihnen zu zeigen, daß ich Sie liebe und Ihre Bekanntschaft machen möchte, will ich die fünfzehn Rubel bezahlen.«

Schiller sann eine Minute lang nach: als ehrlicher Deutscher hatte er doch Gewissensbisse. Um Pirogow zu bewegen, den Auftrag zurückzuziehen, erklärte er, er könne die Sporen nicht früher als in zwei Wochen herstellen. Aber Pirogow erklärte sich ohne Widerspruch damit einverstanden.

Der Deutsche wurde wieder nachdenklich und überlegte sich, wie er diese Arbeit so ausführen könne, daß sie wirklich fünfzehn Rubel wert sei.

In diesem Augenblick trat die Blondine in die Werkstätte und suchte etwas auf dem Tisch, auf dem die vielen Kaffeekannen standen. Der Leutnant benutzte Schillers Versunkenheit, ging auf sie zu und drückte ihren Arm, der bis zur Schulter entblößt war.

Das gefiel Schiller gar nicht. »Frau!« schrie er.

»Was wollen Sie denn?« entgegnete die Blondine.

»Geh in die Küche!« Die Blondine entfernte sich.

»Also in zwei Wochen?« sagte Pirogow.

»Ja, in zwei Wochen«, antwortete Schiller nachdenklich. »Ich habe jetzt sehr viel Arbeit.«

»Auf Wiedersehen, ich komme noch vorbei!«

»Auf Wiedersehen!« antwortete Schiller und schloß hinter ihm die Tür.

Der Leutnant Pirogow entschloß sich, seine Bemühungen nicht aufzugeben, obwohl ihn die Deutsche sehr energisch abwies. Er konnte gar nicht begreifen, daß man ihm widerstehen könnte, um so weniger, als seine Liebenswürdigkeit und sein hoher Rang ihm alles Recht auf Aufmerksamkeit verliehen. Es ist allerdings auch zu bemerken, daß Schillers Frau bei ihrer Anmut sehr dumm war. Übrigens verleiht die Dummheit einer hübschen Gattin einen besonderen Reiz. Ich habe jedenfalls viele Männer gekannt, die über die Dummheit ihrer Frauen entzückt waren und in ihr alle Anzeichen kindlicher Unschuld sahen.

Die Schönheit wirkt Wunder. Alle inneren Mängel einer schönen Frau erscheinen nicht abstoßend, sondern im Gegenteil besonders anziehend; sogar das Laster selbst atmet an ihnen Anmut; ist aber diese Anmut nicht vorhanden, so muß die Frau zwanzigmal klüger sein als der Mann, um, wenn nicht Liebe, so doch wenigstens Achtung zu wecken. Schillers Frau war übrigens, trotz ihrer Dummheit, ihrer Pflicht als Gattin treu, und darum fiel es Pirogow ziemlich schwer, bei seinem kühnen Unternehmen einen Erfolg zu erringen. Die Überwindung von Hindernissen ist aber immer mit einem eigenen Genuß verbunden, und die Blondine wurde für ihn von Tag zu Tag interessanter. Er erkundigte sich recht oft nach seinen Sporen, und das wurde Schiller auf die Dauer lästig. Er wandte alle Mühe an, um mit den Sporen fertig zu werden; endlich waren sie fertig.

»Ach, was für eine wunderbare Arbeit!« rief der Leutnant Pirogow, als er die Sporen sah. »Gott, wie schön sind sie gemacht! Unser General besitzt keine solchen Sporen.«

Ein Gefühl von Selbstzufriedenheit ergriff Schillers Seele. Seine Augen blickten ziemlich vergnügt, und er fing an, sich mit Pirogow innerlich auszusöhnen.– Der russische Offizier ist ein kluger Mann! – dachte er bei sich.

»Nicht wahr, Sie könnten mir auch eine Fassung für einen Dolch oder für einen anderen Gegenstand anfertigen?«

»Oh ja, gewiß kann ich das!« antwortete Schiller mit einem Lächeln.

»Dann machen Sie mir eine Fassung für einen Dolch. Ich werde ihn Ihnen bringen. Ich habe einen guten türkischen Dolch, aber ich möchte mir für ihn eine andere Fassung machen lassen.«

Dies wirkte auf Schiller wie eine Bombe. Er runzelte die Stirne. – Da haben wir es! – sagte er zu sich und verwünschte sich innerlich, weil er diesen Auftrag selbst herausgefordert hatte. Er hielt es für unehrlich, ihn jetzt abzulehnen; außerdem hatte der russische Offizier seine Arbeit gelobt. – Er schüttelte einigemal den Kopf und erklärte sich einverstanden; aber der Kuß, den Pirogow beim Weggehen ganz frech der hübschen Blondine mitten auf den Mund drückte, brachte ihn ganz aus der Fassung.

Ich halte es nicht für überflüssig, den Leser mit Schiller etwas näher bekannt zu machen. Schiller war ein echter Deutscher im vollen Sinne des Wortes. Schon als Zwanzigjähriger, in jenem glücklichen Alter, wo der Russe in den Tag hinein zu leben pflegt, hatte Schiller sein ganzes Leben im voraus eingeteilt und wich dann von dieser Einteilung unter keinen Umständen ab. Er hatte sich vorgenommen, jeden Morgen um sieben Uhr aufzustehen, um zwei Uhr zu Mittag zu essen, in allen Dingen pünktlich zu sein und sich jeden Sonntag zu betrinken. Er hatte sich vorgenommen, im Laufe von zehn Jahren ein Kapital von fünfzigtausend Rubeln zusammenzusparen, und dieser Vorsatz war ebenso unabänderlich wie das Schicksal selbst, denn eher wird der Beamte vergessen, in das Portierzimmer seines Vorgesetzten hineinzublicken, als daß ein Deutscher sich entschließt, seinen Vorsatz zu ändern. Niemals und unter keinen Umständen überschritt er die ein für allemal festgesetzten Auslagen, und wenn der Kartoffelpreis stieg, so gab er keine Kopeke mehr aus, sondern setzte nur das Quantum herab; er blieb dabei zwar etwas hungrig, aber er gewöhnte sich daran. Seine Pünktlichkeit ging so weit, daß er sich vorgenommen hatte, seine Frau nicht mehr als zweimal im Laufe von vierundzwanzig Stunden zu küssen; um diese Zahl einzuhalten, und ihr ja keinen überzähligen Kuß zu geben, tat er nie mehr als einen Teelöffel Pfeffer in seine Suppe; an Sonntagen wurde diese Regel übrigens nicht so streng befolgt, denn Schiller trank an diesem Tage zwei Flaschen Bier und eine Flasche Kümmel, auf den er übrigens immer schimpfte. Er trank ganz anders als ein Engländer, der gleich nach dem Mittagessen seine Türe zuriegelt und sich ganz allein betrinkt. Als Deutscher trank er vielmehr immer mit Begeisterung und in Gesellschaft des Schuhmachermeisters Hoffmann oder des Tischlermeisters Kunz, der ebenfalls ein Deutscher und ein großer Säufer war. So war der Charakter des edlen Schiller, der schließlich in eine äußerst schwierige Lage geraten war. Er war zwar Phlegmatiker und ein Deutscher, aber die Handlungsweise Pirogows erregte in ihm zuletzt etwas wie Eifersucht. Er zerbrach sich den Kopf und konnte doch nichts ausdenken, auf welche Weise er sich von diesem russischen Offizier befreien könnte. Pirogow rauchte indessen im Kreise seiner Kameraden die Pfeife – die Vorsehung selbst hat es schon einmal so eingerichtet, daß Offiziere und Pfeife unzertrennlich sind – er rauchte also im Kreise seiner Kameraden die Pfeife und spielte mit bedeutungsvoller Miene und einem angenehmen Lächeln auf das Techtelmechtel mit einer hübschen Deutschen an, mit der er schon sehr intim zu sein behauptete, während er in Wirklichkeit fast jede Hoffnung aufgegeben hatte, sie jemals zu erobern.

Eines Tages spazierte er mal durch die Mjeschtschanskaja und blickte immer wieder auf das Haus, an dem das Schild Schillers mit den Kaffeekannen und den Samowars prangte; zu seiner größten Freude erblickte er das Köpfchen der Blondine, die sich aus einem Fenster beugte und die Vorübergehenden musterte. Er blieb stehen, warf einen Handkuß hinauf und rief: »Guten Morgen!« Die Blondine nickte ihm wie einem Bekannten zu.

»Ist Ihr Mann eigentlich zu Hause?«

»Er ist zu Hause«, antwortete die Blondine.

»Und wann ist er nicht zu Hause?«

»An Sonntagen pflegt er nicht zu Hause zu sein«, antwortete die einfältige Blondine.

– Das ist nicht schlecht –, dachte Pirogow bei sich – diesen Umstand müßte man ausnützen. – Am folgenden Sonntag schneite er zu der Blondine ins Haus hinein. Schiller war tatsächlich nicht zu Hause. Die hübsche Hausfrau erschrak; aber Pirogow ging diesmal sehr vorsichtig vor. Er behandelte sie mit dem größten Respekt und zeigte, indem er sich verbeugte, die ganze Schönheit seiner biegsamen, enggeschnürten Taille. Er scherzte sehr nett und höflich, aber die dumme Deutsche antwortete ihm auf alles sehr einsilbig. Nachdem er alles Mögliche versucht und eingesehen hatte, daß er sie für nichts zu interessieren vermochte, machte er ihr schließlich den Vorschlag, etwas zu tanzen. Die Deutsche erklärte sich damit augenblicklich einverstanden, denn alle deutschen Frauen und Mädchen tanzen überaus gern. Pirogow gründete darauf viele Hoffnungen: erstens machte ihr das Vergnügen; zweitens konnte er dabei seine ganze Gewandtheit und Geschicklichkeit zeigen; drittens kann man beim Tanzen leicht intim werden: man kann die hübsche Deutsche umarmen und damit den Anfang machen; kurz, er hoffte auf einen vollständigen Erfolg. Er fing an, eine Gavotte zu trällern, denn er wußte, daß man bei deutschen Frauen und Mädchen ganz allmählich vorgehen müsse. Die hübsche Deutsche trat in die Mitte des Zimmers und hob das schöne Füßchen. Diese Stellung entzückte Pirogow dermaßen, daß er über sie herfiel, um sie zu küssen; die Deutsche fing zu schreien an und erhöhte dadurch ihren Reiz in den Augen Pirogows. Er überschüttete sie mit Küssen, als plötzlich die Tür aufging, und Schiller in Begleitung Hoffmanns und des Tischlermeisters Kunz ins Zimmer trat. Diese ehrwürdigen Handwerker waren alle so betrunken wie die Schuster.

Aber ... ich überlasse es den Lesern selbst, sich den Zorn und die Entrüstung Schillers auszumalen.

»Rohling!« schrie er in höchster Empörung: »Wie wagst du es, meine Frau zu küssen? Du bist ein Schuft und kein russischer Offizier. Hol mich der Teufel! Nicht wahr, mein Freund Hoffmann? Ich bin ein Deutscher und kein russisches Schwein.« (Hoffmann antwortete bejahend.) »Oh, ich will keine Hörner tragen! Mein Freund Hoffmann, pack ihn am Kragen; ich will nicht!« fuhr er fort, heftig mit den Händen fuchtelnd, wobei sein Gesicht dem roten Tuche seiner Weste ähnlich wurde. »Ich lebe seit acht Jahren in Petersburg, ich habe in Schwaben eine Mutter und in Nürnberg einen Onkel; ich bin ein Deutscher und kein gehörntes Rindvieh! Zieh ihm alles aus, mein Freund Hoffmann! Halt ihn an Armen und Beinen fest, mein Kamerad Kunz!«

Und die Deutschen packten Pirogow an Armen und Beinen.

Vergeblich versuchte er sich frei zu machen; diese drei Handwerker waren die kräftigsten unter allen Petersburger Deutschen und behandelten ihn so roh und unhöflich, daß ich, offen gestanden, gar keine Worte finde, um dieses beklagenswerte Ereignis zu schildern.

Ich bin überzeugt, daß Schiller am nächsten Tag von einem heftigen Fieber geschüttelt wurde und wie ein Espenblatt zitterte, indem er jeden Augenblick das Erscheinen der Polizei erwartete, und daß er Gott weiß was alles dafür gegeben hätte, wenn das gestrige Erlebnis nur ein Traum gewesen wäre. Nun ließ sich aber nichts mehr ändern. Nichts läßt sich mit dem Zorn und der Empörung Pirogows vergleichen. Schon der bloße Gedanke an die fürchterliche Beschimpfung brachte ihn in Raserei. Sibirien und Knute hielt er für die geringste Strafe, die Schiller verdiente. Er eilte nach Hause, um sich umzuziehen und dann direkt zum General zu gehen und diesem in den grellsten Farben den von den deutschen Handwerkern verübten groben Unfug zu schildern. Zugleich wollte er auch eine schriftliche Anzeige beim Generalstab machen; und wenn die zudiktierte Strafe ungenügend ausfiele, wollte er sich an noch höhere Instanzen wenden.

Aber die Sache endete doch sonderbar: Auf dem Heimwege kehrte er in einer Konditorei ein, aß zwei Blätterteigkuchen, las einiges in der »Nordischen Biene« und verließ das Lokal mit weniger Zorn. Außerdem verführte ihn der recht angenehme kühle Abend, ein wenig durch den Newskij-Prospekt zu spazieren; um neun Uhr hatte er sich schon beruhigt und war zur Einsicht gekommen, daß es nicht gut gehe, den General an einem Sonntag zu belästigen. Außerdem sei dieser zweifellos irgendwohin abberufen worden. Darum begab er sich zu einem Gesellschaftsabend bei einem Vorsitzenden einer Kontrollkommission, wo er eine recht angenehme Gesellschaft von vielen Beamten und Offizieren seines Regiments antraf. Dort verbrachte er vergnügt den Abend und zeichnete sich bei der Mazurka so aus, daß nicht nur die Damen, sondern auch die Herren entzückt waren.

– Wie wunderbar ist doch unsere Welt eingerichtet! – dachte ich mir, als ich vorgestern durch den Newskij-Prospekt schlenderte und mich dieser beiden Ereignisse erinnerte. – Wie seltsam, wie unfaßbar spielt doch unser Schicksal mit uns! Erlangen wir je das, was wir uns wünschen? Erreichen wir das, wozu uns unsere Kräfte zu befähigen scheinen? Alles kommt immer anders. Dem einen hat das Schicksal die herrlichsten Pferde geschenkt, und er fährt mit ihnen gleichgültig spazieren, ohne auf ihre Schönheit zu achten, während ein anderer, dessen Herz von Leidenschaft für Pferde glüht, zu Fuß gehen muß und sich damit begnügt, daß er mit der Zunge schnalzt, wenn an ihm ein schöner Traber vorbeigeführt wird. Der eine hat einen vorzüglichen Koch, aber leider einen so kleinen Mund, daß er nicht mehr als zwei Stückchen verzehren kann; der andere hat einen Mund in der Größe des Schwibbogens am Generalstabsgebäude und muß sich leider mit einem deutschen Mittagessen aus Kartoffeln begnügen. Wie seltsam spielt doch das Schicksal mit uns! –

Am seltsamsten sind aber die Ereignisse, die sich auf dem Newskij-Prospekt abspielen. Oh, traut diesem Newskij-Prospekt nicht! Ich hülle mich immer in meinen Mantel, wenn ich über ihn gehe, und bemühe mich, die Gegenstände, denen ich begegne, gar nicht anzusehen. Alles ist Trug, alles ist Traum, alles ist ganz anders, als es erscheint! Ihr glaubt wohl, dieser Herr, der in dem vorzüglich genähten Rock spazierengeht, sei sehr reich? – keine Spur: er besteht nur aus seinem Rock. Ihr denkt wohl, daß diese beiden dicken Herren, die vor der im Bau befindlichen Kirche stehen geblieben sind, über ihre Architektur sprechen? – durchaus nicht: sie sprechen davon, wie merkwürdig die beiden Krähen einander gegenübersitzen. Ihr meint, dieser Enthusiast, der mit den Händen fuchtelt, spräche darüber, daß seine Frau aus dem Fenster mit einem Papierball auf einen ihm gänzlich unbekannten Offizier geworfen habe? – durchaus nicht: er spricht über Lafayette. Ihr glaubt, daß diese Damen … aber den Damen soll man am allerwenigsten trauen. Schaut möglichst wenig in die Schaufenster hinein: die Bagatellen, die da aus- gestellt sind, sind wohl schön, schmecken aber nach einer furchtbaren Menge von Banknoten. Gott behüte euch davor, den Damen unter die Hüte zu blicken. Wie anziehend auch in der Ferne der Mantel einer Schönen des Abends weht, niemals werde ich ihr aus Neugierde folgen. Man gehe um Gottes willen möglichst weit von der Laterne weg! Man gehe an ihr so schnell als möglich vorüber! Es ist noch ein Glück, wenn sie euch euren eleganten Rock mit ihrem stinkenden Öl betropft. Aber auch abgesehen von der Laterne, alles atmet hier Betrug. Er lügt zu jeder Stunde, dieser Newskij-Prospekt, am meisten aber dann, wenn die Nacht sich als dichte Masse über ihn senkt und die weißen und gelben Haus- mauern hervortreten läßt, wenn die ganze Stadt dröhnt und blitzt, wenn Myriaden von Equipagen sich über die Brücken wälzen, die Vorreiter schreien und im Sattel hüpfen, und wenn der Dämon selbst die Lampen entzündet, nur um alles in einem falschen Lichte erscheinen zu lassen.

Aufzeichnungen eines Wahnsinnigen

3. Oktober

Heute hat sich was Außergewöhnliches ereignet. Ich stand des Morgens ziemlich spät auf, und als Mawra mir meine geputzten Stiefel brachte, fragte ich sie, wie spät es sei. Als ich hörte, daß es schon längst zehn geschlagen habe, beeilte ich mich, mich anzukleiden. Offen gestanden, ich wäre am liebsten gar nicht ins Departement gegangen, da ich schon wußte, welch eine saure Miene unser Abteilungschef machen würde. Er pflegt mir schon seit längerer Zeit zu sagen: »Was hast du für ein Durcheinander im Kopfe, mein Bester? Manchmal rennst du wie ein Irrsinniger herum, bringst die Akten so durcheinander, daß der Satan selbst sich nicht auskennt, schreibst den Titel mit einem kleinen Anfangsbuchstaben und setzt weder Datum noch Nummer hin.« So ein verdammter Reiher! Er beneidet mich sicher, weil ich im Kabinett des Direktors sitze und für Seine Exzellenz die Federn zuschneide. Mit einem Worte, ich wäre gar nicht ins Departement gegangen, hätte ich nicht die Hoffnung gehabt, den Kassierer zu sehen und von diesem Juden wenigstens einen kleinen Vorschuß auf mein Gehalt zu erbetteln. Das ist auch so ein Geschöpf! Daß er auch nur einmal das Gehalt für einen Monat vorausbezahlt – du lieber Gott, eher bricht das Jüngste Gericht herein. Man mag ihn bitten, bis man zerspringt, und wenn man auch in der größten Klemme sitzt, der alte Teufel gibt keinen Pfennig her. Bei sich daheim läßt er sich aber von seiner eigenen Köchin ohrfeigen; das weiß die ganze Welt. Ich sehe nicht ein, was es für einen Vorteil haben soll, im Departement zu dienen: man hat ja gar keine Einnahmen dabei. In der Gouvernements-Verwaltung, in der Zivilkammer, im Rentamt ist es doch ganz anders: dort sitzt mancher Beamter in schäbigem Frack, mit einer Fratze, die man anspucken möchte, in seinem Winkelchen und schreibt, aber was sich der Kerl für eine Villa leistet! Mit einer vergoldeten Porzellantasse wage man sich an ihn gar nicht heran: »Das ist ja ein Geschenk für einen Doktor!« sagte er; man gebe ihm lieber entweder ein Paar Traber, oder einen Wagen, oder einen Biberpelz im Werte von dreihundert Rubeln. Er sieht so bescheiden aus und spricht so zart: »Leihen Sie mir doch Ihr Messerchen, ich will mir ein Federchen zuschneiden« – dabei rupft er aber den Bittsteller so, daß ihm kein Hemd am Leibe bleibt. Freilich ist unser Dienst edler, alles ist von einer Sauberkeit, wie man sie in einer Gouvernements-Verwaltung nie zu Gesicht bekommt, die Tische sind aus Mahagoni, und alle Vorgesetzten sagen zu einem »Sie« ... Ja, ich muß gestehen, wenn nicht dieser edle Dienst wäre, so hätte ich das Departement schon längst verlassen.

Ich zog meinen alten Mantel an und nahm den Schirm, denn es regnete in Strömen. Auf den Straßen war niemand; ich sah nur einige einfache Weiber, die ihre Rockzipfel über den Kopf geschlagen hatten, einige altrussische Kaufleute mit Regenschirmen und einige Kanzleidiener. Von besserem Publikum sah ich nur einen Beamten. Ich traf ihn an einer Straßenecke. Als ich ihn erblickte, sagte ich mir: – Aha, mein Lieber, du gehst gar nicht ins Departement; du steigst jener Dame nach, die dort vorne läuft, und schaust ihr auf die Füßchen. – Was für eine Bestie ist doch so ein Beamter! Er gibt selbst einem Offizier nichts nach: kaum sieht er so ein Wesen in einem Hütchen, sofort hat er mit ihr angebandelt. Als ich mir dieses dachte, sah ich eine Equipage vor einem Laden halten, an dem ich gerade vorüberging. Ich erkannte sie sofort: es war die Equipage unseres Direktors. – Er hat in diesem Laden nichts zu suchen –, dachte ich mir, – es wird wohl seine Tochter sein. – Ich drückte mich an die Wand. Der Lakai öffnete den Wagenschlag, sie hüpfte heraus wie ein Vögelchen. Wie bezaubernd blickte sie nach rechts und links und bewegte Brauen und Augen ... Du lieber Gott, ich war verloren, ganz verloren! ... Was braucht sie bei solchem Regen auszufahren! Nun soll mir einer sagen, daß die Frauen keine Leidenschaft für Tand haben. Sie erkannte mich nicht, und auch ich bemühte mich, mich in meinen Mantel zu hüllen, um so mehr als ich einen schmierigen und altmodischen Mantel anhatte. Man trägt jetzt Mäntel mit einem langen Kragen, ich hatte aber einen mit mehreren kurzen Kragen an; auch ist das Tuch meines Mantels gar nicht dekatiert. Ihr Hündchen hatte nicht Zeit gehabt, in die Ladentüre zu schlüpfen, und blieb auf der Straße zurück. Ich kenne dieses Hündchen. Es heißt Maggie. Es war noch keine Minute vergangen, als ich ein feines Stimmchen hörte: »Guten Tag Maggie!« Du lieber Gott, wer spricht denn da? Ich sah mich um und erblickte zwei Damen, die unter einem Regenschirm gingen: eine alte und eine ganz junge; sie waren schon vorbeigegangen, ich hörte aber neben mir wieder das Stimmchen: »Du solltest dich schämen, Maggie!« Teufel nochmal: ich sah, daß Maggie ein Hündchen beschnüffelte, das den beiden Damen folgte. – Aha! – dachte ich mir:

– Bin ich auch nicht betrunken? Ich glaube aber, das passiert mit mir nur selten. – »Nein, Fidèle, du irrst dich«, – ich sah mit eigenen Augen, daß Maggie diese Worte sprach: »Ich war, wau, wau, ich war, wau, wau, sehr krank.« Ach, dieses Hündchen! Offen gestanden, ich war sehr erstaunt, als ich den Hund mit einer Menschenstimme sprechen hörte; aber später, als ich mir alles überdachte, hörte ich auf, darüber zu staunen. Es hat doch in der Welt tatsächlich eine Menge ähnlicher Fälle gegeben. Man sagt, in England sei ein Fisch ans Ufer geschwommen, der zwei Worte in einer merkwürdigen Sprache gesagt habe, die die Gelehrten schon seit drei Jahren zu bestimmen suchen und noch immer nicht bestimmt haben. Ich habe in der Zeitung auch über zwei Kühe gelesen, die in einen Laden kamen und ein Pfund Tee verlangten. Ich war aber noch viel mehr erstaunt, als Maggie sagte: »Ich habe dir ja geschrieben, Fidèle; Polkan hat dir wahrscheinlich meinen Brief nicht übergeben!« Teufel nochmal: Ich habe mein Lebtag noch nie gehört, daß ein Hund schreiben kann. Richtig schreiben kann nur ein Edelmann. Allerdings pflegen auch Kaufleute, Ladengehilfen und sogar Leibeigene zu schreiben; aber ihr Schreiben ist meistens mechanisch: man findet darin weder Kommas, noch Punkte, noch einen Stil.

Das setzte mich in Erstaunen. Ich gestehe, seit einiger Zeit höre und sehe ich zuweilen solche Dinge, die noch kein Mensch gesehen und gehört hat. – Ich will mal diesem Hund nachgehen –, sagte ich zu mir selbst, – und erfahren, wer er ist und was er sich denkt. – Ich machte meinen Schirm auf und folgte den beiden Damen. Wir durchquerten die Gorochowaja, bogen dann in die Mjeschtschanskaja ein, dann in die Stoljarnaja, kamen zur Kokuschkin-Brücke und blieben schließlich vor einem großen Hause stehen. – Dieses Haus kenne ich –, sagte ich mir, – es ist Swjerkows Haus. – So ein Ungeheuer von einem Haus! Was für Leute wohnen nicht alles darin: so viele Köchinnen, so viele Zugereiste! Von uns Beamten gibt es da aber so viele wie Hunde: der eine sitzt auf dem anderen und treibt den dritten an. Ich habe da auch einen Freund, der sehr gut Trompete spielt. Die Damen stiegen in den fünften Stock hinauf. – Gut –, dachte ich mir, – heute gehe ich noch nicht hinauf, ich will mir nur das Haus merken und bei der nächsten Gelegenheit daraus Nutzen ziehen. –

Heute ist Mittwoch, und darum war ich bei unserem Direktor im Kabinett. Ich kam absichtlich etwas früher, setzte mich hin und schnitt alle Federn zurecht. Unser Direktor ist wahrscheinlich ein sehr kluger Mann. Sein Kabinett ist voller Bücherschränke. Ich las die Titel einiger von ihnen: solch eine Gelehrsamkeit, daß sich unsereins gar nicht heranwagen darf, alles entweder französisch oder deutsch. Und wenn man ihm ins Gesicht blickt – du lieber Gott, was für eine Würde leuchtet aus seinen Augen! Ich habe noch nie gehört, daß er ein überflüssiges Wort gesagt hätte. Wenn man zu ihm mit den Papieren kommt, fragt er nur: »Was für ein Wetter ist heute?« – »Es ist feucht, Euer Exzellenz!« Ja, er ist doch etwas anderes als unsereins! Ein Staatsmann. – Ich merke jedoch, daß er mich besonders lieb hat und auch seine Tochter … Ach, verdammt! … Nichts, gar nichts, Schweigen! – Ich las in der »Nordischen Biene«. Was für ein dummes Volk sind diese Franzosen! Was wollen sie denn eigentlich? Lieber Gott, ich würde sie alle hernehmen und mit Ruten züchtigen! In der gleichen Zeitung las ich auch die Beschreibung eines Balles, die einen Kursker Gutsbesitzer zum Verfasser hat. Kursker Gutsbesitzer schreiben sehr schön. Da merkte ich, daß es schon halb eins schlug, unser Direktor aber noch immer nicht aus seinem Schlafzimmer herausgekommen war. So um halb zwei ereignete sich etwas, was keine Feder zu beschreiben vermag. Die Türe ging auf, ich dachte, es sei der Direktor, und sprang mit den Papieren vom Stuhle auf; es war aber sie, sie selbst! Alle Heiligen, wie war sie gekleidet! Ihr Kleid war so weiß wie ein Schwan, Gott, wie herrlich! Und als sie mich anblickte, so war es wie die Sonne! Bei Gott, wie die Sonne! Sie nickte mir zu und sagte: »War Papa noch nicht hier?« Ach, ach, ach, diese Stimme! Ein Kanarienvogel, tatsächlich ein Kanarienvogel! »Eure Exzellenz«, wollte ich ihr sagen, »lassen Sie mich nicht strafen, und wenn Sie mich schon strafen wollen, so strafen Sie mich mit Ihrem eigenen Händchen!« Aber meine Zunge versagte, und ich sagte nur: »Nein, er war noch nicht hier.« Sie sah mich an, sah auf die Bücher und ließ ihr Taschentuch fallen. Ich stürzte hin, um es aufzuheben, glitt auf dem verdammten Parkett aus und hätte mir beinahe die Nase zerschlagen; aber ich hielt mich noch aufrecht und hob das Taschentuch auf. Alle Heiligen, was für ein Taschentuch! Der feinste Batist! Ambra, ganz wie Ambra! Er duftet förmlich nach dem Generalsrang! Sie dankte und lächelte leise, so daß ihre zuckersüßen Lippen sich fast gar nicht regten, und dann ging sie. Ich blieb noch eine Stunde lang sitzen, als plötzlich der Lakai eintrat und sagte: »Gehen Sie, Aksentij Iwanowitsch, heim, der Herr ist schon aus dem Hause gegangen.« Ich kann dieses Lakaienvolk nicht ausstehen: Immer rekeln sie sich im Vorzimmer und geben sich nicht mal die Mühe, mit dem Kopf zu nicken. Und noch mehr als das: einer dieser Bestien fiel es einmal ein, mir, ohne vom Platze aufzustehen, eine Prise anzubieten. »Weißt du denn nicht, du dummer Knecht, daß ich ein Beamter und von adeliger Abstammung bin?« Ich nahm jedoch meinen Hut, zog selbst meinen Mantel an, denn diese Herren geben sich niemals die Mühe, einem in den Mantel zu helfen, und ging. Zu Hause lag ich fast die ganze Zeit auf dem Bett. Dann schrieb ich ein sehr hübsches Gedicht ab:

> »Liebster Schatz blieb aus ein Stündchen,
> doch mir wars, als wär's ein Jahr!
> Immer dacht' ich an ihr Mündchen
> und ans seidenweiche Haar!«

Das hat wohl Puschkin verfaßt. Gegen Abend hüllte ich mich in meinen Mantel, ging vors Haus Seiner Exzellenz und wartete, ob sie nicht erscheinen würde; aber sie erschien nicht.

6. November

Der Abteilungschef brachte mich heute ganz aus der Fassung. Als ich ins Departement kam, rief er mich zu sich und sagte zu mir folgendes: »Sag mir, bitte, was tust du eigentlich?« – »Was ich tue? Ich tue gar nichts.« – »Überlege es dir doch: du bist ja bald vierzig Jahre alt, es ist Zeit, daß du Verstand annimmst. Was denkst du dir eigentlich? Glaubst du vielleicht, daß ich deine Streiche nicht kenne? Du läufst ja der Tochter des Direktors nach. Schau dich selbst an und bedenke, was du bist! Du bist eine Null. Du hast keinen Heller. Betrachte wenigstens dein Gesicht im Spiegel, wie kannst du daran auch nur denken!« Hol ihn der Teufel! Weil sein Gesicht einige Ähnlichkeit mit einer Apothekerflasche hat, weil er auf dem Kopfe einen gekräuselten Haarschopf hat, weil er den Kopf hoch trägt und mit irgendeiner Rosenpomade schmiert, glaubt er, ihm allein sei alles erlaubt. Ich verstehe, warum er so böse auf mich ist. Er beneidet mich. Vielleicht hat er schon gemerkt, daß ich bevorzugt werde. Aber ich spucke auf ihn. Auch eine große

Sache – ein Hofrat! Hat sich eine goldene Uhrkette an den Bauch gehängt, läßt sich Stiefel zu dreißig Rubel das Paar machen – hol ihn der Teufel! Bin ich vielleicht von niederem Stande, stamme ich von einem Schneider oder von einem Unteroffizier ab? Ich bin ein Edelmann! Ich kann mich noch hinaufdienen. Ich bin nur zweiundvierzig Jahre alt, und in diesem Alter beginnt erst der richtige Dienst. Wart, Freundchen! Auch wir werden noch einmal Oberst sein und, so Gott will, vielleicht noch mehr. Auch wir werden uns eine Wohnung anschaffen, vielleicht eine bessere als die deinige. Was hast du dir in den Kopf gesetzt, daß es außer dir keinen anständigen Menschen gibt. Wenn ich einen feinen Frack nach der neuesten Mode anziehe und mir eine Krawatte umbinde, wie du eine trägst, so reichst du nicht an meine Schuhsohle heran. Ich habe bloß keine Mittel, das ist mein Unglück.

8. November

Ich war im Theater. Man spielte den »Russischen Narren Filatka«. Ich habe viel gelacht. Es gab noch eine Posse mit sehr lustigen Versen über die Gerichtsschreiber, besonders über einen gewissen Kollegien-Registrator; die Verse waren sehr frei, und ich mußte mich wundern, daß die Zensur sie hat passieren lassen; von den Kaufleuten hieß es aber ganz offen, daß sie das Volk betrügen und daß ihre Söhne tolle Streiche machen und nach dem Adelsstande streben. Es gab auch ein sehr amüsantes Couplet über die Journalisten: diese schimpfen gerne auf alles, und der Autor bittet das Publikum um Schutz. Die Autoren schreiben heute sehr amüsante Stücke. Ich besuche gerne das Theater. Wenn ich nur einen Groschen in der Tasche habe, kann ich mich nicht beherrschen und muß hinein. Unter unseren Beamten gibt es aber solche Schweine, die niemals ins Theater gehen; höchstens, wenn man ihnen ein Billett schenkt. Eine Schauspielerin sang sehr schön. Ich mußte an *sie* denken ... Ach, verdammt! ... Nichts, gar nichts ... Schweigen.

9. November

Um acht Uhr ging ich ins Departement. Der Abteilungschef tat so, als bemerkte er mein Erscheinen gar nicht. Auch ich meinerseits tat so, als wäre zwischen uns nichts vorgefallen. Ich sah die Akten durch und verglich sie miteinander. Um vier Uhr ging ich fort. Ich kam an der Wohnung des Direktors vorbei, aber es war niemand zu sehen. Nach dem Essen lag ich meistenteils wieder auf dem Bett.

Heute saß ich im Kabinett unseres Direktors und schnitt für ihn dreiundzwanzig Federn und für sie ... ei! ei! ... für Ihre Exzellenz vier Federn. Er hat es sehr gern, wenn auf dem Tische möglichst viel Federn bereitliegen. Gott, das muß ein Kopf sein! Er schweigt immer, aber im Kopfe, glaube ich, überlegt er sich alles. Ich möchte so gern wissen, worüber er hauptsächlich denkt und was für Pläne in diesem Kopfe entstehen. Ich möchte mir das Leben dieser Herren näher ansehen, alle diese Equivoquen und Hofintrigen: wie sie sind und was sie in ihrem Kreise treiben, das möchte ich wissen! Ich wollte schon einigemal ein Gespräch mit Seiner Exzellenz beginnen, aber die Zunge, hol sie der Teufel, versagte mir ihren Dienst; ich sagte bloß, daß es draußen kalt oder warm sei, sonst konnte ich aber nichts mehr herausbringen. Ich möchte so gern in den Salon hineinblicken, dessen Türe manchmal offensteht, und dann auch noch in ein anderes Zimmer, hinter dem Salon. Ach, diese reiche Einrichtung! Was für Spiegel und Porzellan! Ich möchte so gerne auch in die Zimmer hineinblicken, die Ihre Exzellenz bewohnt, – da möchte ich hineinschauen! Ins Boudoir, wo alle die Döschen, Gläschen stehen, so zarte Blumen, daß man gar nicht hinzuhauchen wagt, wo ihr Kleid liegt, das eher an Luft als an ein Kleid erinnert. Ich möchte in ihr Schlafzimmer hineinblicken ... dort sind wohl solche Wunder, dort ist solch ein Paradies, wie man es nicht einmal im Himmel findet. Ich möchte das Bänkchen sehen, auf das sie, wenn sie vom Bette aufsteht, ihr Füßchen setzt, wie sie sich das schneeweiße Strümpfchen anzieht ... Ei! ei! ei! Nichts, gar nichts ... Schweigen.

Heute ging mir plötzlich ein Licht auf: ich erinnerte mich an das Gespräch der beiden Hündchen, das ich auf dem Newskij-Prospekt gehört hatte. – Gut, sagte ich mir, – jetzt werde ich alles erfahren. Ich muß nur die Briefe abfangen, die diese gemeinen Hunde einander schreiben. Aus ihnen werde ich wohl manches erfahren. – Offen gestanden, rief ich einmal Maggie zu mir heran und sagte ihr: »Hör einmal, Maggie, wir sind jetzt allein; wenn du willst, schließe ich auch die Türe ab, so daß uns niemand sehen wird, – erzähle mir alles, was du über dein Fräulein weißt: was sie treibt und wie sie ist? Ich will dir schwören, daß ich es niemand verraten werde.« Aber das listige Hundevieh zog den Schweif ein, duckte sich und ging leise aus dem Zimmer, als hätte es nichts gehört. Ich habe schon längst vermutet, daß der Hund viel klüger ist als der Mensch; ich bin sogar überzeugt, daß er zu sprechen versteht und es nur aus Trotz nicht tut. So ein Hund ist ein hervorragender Politiker: er merkt sich alles, jeden Schritt, den der Mensch tut. Nein, ich gehe morgen unbedingt in Swjerkows Haus, nehme Fidèle ins Gebet und eigne mir, wenn es geht, alle Briefe an, die Maggie ihr geschrieben.

12. November

Um zwei Uhr ging ich aus, mit dem festen Vorsatz, Fidèle zu sehen und zu vernehmen. Ich verabscheue den Kohlgeruch, der aus allen Kramläden in der Mjeschtschanskaja dringt; außerdem kommt aus dem Torwege eines jeden Hauses ein so höllischer Gestank, daß ich mir die Nase zuhielt und, so schnell ich konnte, weiterlief. Auch diese verdammten Handwerker verpesten die Luft mit dem Ruß und Rauch aus ihren Werkstätten, so daß ein anständiger Mensch hier unmöglich spazierengehen kann. Als ich in den sechsten Stock hinaufgestiegen war und geläutet hatte, kam ein Mädchen heraus, gar nicht übel von Aussehen, mit kleinen Sommersprossen im Gesicht. Ich erkannte sie: es war dieselbe, die damals mit der Alten ging. Sie errötete leicht, und ich begriff sofort: – Du willst wohl einen Mann, meine Liebe! – »Was wünschen Sie?« fragte sie. – »Ich muß mit Ihrem Hündchen sprechen.« Das Mädel war dumm! Ich merkte sofort, daß sie dumm war! Das Hündchen kam indessen selbst bellend hereingelaufen; ich wollte es packen, aber das garstige Vieh hätte mich beinahe in die Nase gebissen. Ich erblickte jedoch in der Ecke den Korb, in dem der Hund zu schlafen pflegt. Ach, da ist doch alles, was ich brauche! Ich ging auf ihn zu, durchwühlte das Stroh und holte zu meinem unbeschreiblichen Vergnügen ein kleines Papierbündel hervor. Als das gemeine Hundevieh es sah, biß es mich erst in die Wade und begann, als es merkte, daß ich seine Papiere genommen hatte, zu winseln und zu schmeicheln; ich aber sagte: »Nein, mein Schatz, leb wohl!« und stürzte hinaus. Ich glaube, das Mädel hielt mich für verrückt, denn es erschrak außerordentlich. Nach Hause zurückgekehrt, wollte ich mich gleich an die Arbeit machen und die Briefe durchsehen, denn bei Kerzenlicht sehe ich nicht gut; der Mawra fiel es aber gerade ein, den Boden zu scheuern. Diese dummen Finnenweiber sind immer zur ungelegenen Zeit reinlich. Darum ging ich aus, um einen kleinen Spaziergang zu machen und mir den Fall zu überlegen. Nun werde ich endlich alle Einzelheiten, alle Hintergedanken, alle geheimen Triebfedern kennenlernen und alles ergründen. Diese Briefe werden mir alles enthüllen. Die Hunde sind ein kluges Volk, sie kennen alle politischen Zusammenhänge, und darum werde ich wohl auch alles Nähere über unseren Direktor finden: das Porträt und alle Taten dieses Mannes. Es wird auch einiges über sie darin stehen ... nichts, Schweigen! Gegen Abend kam ich nach Hause. Lag die meiste Zeit auf dem Bett.

13. November

Nun, wollen wir mal sehen! Der Brief ist recht leserlich, in der Schrift liegt aber etwas Hündisches. Lesen wir ihn einmal:

»Liebe Fidèle! Ich kann mich noch immer nicht an Deinen kleinbürgerlichen Namen gewöhnen. Konnte man Dir denn wirklich keinen besseren geben? Fidèle, Rosa, was für ein banaler Ton! Aber lassen wir das alles beiseite. Ich freue mich sehr, daß es uns eingefallen ist, einander zu schreiben.«

Der Brief ist ziemlich korrekt geschrieben. Die Interpunktionszeichen und sogar der Buchstabe »jatj« stehen immer auf dem richtigen Platz. Ich glaube gar, selbst unser Abteilungsvorstand kann nicht so korrekt schreiben, obwohl er behauptet, irgendwo eine Universität besucht zu haben. Sehen wir mal weiter.

»... Mir scheint, es gehört zu den größten Freuden im Leben, seine Gedanken, Gefühle und Eindrücke mit einem anderen teilen zu können.«

Hm! ... Dieser Gedanke ist einem aus dem Deutschen übersetzten Werke entnommen. Auf den Titel kann ich mich nicht besinnen.

»... Ich sage das aus Erfahrung, obwohl ich in der Welt nicht weiter als bis vor unser Haustor herumgelaufen bin. Lebe ich nicht in höchster Zufriedenheit? Meine Fräulein, das der Papa Sophie nennt, liebt mich bis zur Bewußtlosigkeit.«

Ei, ei! ... nichts, gar nichts! Schweigen!

»... Auch der Papa liebkost mich sehr oft. Ich trinke Tee und Kaffee mit Sahne. Ach, ma chère, ich muß Dir sagen, daß ich gar kein Vergnügen an den großen abgenagten Knochen finde, die unser Polkan in der Küche frißt. Knochen sind nur gut vom Wild und auch das nur, wenn noch niemand das Mark aus ihnen herausgesogen hat. Es ist sehr gut, mehrere Saucen durcheinanderzumischen, doch nur solche ohne Kapern und ohne Grünzeug; aber ich kenne nichts Schlimmeres als die Angewohnheit, den Hunden aus Brot geknetete Kügelchen zu geben. Da beginnt irgendein Herr, der bei Tische sitzt und allerlei Zeug in seinen Händen gehalten hat, mit diesen selben Händen Brot zu kneten; dann ruft er Dich heran und schiebt Dir so ein Kügelchen ins Maul. Es nicht anzunehmen wäre unhöflich, – so frißt man es, obgleich mit Ekel, aber man frißt es doch ...«

Weiß der Teufel, was das ist! So ein Unsinn! Als ob es keinen besseren Gegenstand gäbe, über den man schreiben könnte. Schauen wir mal auf der nächsten Seite nach, vielleicht steht dort etwas Vernünftigeres.

»... Ich will Dich sehr gerne über alle Ereignisse unterrichten, die sich bei uns abspielen. Ich habe Dir schon einiges über den wichtigsten Herrn erzählt, den Sophie Papa nennt. Er ist ein sehr sonderbarer Mensch ...«

Aha, da ist es endlich! Ja, ich habe es gewußt: sie haben einen politischen Blick für alle Dinge. Sehen wir mal nach, was da über den Papa steht.

»... ein sehr sonderbarer Mensch. Er schweigt meistens und redet nur sehr selten. Aber vor einer Woche sprach er fortwährend mit sich selbst: ›Werde ich ihn kriegen oder werde ich ihn nicht kriegen?‹ Oder er nimmt in die eine Hand ein Stück Papier, ballt die andere leer zusammen und fragt: ›Werde ich ihn kriegen oder werde ich ihn nicht kriegen?‹ Einmal wandte er sich auch an mich mit der Frage: ›Wie glaubst du, Maggie, werde ich ihn kriegen oder nicht kriegen?‹ Ich konnte absolut nichts verstehen! Ich beschnüffelte nur seinen Stiefel und ging fort. Später, ma chère, nach einer Woche kam der Papa hocherfreut heim. Den ganzen Vormittag besuchten ihn Herren in Galauniformen und gratulierten ihm zu etwas. Bei Tisch war er so aufgeräumt, wie ich ihn noch nie gesehen habe, und erzählte immer Witze. Nach Tisch hob er mich aber zu seinem Hals und sagte: ›Schau mal, Maggie, was ist denn das?‹ Ich sah nur ein Bändchen. Ich beschnüffelte es, konnte aber gar keinen Duft wahrnehmen; schließlich leckte ich vorsichtig daran: es schmeckte etwas salzig.«

Hm! Dieses Hundevieh erlaubt sich, scheint mir, etwas zu viel ... daß es nur keine Schläge kriegt!

– Er ist also ehrgeizig! Das muß ich mir merken. –

»... Leb wohl, ma chère! Ich muß laufen usw. usw. ... Morgen schreibe ich den Brief fertig. – Nun, guten Tag! Ich bin wieder bei Dir. Heute war mein Fräulein Sophie ...«

Ah! Sehen wir mal, was mit Sophie los war. Diese Gemeinheit! Nichts, gar nichts ... fahren wir fort.

»... war mein Fräulein Sophie in außerordentlicher Aufregung. Sie rüstete sich zu einem Ball, und ich freute mich sehr, daß ich Dir in ihrer Abwesenheit schreiben kann. Meine Sophie ist immer sehr froh, wenn sie auf einen Ball gehen kann, obwohl sie sich beim Ankleiden fast immer ärgert. Ich kann nicht verstehen, warum sich die Menschen ankleiden. Warum laufen sie nicht einfach so herum wie zum Beispiel wir? So ist es so gut und bequem. Ich verstehe auch nicht, was das für ein Vergnügen ist, auf einen Ball zu gehen, ma chère. Sophie kommt von einem Ball immer erst gegen sechs Uhr früh heim, und ich erkenne fast immer an ihrem blassen, elenden Aussehen, daß man der Ärmsten nichts zu essen gegeben hat. Ich muß gestehen, ich könnte so nicht leben. Wenn ich keine Sauce mit Rebhuhn oder keinen gebratenen Hühnerflügel bekäme, so ... so weiß ich wirklich nicht, was mit mir geschähe. Auch Sauce mit Grütze schmeckt nicht schlecht; aber gelbe oder weiße Rüben oder Artischocken werden mir niemals gefallen.«

Ein auffallend ungleichmäßiger Stil! Man sieht gleich, daß es kein Mensch geschrieben hat: er fängt an, wie es sich gehört, und schließt ganz hündisch. Sehen wir uns noch dieses Brieflein an. Es ist etwas lang. Hm! Es steht auch kein Datum dabei.

»... Ach, Liebste, wie deutlich läßt sich das Nahen des Frühlings fühlen. Mein Herz klopft so, als erwarte es jemand. In meinen Ohren ist ein ewiges Rauschen, so daß ich oft minutenlang mit erhobenem Beinchen lauschend an der Tür stehe. Ich will Dir eröffnen, daß ich viele Verehrer habe. Oft sitze ich auf der Fensterbank und betrachte sie. Ach, wenn Du wüßtest, was es für Scheusale unter ihnen gibt! Mancher ungeschlachte Köter, dem die Dummheit im Gesicht geschrieben steht, geht wichtig über die Straße und bildet sich ein, er sei eine höchst vornehme Person und alle müßten ihn bewundern. Keine Spur! Ich schenkte ihm nicht die geringste Beachtung und tat so, als hätte ich ihn überhaupt nicht gesehen. Und was für eine schreckliche Dogge bleibt manchmal vor meinem Fenster stehen! Hätte sie sich auf die Hinterbeine gestellt, was das rohe Vieh wohl gar nicht kann, so wäre sie um einen Kopf größer als der Papa meiner Sophie, der doch recht groß gewachsen und auch dick ist. Diese dumme Dogge ist sicher ein furchtbar frecher Kerl. Ich knurrte sie an, aber sie machte sich nichts draus, und verzog keine Miene! Sie streckte nur die Zunge heraus, ließ die mächtigen Ohren hängen und blickte in mein Fenster herauf, – so ein Bauer! Aber glaubst Du denn wirklich, ma chère, daß mein Herz für all dies Werben unempfindlich sei? Ach, nein … Hättest Du nur einen gewissen Kavalier gesehen, der über den Zaun des Nachbarhauses geklettert kommt und Tresor heißt … Ach, ma chère, was er für ein Schnäuzchen hat! …«

Pfui, zum Teufel! … Solches Gesudel! Wie kann man nur seine Briefe mit solchen Dummheiten anfüllen! Man zeige mir einen Menschen! Ich will einen Menschen sehen, mich verlangt nach geistiger Nahrung, die meine Seele speist und ergötzt; statt dessen aber dieser Unsinn … Wenden wir die Seite um, vielleicht wird es besser?

»… Sophie saß am kleinen Tisch und nähte etwas. Ich blickte zum Fenster hinaus, denn ich beobachte gern die Passanten; plötzlich trat der Diener herein und meldete: ›Herr Teplow!‹ – ›Ich lasse bitten!‹ rief Sophie und fing an, mich zu umarmen. ›Ach, Maggie, Maggie! Wenn Du nur wüßtest, wer das ist: er ist brünett und Kammerjunker und hat Augen so schwarz wie Achat!‹ Und Sophie lief in ihr Zimmer. Einen Augenblick später erschien ein junger Kammerjunker mit schwarzem Backenbart; er trat vor den Spiegel, brachte sein Haar in Ordnung und sah sich im Zimmer um. Ich knurrte eine Weile und setzte mich dann auf meinen Platz. Sophie kam bald wieder und beantwortete seinen Kratzfuß mit einem vergnügten Nicken: ich tat so, als bemerkte ich nichts, und sah ruhig zum Fenster hinaus; aber ich neigte meinen Kopf etwas zur Seite und gab mir Mühe zu hören, was sie sprachen. Ach, ma chère, was für dummes Zeug redeten sie zusammen! Sie sprachen davon, daß eine Dame beim Tanz statt der einen Figur eine andere gemacht habe; daß irgendein Herr Bobow in seinem Jabot ganz wie ein Storch ausgesehen hätte und beinahe hingeplumpst wäre, daß irgendeine Frau Lidina sich einbilde, blaue Augen zu haben, während sie in Wirklichkeit grüne habe, und dergleichen mehr. – Wenn man diesen Kammerjunker mit meinem Tresor vergleichen wollte! – dachte ich mir. Du lieber Himmel, dieser Unterschied! Erstens hat der Kammerjunker ein vollkommen glattes, breites Gesicht mit einem Backenbart ringsherum, es sieht aus, als hätte er sich das Gesicht mit einem schwarzen Tuch umbunden; Tresor hat aber ein feines Schnäuzchen und eine kleine weiße Stelle mitten auf der Stirn. Tresors Taille kann man mit der des Kammerjunkers gar nicht vergleichen. Wie anders sind auch die Augen, die Manieren, das ganze Benehmen. Ach, welch ein Unterschied! Ich weiß nicht, ma chère, was sie an ihrem Teplow gefunden hat. Warum ist sie so entzückt von ihm? …«

Auch mir scheint, daß hier etwas nicht stimmt. Es kann nicht sein, daß Teplow sie so bezaubert hat. Lesen wir weiter:

»... Mir scheint, wenn ihr dieser Kammerjunker gefällt, so wird ihr auch bald der Beamte gefallen, der beim Papa im Kabinett zu sitzen pflegt. Ach, ma chère, wenn Du nur wüßtest, was das für ein Scheusal ist! Ganz wie eine Schildkröte in einem Sack ...«

Was mag das wohl für ein Beamter sein ...

»... Sein Familienname klingt sehr merkwürdig. Er sitzt immer da und schneidet die Federn zurecht. Das Haar auf seinem Kopfe hat große Ähnlichkeit mit Heu. Der Papa verwendet ihn manchmal zu Botengängen ...«

Mir scheint, dieses gemeine Hundevieh spielt auf mich an. Aber ist denn mein Haar wie Heu?

»... Sophie kann sich gar nicht des Lachens enthalten, wenn sie ihn ansieht.«

Du lügst, verdammtes Hundevieh! So eine böse Zunge! Als ob ich nicht wüßte, daß es nichts als Neid ist! Als ob ich nicht wüßte, wessen Streiche es sind! Es sind Streiche des Abteilungsvorstandes. Hat doch dieser Mensch mir ewigen Haß geschworen, und so schadet er mir auf Schritt und Tritt. Sehen wir uns indessen noch einen Brief an. Vielleicht klärt sich dann die Sache von selbst.

»*Ma chère Fidèle*, entschuldige, daß ich so lange nicht geschrieben habe. Ich war wie in einem Rausch. Wie richtig hat doch ein Dichter gesagt, die Liebe sei ein zweites Leben. Außerdem gibt es bei uns im Hause große Veränderungen. Der Kammerjunker sitzt jetzt bei uns jeden Tag. Sophie ist wahnsinnig in ihn verliebt. Papa ist sehr vergnügt. Ich hörte sogar von unserem Grigorij, der den Boden kehrt und fast immer mit sich selbst spricht, daß die Hochzeit bald stattfinden werde, denn der Papa wolle Sophie durchaus mit einem General oder einem Kammerjunker oder einem Oberst verheiratet sehen ...«

Hol's der Teufel! Ich kann nicht weiter lesen ... Immer ist's ein Kammerjunker oder ein General. Alles Beste, was es auf der Welt gibt, fällt immer den Kammerjunkern oder den Generälen zu. Hol's der Teufel! Wie gerne möchte auch ich General werden, doch nicht um ihre Hand und so weiter zu erlangen, – nein, ich möchte nur deshalb General werden, um zu sehen, wie sie vor mir scharwenzeln und alle diese höfischen Kunststücke und Manieren zeigen werden, und um ihnen dann zu sagen, daß ich auf sie beide spucke. Hol's der Teufel, es ist ärgerlich! Ich habe die Briefe dieses dummen Hundes in Stücke gerissen.

3. Dezember

Es kann nicht sein, es ist erlogen! Es wird nie zu einer Hochzeit kommen! Was ist denn dabei, daß er Kammerjunker ist? Das ist ja doch nur ein Titel und keine sichtbare Sache, die man in die Hand nehmen könnte. Weil er Kammerjunker ist, hat er doch kein drittes Auge auf der Stirn. Seine Nase ist doch auch nicht aus Gold gemacht, sondern genauso wie die meine und wie die eines jeden Menschen; er riecht doch und ißt nicht mit ihr, er niest mit ihr und hustet nicht. Ich wollte schon einigemal dahinterkommen, worauf alle diese Unterschiede beruhen. Warum bin ich Titularrat, und woraus folgt, daß ich Titularrat bin? Vielleicht bin ich gar kein Titularrat? Vielleicht bin ich ein Graf oder ein General und sehe nur wie ein Titularrat aus. Vielleicht weiß ich selbst noch nicht, wer ich bin. Es gibt doch so viele Beispiele in der Weltgeschichte: ein ganz einfacher Mensch, nicht einmal ein Adliger, sondern ein Kleinbürger oder sogar Bauer, entpuppt sich plötzlich als hoher Würdenträger, als ein Baron, oder wie heißt es noch … Wenn aus einem Bauern so etwas werden kann, was kann dann alles aus einem Edelmann werden? Da komme ich zum Beispiel in Generalsuniform zu unserm Chef: auf der rechten Schulter habe ich eine Epaulette, auf der linken Schulter eine Epaulette, ein blaues Band über die Achsel – nun, was wird dann meine Schöne sagen? Was wird ihr Papa, unser Direktor sagen? Oh, er ist doch sehr ehrgeizig! Er ist ein Freimaurer, ganz gewiß ein Freimaurer; er tut zwar so, als wäre er dies und jenes, aber ich habe es gleich bemerkt, daß er ein Freimaurer ist: wenn er jemand die Hand reicht, so streckt er nur zwei Finger aus. Kann ich denn nicht jetzt gleich in diesem Augenblick zum General-Gouverneur, oder zum Intendanten oder zu etwas Ähnlichem ernannt werden? Ich möchte gerne wissen, warum ich Titularrat bin? Warum gerade Titularrat?

5. Dezember

Ich las heute den ganzen Vormittag Zeitungen. Merkwürdige Dinge gehen in Spanien vor. Ich kann mich in ihnen so gar nicht ordentlich zurechtfinden. Man schreibt, der Thron sei erledigt, und die Stände hätten wegen der Wahl eines Thronfolgers Schwierigkeiten; darum gäbe es Aufstände. Dies kommt mir außerordentlich seltsam vor. Wie kann bloß der Thron erledigt sein? Man sagt, irgendeine Donna werde den Thron besteigen müssen. Aber eine Donna kann den Thron nicht besteigen, es ist unmöglich. Auf dem Throne muß doch ein König sitzen. »Aber es gibt keinen König«, sagen die Leute. Es kann doch nicht sein, daß es keinen König gibt. Ein Staat kann nicht ohne einen König bestehen. Es gibt wohl einen König, er hält sich aber wohl irgendwo unerkannt auf. Vielleicht befindet er sich sogar dort an Ort und Stelle, aber irgendwelche Familiengründe oder Befürchtungen seitens der Nachbarstaaten wie Frankreich und der anderen zwingen ihn, sich verborgen zu halten, oder es gibt irgendwelche anderen Ursachen.

8. Dezember

Ich war schon bereit, ins Departement zu gehen, aber verschiedene Gründe und Erwägungen hielten mich davon ab. Die spanischen Angelegenheiten wollten mir nicht aus dem Sinn.

Wie kann es nur sein, daß eine Donna Königin wird?

Man wird es nicht zulassen. Erstens wird es England nicht gestatten. Dazu auch die politische Lage von ganz Europa, der Kaiser von Österreich, unser Kaiser … Ich muß gestehen, alle diese Ereignisse haben mich dermaßen erschüttert, daß ich den ganzen Tag gar nichts tun konnte. Mawra sagte mir, ich sei bei Tisch äußerst zerstreut gewesen. Ich glaube, ich habe in meiner Zerstreutheit tatsächlich zwei Teller auf den Boden geschmissen, die auch zerbrachen. Nach dem Essen ging ich zu der Rutschbahn, konnte aber aus dem Schauspiel nichts Belehrendes schöpfen. Die meiste Zeit lag ich zu Bett und dachte über die spanischen Angelegenheiten nach.

Im Jahre 2000, d. 43. April

Der heutige Tag ist ein Tag des größten Triumphs! Spanien hat einen König. Er ist plötzlich da. Dieser König bin ich. Gerade heute habe ich es erfahren. Ich muß gestehen, es erleuchtete mich wie ein Blitz. Ich verstehe nicht, wie ich mir nur denken und einbilden konnte, daß ich ein Titularrat sei. Wie konnte mir nur dieser verrückte, wahnsinnige Gedanke in den Kopf kommen? Es ist noch ein Glück, daß es niemand eingefallen ist, mich ins Irrenhaus zu sperren. Jetzt ist mir alles klar. Jetzt sehe ich alles deutlich vor mir liegen. Und bisher – ich verstehe es gar nicht, – bisher lag vor mir alles wie im Nebel. Ich glaube, das alles kommt daher, weil die Menschen sich einbilden, das menschliche

Gehirn befinde sich im Kopfe; dem ist aber gar nicht so: es wird von einem Winde vom Kaspischen Meere hergebracht. Zuerst erklärte ich der Mawra, wer ich bin. Als sie hörte, daß vor ihr der König von Spanien steht, schlug sie die Hände zusammen und starb fast vor Schreck; die Dumme hat noch nie einen König von Spanien gesehen. Ich gab mir jedoch Mühe, sie zu beruhigen, und versicherte sie in gnädigen Worten meines Wohlwollens, indem ich ihr sagte, ich zürne ihr gar nicht, weil sie mir zuweilen die Stiefel so schlecht geputzt habe. Das sind doch einfache Leute: man kann zu ihnen nicht von höheren Gegenständen sprechen. Sie erschrak, weil sie überzeugt war, daß alle spanischen Könige Philipp II. gleichen. Ich machte ihr aber klar, daß zwischen mir und Philipp fast nicht die geringste Ähnlichkeit bestehe und daß ich keinen einzigen Kapuziner bei mir habe. Ins Departement ging ich heute nicht. Mag es der Teufel holen! Nein, Freunde, jetzt werdet ihr mich nicht mehr hinlocken: ich werde eure garstigen Akten nicht mehr abschreiben!

den 86. Martember,
zwischen Tag und Nacht

Heute kam unser Exekutor, um mir zu sagen, ich solle ins Departement kommen; ich sei seit mehr als drei Wochen nicht mehr in den Dienst gegangen.

Aber die Menschen sind ungerecht: sie rechnen nach Wochen. Das haben die Juden eingeführt, weil sich ihr Rabbiner um diese Zeit wäscht. Zum Spaß ging ich aber doch ins Departement. Der Abteilungsvorstand glaubte, ich werde mich vor ihm verbeugen und mich entschuldigen; ich sah ihn aber nur gleichgültig, nicht zu böse und auch nicht zu gnädig an und setzte mich auf meinen Platz, als bemerkte ich niemand. Ich betrachtete dieses ganze Kanzleigesindel und dachte mir: – Wenn ihr nur wüßtet, wer hier zwischen euch sitzt! ... – Du lieber Gott, was hätten sie für einen Lärm gemacht!

Auch der Abteilungsvorstand selbst würde sich vor mir so tief verbeugen, wie er sich jetzt vor dem Direktor verbeugt. Man legte einige Akten vor mich hin, damit ich ein Exzerpt aus ihnen mache. Ich berührte sie aber mit keinem Finger. Nach einigen Minuten gerieten alle in Unruhe. Es hieß, der Direktor komme. Viele Beamte liefen hinaus, um von ihm bemerkt zu werden, aber ich rührte mich nicht von der Stelle. Als er durch unsere Abteilung ging, knöpften alle ihre Fräcke zu; mir fiel es aber gar nicht ein! Was ist so ein Direktor? Soll ich mich etwa vor ihm erheben? Niemals! Was ist er für ein Direktor? Er ist nur ein Stöpsel, und kein Direktor. Ein ganz gewöhnlicher Stöpsel, einer, mit dem man die Flaschen zukorkt, und weiter nichts! Am meisten amüsierte es mich, als man mir ein Papier vorlegte, damit ich es unterschreibe. Sie glaubten, ich würde ganz unten am Rande des Bogens hinschreiben: Tischvorsteher Soundso – fiel mir gar nicht ein! Ich schrieb auf die sichtbarste Stelle, wo der Direktor des Departements seine Unterschrift zu setzen pflegt: »Ferdinand VIII.« Man muß gesehen haben, was für ein ehrfurchtsvolles Schweigen da eintrat; ich winkte aber nur mit der Hand, sagte: »Ich brauche keine Zeichen der Untertänigkeit!« und verließ das Zimmer. Aus der Kanzlei begab ich mich direkt in die Wohnung des Direktors. Er selbst war nicht zu Hause. Der Lakai wollte mich nicht einlassen, aber ich sagte ihm so etwas, daß er nur die Hände sinken ließ. Ich ging direkt ins Toilettenzimmer. Sie saß vor dem Spiegel; als sie mich sah, sprang sie auf und wich vor mir zurück. Ich erklärte ihr aber, daß ich der König von Spanien bin. Ich sagte ihr nur, daß ihr ein Glück bevorstehe, wie sie es sich gar nicht vorstellen könne, und daß wir trotz der Ränke der Feinde zusammenkommen werden. Ich wollte sonst nichts mehr sagen und ging hinaus. Oh, wie heimtückisch ist doch so ein Weib! Ich habe erst jetzt begriffen, was das Weib ist. Bisher hat noch niemand gewußt, in wen es verliebt ist; erst ich habe es entdeckt. Das Weib ist in den Teufel verliebt. Jawohl, ich meine es ganz ernst. Die Physiker schreiben dummes Zeug, wenn sie behaupten, sie sei dies und jenes; sie liebt aber nur den Teufel. Sehen Sie, wie sie aus der Loge im ersten Rang ihre Lorgnette auf jemand richtet. Sie glauben wohl, sie betrachte diesen dicken Herrn mit den Ordenssternen? Keine Spur: sie blickt auf den Teufel, der hinter dem Rücken des Dicken steht. Da hat er sich in seinen Frack versteckt. Da winkt er ihr von dort aus mit dem Finger! Und sie wird ihn heiraten, sie wird ihn ganz gewiß heiraten. Auch alle diese hohen Herrn, die Väter, die sich wie Aale winden und zum Hofe streben, welche sagen, sie seien Patrioten und dies und jenes; diese Patrioten wollen nur staatliche Ländereien in Pacht bekommen! Sie sind imstande, Vater und Mutter und selbst Gott zu verkaufen, diese ehrgeizigen Christusverkäufer! Es ist nichts als Ehrgeiz, und der Ehrgeiz kommt daher, weil sich unter der Zunge ein kleines Bläschen befindet und in diesem Bläschen ein kleines Würmchen, so groß wie ein Stecknadelkopf, sitzt; und dies alles macht ein gewisser Barbier, der in der Gorochowaja wohnt. Ich kann mich auf seinen Namen nicht besinnen; es ist aber als sicher bekannt, daß er in Gemeinschaft mit einer Hebamme den mohammedanischen Glauben über die ganze Welt verbreiten will; man sagt ja, daß sich in Frankreich schon der größte Teil der Bevölkerung zum Glauben Mohammeds bekennt.

Gar kein Datum

Der Tag hatte kein Datum

Ich ging heute auf dem Newskij-Prospekt spazieren. Seine Majestät der Kaiser fuhr vorbei. Alle Leute zogen die Mützen, und ich tat es auch; dabei ließ ich mir es jedoch nicht anmerken, daß ich der König von Spanien bin. Ich hielt es für unpassend, mich hier in Gegenwart aller erkennen zu geben, denn zuerst muß ich mich doch bei Hofe vorstellen. Mich hielt nur das eine zurück, daß ich bisher noch kein spanisches Nationalkostüm habe. Wenn ich doch wenigstens einen Königsmantel hätte. Ich hätte ihn mir von einem Schneider machen lassen, aber diese Schneider sind die reinen Esel; außerdem vernachlässigen sie ihr Handwerk, geben sich mit anderen Affären ab und pflastern zum größten Teil die Straßen.

Ich habe mich entschlossen, mir den Königsmantel aus meinem neuen Uniformfrack zu machen, den ich erst zweimal getragen habe. Damit diese Schurken ihn nicht verderben, beschloß ich, ihn mir selbst hinter verschlossenen Türen zu nähen, so daß es niemand sieht. Ich zerschnitt den ganzen Frack mit der Schere, denn der Schnitt muß ein ganz anderer sein.

Auf das Datum besinne ich mich nicht.

Einen Monat gab es auch nicht.

Weiß der Teufel, was es war.

Der Mantel ist vollkommen fertig. Als ich ihn mir umwarf, schrie Mawra auf. Aber ich kann mich noch nicht entschließen, mich bei Hofe vorzustellen, die Deputation aus Spanien ist noch immer nicht da. Ohne die Deputierten geht es nicht: so wird mir jedes Gewicht meiner Würde fehlen. Ich erwarte sie von Stunde zu Stunde.

den 1.

Ich wundere mich über die Saumseligkeit der Deputierten. Was für Gründe mögen sie aufgehalten haben? Vielleicht Frankreich? Ja,

Frankreich ist wohl die mißgünstigste Macht. Ich ging auf die Post und erkundigte mich, ob die spanischen Deputierten eingetroffen seien; der Postmeister ist aber furchtbar dumm, er weiß von nichts. »Nein«, sagte er, »es gibt hier keine spanischen Deputierten, wenn Sie aber einen Brief schreiben wollen, so nehmen wir ihn nach dem festgesetzten Tarif an.« Hol's der Teufel, was brauche ich einen Brief? Ein Brief ist Unsinn. Briefe schreiben nur die Apotheker, und auch das nur, nachdem sie sich die Zunge mit Essig befeuchtet haben: sonst könnte man leicht Flechten auf dem ganzen Gesicht kriegen.

Madrid, den 30. Februarius

So bin ich nun in Spanien, und es geschah so schnell, daß ich kaum Zeit hatte, zu mir zu kommen. Heute früh erschienen bei mir die spanischen Deputierten, und ich stieg mit ihnen in die Equipage. Die ungewöhnliche Schnelligkeit kam mir befremdend vor. Wir fuhren so schnell, daß wir schon nach einer halben Stunde die Grenze Spaniens erreichten. Übrigens gibt es jetzt in ganz Europa Eisenbahnen, und auch die Dampfer fahren sehr schnell. Ein sonderbares Land dieses Spanien! Als wir ins erste Zimmer traten, erblickte ich eine Menge Menschen mit rasierten Schädeln. Ich erriet jedoch gleich, daß das Granden oder Soldaten sein müssen, weil diese sich die Köpfe rasieren. Sehr merkwürdig kam mir das Benehmen des Reichskanzlers vor, der mich an der Hand hereinführte; er stieß mich in ein kleines Zimmer und sagte: »Sitz hier, und wenn du dich König Ferdinand nennen wirst, so werde ich dir jede Lust dazu austreiben.« Ich wußte aber, daß es nur eine Versuchung war, und antwortete ihm verneinend, worauf mich der Kanzler zweimal mit dem Stock auf den Rücken schlug, und zwar so schmerzhaft, daß ich beinahe aufgeschrieen hätte; ich beherrschte mich aber, da ich mich erinnerte, daß es ein Ritterbrauch ist, jeden, der ein hohes Amt antritt, zu schlagen; in Spanien werden nämlich die Rittersitten auch heute noch beobachtet. Als ich allein geblieben war, beschloß ich, mich den Staatsgeschäften zu widmen. Ich machte die Entdeckung, daß China und Spanien das gleiche Land sind und nur aus Unbildung für verschiedene Länder gehalten werden. Ich empfehle einem jeden, das Wort Spanien auf ein Blatt Papier zu schreiben; es wird nämlich China daraus werden. Mich betrübte aber außerordentlich ein Ereignis, das morgen stattfinden soll. Morgen um sieben Uhr wird sich etwas sehr Merkwürdiges ereignen: die Erde wird sich auf den Mond setzen. Auch der berühmte englische Chemiker Wellington schreibt darüber. Offen gestanden, empfand ich eine Unruhe im Herzen, als ich an die außerordentliche Zartheit und Zerbrechlichkeit des Mondes dachte. Der Mond wird ja gewöhnlich in Hamburg gemacht, und zwar sehr schlecht. Ich wundere mich, daß England nicht darauf aufmerksam geworden ist. Ein lahmer Böttcher hat ihn hergestellt, und der dumme Kerl hat offenbar keine Ahnung vom Monde gehabt. Er nahm dazu ein geteertes Seil und einen Teil Baumöl; darum verbreitet sich über die Erde ein solcher Gestank, daß man sich die Nase zuhalten muß. Darum ist auch der Mond selbst eine so zarte Kugel, daß die Menschen auf ihm unmöglich leben können; es leben dort nur die Nasen allein. Darum können wir auch unsere Nasen nicht sehen, weil sie sich alle auf dem Monde befinden. Und als ich mir dachte, daß die Erde eine schwere Materie ist und, wenn sie sich auf den Mond setzt, alle unsere Nasen zu Mehl zermalmen kann, bemächtigte sich meiner eine solche Unruhe, daß ich Strümpfe und Schuhe anzog und in den Saal des Reichsrats eilte, um der Polizei den Befehl zu geben, es nicht zuzulassen, daß die Erde sich auf den Mond setze. Die rasierten Granden, von denen ich im Saale des Reichsrates eine große Menge traf, waren sehr kluge Menschen; als ich ihnen sagte: »Meine Herren, retten wir doch den Mond, denn die Erde will sich auf ihn setzen!« – so eilten alle augenblicklich, meinen königlichen Wunsch auszuführen, und viele kletterten die Wand hinauf, um den Mond herunterzuholen; in diesem Augenblick trat aber der Reichskanzler herein. Als sie ihn sahen, liefen alle davon. Ich blieb als König allein zurück. Der Kanzler schlug mich aber zu meinem Erstaunen mit dem Stock und jagte mich in mein Zimmer. Eine solche Macht haben in Spanien die Volkssitten!

Januar desselben Jahres,
der auf den Februarius folgt

Ich kann noch immer nicht verstehen, was für ein Land dieses Spanien ist. Die Volkssitten und die Hofetikette sind hier ganz ungewöhnlich. Ich verstehe nichts, ich verstehe nichts, ich verstehe gar nichts. Heute hat man mir den Schädel rasiert, obwohl ich, so laut ich konnte, schrie, ich wolle kein Mönch werden.

Aber ich kann mich nicht mehr erinnern, was mit mir geschah, als man anfing, mir kaltes Wasser auf den Kopf zu gießen. Solche Höllenqualen habe ich noch nie empfunden. Ich war nahe daran, rasend zu werden, so daß man mich nur mit Mühe festhalten konnte. Ich kann die Bedeutung dieser sonderbaren Sitte nicht begreifen. Eine dumme, unsinnige Sitte! Mir ist die Unvernunft der Könige, die sie bisher noch nicht abgeschafft haben, unverständlich. Ich glaube, daß ich allem Anscheine nach in die Hände der Inquisition gefallen bin und daß der Mann, den ich für den Kanzler gehalten, der Großinquisitor selbst ist. Aber ich kann noch immer nicht verstehen, wie der König der Inquisition verfallen konnte. Allerdings kann hier Frankreich die Hand im Spiele haben, und insbesondere Polignac. Was für eine Bestie ist doch dieser Polignac! Er hat geschworen, mir bis an mein Lebensende zu schaden. Und so verfolgt er mich unaufhörlich; aber ich weiß, Freund, daß dich England anstiftet. Die Engländer sind große Politiker. Sie haben überall ihre Hand im Spiele. Das weiß die ganze Welt: wenn England Tabak schnupft, so muß Frankreich niesen.

Den 25.

Heute kam der Großinquisitor wieder in mein Zimmer, aber als ich seine Schritte in der Ferne vernahm, verkroch ich mich unter einen Stuhl. Als er mich nicht im Zimmer sah, fing er an, mich laut zu rufen. Erst schrie er: »Poprischtschin!« – Ich gab keinen Ton von mir. Dann »Aksentij Iwanowitsch! Titularrat! Edelmann!« – Ich schwieg noch immer. – »Ferdinand VIII., König von Spanien!« – Ich wollte schon den Kopf hinausstecken, sagte mir aber: – Nein, Bruder, du führst mich nicht an! Ich kenne dich: du wirst mir wieder kaltes Wasser auf den Kopf gießen. – Aber er entdeckte mich und jagte mich mit dem Stock unter dem Stuhle hervor. Dieser verdammte Stock tut furchtbar weh. Dafür hat mich jedoch die Entdeckung, die ich heute machte, entlohnt: ich erfuhr, daß jeder Hahn sein Spanien hat, es befindet sich in seinem Gefieder, in der Nähe des Schwanzes. Der Großinquisitor verließ mich aber erbost und mir irgendeine Strafe androhend. Ich achte aber nicht auf seine ohnmächtige Wut, denn ich weiß, daß er nur wie eine Maschine, als ein Werkzeug Englands handelt.

Da 34tum Mon. Ihra Februar 349

Nein, ich kann es nicht länger ertragen. Gott, was machen sie mit mir! Sie gießen mir kaltes Wasser auf den Kopf! Sie sehen nicht auf mich, sie hören nicht auf mich. Was habe ich ihnen getan? Warum quälen sie mich so? Was wollen sie von mir Armem? Was kann ich ihnen geben? Ich habe nichts. Ich habe keine Kraft, ich kann alle diese Qualen nicht ertragen, mein Kopf brennt, und alles wirbelt vor meinen Augen. Rettet mich! Nehmt mich von hier fort! Gebt mir ein Dreigespann, so schnell wie der Wind! Steig ein, Kutscher, klinge, mein Glöckchen, schwingt euch auf, Pferde, und tragt mich aus dieser Welt fort! Weiter, immer weiter, daß ich nichts mehr sehe. Da ballt sich der Himmel vor mir zu Wolken; ein Sternchen funkelt in der Ferne; der Wald mit den dunklen Bäumen und dem Monde jagt an mir vorbei; blaugrauer Nebel breitet sich zu meinen Füßen aus; eine Saite klingt im Nebel; auf der einen Seite liegt das Meer, auf der anderen Italien; da lassen sich auch russische Bauernhäuser erkennen. Ist es nicht mein Haus, das dort in der blauen Ferne sichtbar wird? Sitzt nicht meine Mutter am Fenster? Mütterchen, rette deinen armen Sohn! Lasse eine Träne auf seinen kranken Kopf fallen! Schau, wie sie ihn quälen! Drücke diesen Armen, Verlassenen an deine Brust! Es ist kein Platz für ihn auf dieser Welt! Man hetzt ihn herum! Mütterchen, erbarme dich deines kranken Kindes! ... Wißt ihr übrigens, daß der Bei von Algier eine Beule unter der Nase hat? ...

Biographie

1809   *1. April:* Nikolaj Vasilevič Gogol wird als Sohn eines ukrainischen Gutsbesitzers in Bolschije Sorotschinzy (Gebiet Poltawa) geboren.

1819–21 Er besucht das Internat in Poltawa.

1821–28 Er besucht das Lyzeum in Nezhin.

1828   Er zieht nach Moskau, arbeitet kurze Zeit als Beamter, ehe er sich ganz der Dichtung zuwendet.

Er geht nach Sankt Petersburg, wo er später beim Versuch, eine Anstellung an der dortigen Universität zu erhalten, scheitert.

Nach einer Reise durch Norddeutschland und dem Scheitern einer Theaterlaufbahn erhält er schließlich eine Stelle im Staatsdienst.

1829   In Petersburg macht Gogol die Bekanntschaft Alexandr Puškins und betätigt sich mit dem eskapistischen Szenenidyll »Ganc Kjuchel'garten« (»Hans Küchelgarten«), das anonym erscheint, erstmals literarisch. In den Augen der zeitgenössischen Literaturkritik ist das Poem gänzlich misslungen: Die Besprechungen sind sehr negativ.

1831–32 Begeistert hingegen wird Gogols folkloristisch inspirierter Erzählband »Večera na chutore bliz Dikan'ki« (»Abende auf einem Weiler bei Dikanka«) aufgenommen, welcher das Leben ukrainischer Bauern schildert.

1834   Gogol wird Adjunktprofessor am Lehrstuhl für Allgemeine Geschichte der Universität Sankt Petersburg.

1835   Mit einer weiteren Sammlung von Dorfgeschichten, »Mirgorod«, kann der Autor an den Erfolg von »Abende auf einem Weiler bei Dikanka« anknüpfen. Die darin enthaltene, von der Schauerromantik und den Romanen Sir Walter Scotts geprägte historische Novelle »Taras Bulba« über die Auseinandersetzungen von Kosaken und Polen erweitert der Autor sieben Jahre später.

Zu den Petersburger Novellen gehören »Portret« (»Das Porträt«), »Nevskij Prospekt« (»Der Newski Prospekt«), »Zapiski sumasšedšego« (»Aufzeichnungen eines Wahnsinnigen«) und

»Nos« (»Die Nase«). Zum Teil werden sie bereits in Gogols Erzählband »Arabeski« (»Arabesken«) aufgenommen.

Gogols Drama »Revizor« entsteht.

1836 Mit der Komödie »Der Revisor«, in der er Dummheit und Bestechlichkeit seiner einstigen Beamtenkollegen geißelt, hat er seinen ersten großen Erfolg.

»Koljaska« (»Der Wagen«) erscheint.

1836–48 Gogol kehrt nun seiner Heimat den Rücken, lebt in Italien und schafft mit dem Roman »Mertvye Duši« (»Die toten Seelen«), der als Trilogie angelegt ist und dessen zweiten Band er kurz vor seinem Tod (Moskau, 4. März 1852) verbrennt, ein Bild des russischen Wesens. Es ist auch ein Selbstportrait, denn des Dichters letzte Jahre sind von Gewissensqualen überschattet, wie sie schon seine »Zapiski sumasšedšego« (»Aufzeichnungen eines Wahnsinnigen«, 1835) ahnen ließen.

1842 Gogols wohl bekannteste und einflußreichste Erzählung »Šinel'« (»Der Mantel«) erscheint.

»Rim« (»Rom«).

»Ženit'ba« (»Die Hochzeit«).

1843 »Igrogi«.

1847 Das irrationalistisch-moralisierendes Lehrstück »Vybrannye mesta iz perepiski s druz jami« (»Ausgewählte Stellen aus dem Briefwechsel mit Freunden«) erscheint.

Gogols Buch reizt den russischen Kritiker Wissarion Grigorijewitsch Belinskij zu einer scharfen Zurechtweisung, in welcher er Gogol einen »Apostel der Unbildung« nennt.

1848 Der Autor unternimmt eine Pilgerreise nach Palästina.

1852 Unter dem Einfluss eines fanatischen Priesters, der ihn davon überzeugt, dass sein Erzählwerk sündhaft sei, zerstört er in einem Anfall religiösen Wahns Teile des Fortsetzungsmanuskriptes von »Die toten Seelen«.

4. März: Gogol stirbt in Moskau; ein Fragment der »Toten Seelen« erscheint posthum 1855.

Erzählungen aus dem Biedermeier

Biedermeier - das klingt in heutigen Ohren nach langweiligem Spießertum, nach geschmacklosen rosa Teetässchen in Wohnzimmern, die aussehen wie Puppenstuben und in denen es irgendwie nach »Omma« riecht.

Zu Recht. Aber nicht nur.

Biedermeier ist auch die Zeit einer zarten Literatur der Flucht ins Idyll, des Rückzuges ins private Glück und der Tugenden. Die Menschen im Europa nach Napoleon hatten die Nase voll von großen neuen Ideen, das aufstrebende Bürgertum forderte und entwickelte eine eigene Kunst und Kultur für sich, die unabhängig von feudaler Großmannssucht bestehen sollte.

Georg Büchner Lenz **Karl Gutzkow** Wally, die Zweiflerin **Annette von Droste-Hülshoff** Die Judenbuche **Friedrich Hebbel** Matteo **Jeremias Gotthelf** Elsi, die seltsame Magd **Georg Weerth** Fragment eines Romans **Franz Grillparzer** Der arme Spielmann **Eduard Mörike** Mozart auf der Reise nach Prag **Berthold Auerbach** Der Viereckig oder die amerikanische Kiste

ISBN 978-3-8430-1884-5, 444 Seiten, 29,80 €

Erzählungen aus dem Biedermeier II

Annette von Droste-Hülshoff Ledwina **Franz Grillparzer** Das Kloster bei Sendomir **Friedrich Hebbel** Schnock **Eduard Mörike** Der Schatz **Georg Weerth** Leben und Taten des berühmten Ritters Schnapphahnski **Jeremias Gotthelf** Das Erdbeerimareili **Berthold Auerbach** Lucifer

ISBN 978-3-8430-1885-2, 440 Seiten, 29,80 €

Erzählungen aus dem Biedermeier III

Eduard Mörike Lucie Gelmeroth **Annette von Droste-Hülshoff** Westfälische Schilderungen **Annette von Droste-Hülshoff** Bei uns zulande auf dem Lande **Berthold Auerbach** Brosi und Moni **Jeremias Gotthelf** Die schwarze Spinne **Friedrich Hebbel** Anna **Friedrich Hebbel** Die Kuh **Jeremias Gotthelf** Barthli der Korber **Berthold Auerbach** Barfüßele

ISBN 978-3-8430-1886-9, 452 Seiten, 29,80 €